12, avenue d'Italie — Paris XIIIe

Sur l'auteur

Herbjørg Wassmo, née en Norvège en 1942, vit à Hihnöy, une petite île située au nord du cercle polaire. Très populaire dans les pays scandinaves, cette ancienne institutrice férue de poésie se consacre à la littérature depuis vingt ans. Auteur d'une œuvre considérable, elle s'est rendue célèbre par ses héroïnes, personnages féminins passionnés et ensorcelants. Après la trilogie *Tora* (*La Véranda aveugle, La Chambre silencieuse, Ciel cruel*), elle connaît un grand succès avec la trilogie *Le Livre de Dina* (*Les Limons vides, Les Vivants aussi, Mon bien-aimé est à moi*) et *Le Fils de la Providence*. Herbjørg Wassmo achève l'épopée de la flamboyante Dina avec le personnage charnière de Karna dans la trilogie *L'Héritage de Karna* (*Mon péché n'appartient qu'à moi, Le Pire des silences, Les Femmes si belles*).

MON BIEN-AIMÉ EST À MOI

(Le Livre de Dina, t. 3*)*

PAR

HERBJØRG WASSMO

Traduit du norvégien
par Luce HINSCH

10|18

« Domaine étranger »
dirigé par Jean-Claude Zylberstein

GAÏA ÉDITIONS

Du même auteur
aux Éditions 10/18

Titre original :
Dinas Bok

ISBN 2-264-03048-8

TROISIÈME LIVRE

1

> Tel, qui donne libéralement, devient plus riche ; et tel, qui épargne à l'excès, ne fait que s'appauvrir. (Proverbes, 11, 24)

La jeune couturière qu'ils avaient engagée avant Noël était restée. En fait, elle ne savait pas où aller, une fois son travail terminé.

Après qu'elle eut rangé toutes les bobines et balayé toutes les peluches dans les communs, Stine la trouva en larmes, son bagage ficelé et le manteau sur le dos. On l'avait payée et elle allait partir.

Personne ne put obtenir de Stine le fond de cette triste histoire. Mais, ce qui était certain, c'est qu'on ne pouvait pas la chasser de la ferme l'avant-veille de Noël. Cela se saurait dans tout le pays et ne serait pas à l'honneur de Reinsnes.

La fille fut mise à nettoyer la boutique et le bureau après tout le va-et-vient des derniers jours. Les planchers tachés de chique étaient difficiles et récalcitrants à la brosse. Mais elle ne se plaignit pas.

Un jour où Dina passait devant l'office, elle entendit la couturière bavarder avec Annette. Le nom de Niels fut cité.

— Il arrive toujours quand j'fais le ménage dans le bureau, disait la fille.

— Aie pas peur, engueule-le. C'est pas un monsieur, disait Annette.

Dina restait derrière la porte ouverte.

— C'est pas qu'j'aie peur. Mais c'est embêtant. Et même, il est pas tout à fait normal non plus, dit-elle gravement. Une fois il s'est mis à déménager la table de toilette, comme un dingue.

— La table de toilette !

— Oui, celle qu'est dans l'bureau. La veille de Noël que c'était, quand l'Oline m'a envoyée voir le poêle, au cas que personne avait pensé au feu, dans c'te ferme où la foudre avait déjà frappé dans l'étable... Oui, alors j'l'ai vu ! Il avait tiré les rideaux, mais j'l'ai vu faire. Il tirait sur la table de toilette ! Courbé en deux, il regardait quéqu'chose dans l'coin. Et il a r'mis tout en place et il s'est mis à fumer. C'est pas la conduite de quelqu'un qu'a toute sa tête.

On en était aux jours faiblement bleutés de février.

Elle entra dans le bureau de Niels sans frapper. Il releva à peine la tête de ses papiers et dit bonjour. Il faisait chaud dans la pièce. Le poêle rendait des soupirs grésillants et trônait, brûlant, dans le coin.

— Le Niels travaille aussi les jours de repos ? dit-elle en préliminaire.

— Oui, j'pensais mettre les comptes à jour avant que l'Anders revienne avec les siens. Y a beaucoup à faire...

— En effet.

Elle alla vers la solide table et resta debout les bras croisés sur la poitrine. Il se mit à transpirer. Les mots et les pensées paralysés par une moiteur désagréable.

— Qu'est-ce que je voulais dire ?... Ah oui, c'est vrai — on m'a dit comme ça qu'tu penses à l'Amérique ?

Il pencha la tête imperceptiblement. Les cheveux légèrement grisonnants de ses tempes étaient un peu ébouriffés. Il était en bras de chemise, le gilet déboutonné. Son cou était nerveux et maigre, ses mains aussi.

Il était loin d'être laid. Son torse était puissant et musclé pour quelqu'un qui travaillait dans une boutique. Il avait le nez droit et des traits qui auraient pu être ceux d'un gentilhomme.

— Qui raconte ça ? demanda-t-il en s'humectant les lèvres.

— Aucune importance. Mais j'voudrais bien savoir si c'est vrai.

— C'est Dina elle-même qui a pris la carte d'Amérique sur mon bureau ?

Il avait rassemblé son courage pour une sorte d'attaque. Et se sentit satisfait un instant.

— Non. Alors t'as une carte ? T'en es déjà là ? Eh bien, où c'est que tu vas aller ?

Il la regarda avec méfiance. Ils se tenaient de chaque côté de la table, maintenant. Il s'appuya des deux mains sur le rebord et leva la tête vers elle.

Il se leva, si brusquement qu'il faillit renverser l'encrier.

— La carte a disparu ! Sans traces ! Elle était encore là l'avant-veille de Noël.

Il fit une pause.

Dina le regardait en silence.

— Non, j'y ai seulement pensé... répondit-il enfin.

— Ce sera cher, ce voyage, dit-elle à voix basse.

— C'est juste une idée...

— T'as peut-être obtenu un prêt à la banque ? Peut-être as-tu besoin d'une caution ?

— J'y ai pas pensé...

Niels changea de couleur, et se passa la main dans les cheveux une ou deux fois.

— T'as peut-être de l'argent à toi ?

— Non, pas exactement...

Niels s'en voulait de n'avoir pas prévu la situation. De n'avoir pas de réponses toutes prêtes.

C'était toujours comme ça avec Dina. Elle fonçait comme un requin et frappait par tous les moyens là où l'on s'y attendait le moins.

— J'ai attendu trop longtemps pour te parler d'une chose, Niels, dit-elle d'un ton engageant, semblant changer de sujet.

— Ah oui ? dit-il, soulagé.

— C'est les chiffres... ceux qui existent, mais qu'on

trouve pas. Ceux qui sont en plus. Ceux qui apparaissent seulement quand je compte les chargements et les déchargements, et quand je parle avec les gens de ce qu'ils doivent et de ce qu'on leur doit. J'ai pris quelques notes. C'est pas à mettre devant le commissaire ou le juge, mais j'ai compris où les chiffres sont partis, Niels.

Il avala sa salive. Puis il mobilisa toute son indignation et la regarda droit dans les yeux.

— Tu m'as déjà accusé de trafiquer les comptes ! siffla-t-il entre ses dents.

Juste trois secondes trop tôt.

— Oui ! presque, murmura-t-elle en lui prenant le bras. Mais cette fois, j'en suis sûre !

— Et quelle preuve as-tu ?

Il avait la vague sensation que c'était sérieux.

— J'crois que j'la garde pour moi pour l'instant, Niels !

— Parce qu'il y en a pas. C'est seulement de la méchanceté. De la méchanceté et des mensonges, tout. Depuis cette histoire avec la môme de la Stine...

— La môme du Niels, corrigea-t-elle.

— Appelle-la comme tu veux ! Mais depuis c'temps-là j'n'ai plus ma place à Reinsnes. Et maintenant on veut me faire passer pour un malfaiteur ! Où sont les preuves ? cria-t-il.

Son visage était pâle à la lumière de la lampe, et son menton tremblait.

— Tu dois bien comprendre que je ne vais pas gâcher mes preuves en te les racontant. Avant de savoir si tu feras ce qu'il faut pour qu'on soit quittes.

— Qu'est-ce que tu veux dire ?

— Montre à Dina où sont les chiffres, en argent pour de vrai ! On s'mettra d'accord sur le reste et la caution pour ton voyage en Amérique.

— J'ai pas d'argent !

— Si, tu en as ! T'as même volé ton propre frère des dix pour cent qui lui revenaient sur les affaires à Bergen. T'as inscrit des chiffres qu'ont rien à voir avec ce qu'Anders a transporté. C'est là que t'as commis ta plus grande faute. Tu l'as rejetée sur ton frère. Au pire, on pouvait croire que les malhonnêtetés venaient de lui. Mais t'oublies une chose, c'est que moi, je vous connais tous les deux !

Il lui montrait le poing et, en fureur, voulait contourner son bureau.

— Assieds-toi ! dit-elle. Tu crois qu'ça aurait été mieux si j'étais allée chercher le commissaire et un gendarme et tout déballer ? Réponds !

— Non, dit-il, à peine audible. Mais y a rien de vrai dans tout ça...

— Tu m'amènes les chiffres, autant que possible en argent pour de vrai, et plus vite que ça ! Tu l'as dépensé ou tu l'as enterré ? Parce qu'il n'est pas dans une banque.

— Qu'est-ce qui te le fait dire ? demanda-t-il.

Elle sourit. Un sourire effrayant. Qui lui donna la chair de poule. Il se referma sur lui-même. Comme s'il avait peur qu'elle le pénètre par tous les pores et le détruise de l'intérieur.

Niels s'écroula sur une chaise derrière son bureau. Son regard allait sans qu'il le veuille vers la table de toilette. Il avait les yeux d'un petit garçon qui avouait où il avait caché le cheval de bois chipé à un camarade.

— Tu les as enterrés ? Ou tu les as sous ton matelas ?

— J'ai rien !

Elle planta ses yeux dans les siens. Ils s'enfonçaient comme un soc de charrue.

— Très bien. Je te donne jusqu'à ce soir. Ensuite, j'envoie chercher le commissaire, dit-elle durement.

Et elle se retourna pour partir.

Elle eut tout à coup une idée et se retourna vers lui en un éclair.

Ses yeux fixaient la table de toilette !

Alors il comprit qu'il était observé.

— Du reste, je suis venue pour vérifier les comptes. Tu peux t'en aller, dit-elle lentement.

Un chat. Qui encore une fois brusquement montrait ses griffes. Il se leva et s'obligea à sortir le dos redressé.

Elle ferma la porte à clé derrière lui, sans se soucier qu'il l'entende. Puis elle retroussa ses manches et s'attaqua à la besogne.

L'énorme table de toilette et sa lourde plaque de marbre se laissaient à peine bouger. Du chêne et du marbre. Solide à toute épreuve.

Elle y mit tout son poids.

Niels marchait de long en large dans la boutique tandis qu'elle ouvrait la boîte et comptait l'argent sous la lampe.

Le lendemain matin, Dina partit à cheval vers la montagne. Avec des raquettes pendues comme un bât sur le sac de voyage, pour elle et pour le cheval.

Niels remontait juste de la boutique au moment où elle passa devant la forge.

La vue de cette grande femme à cheval, en route pour la montagne, le fit chanceler. Il savait où elle allait.

Ses entrailles s'étaient révoltées dès l'instant où il l'avait entendue fouiller le bureau. Cela était sorti des deux côtés et si brusquement qu'il avait eu du mal à arriver jusqu'aux cabinets. Il avait dû se pencher sur l'un des trous pour vomir, tout en étant assis sur un autre pour se vider.

Dans la soirée, il avait plusieurs fois pris la direction de la salle pour demander grâce. Mais sans y parvenir.

La nuit fut un enfer, plein de cauchemars de mort et de naufrage.

Il se leva le matin, savonna ses poils grisonnants et se rasa comme si c'était la chose la plus importante du monde.

Il se demandait encore s'il allait monter et supplier l'intraitable Dina Grønelv.

Mais il n'arriva pas à se décider. Reculant de minute en minute. Même quand il la vit partir, il avait encore une chance. En courant après elle et en retenant son cheval.

Il avait déjà mesuré sa force. Il savait qu'elle ne montrerait aucune miséricorde tant qu'il ne ramperait pas.

Et cela, il en avait été incapable.

Il aurait dû partir à temps ! Il n'aurait pas dû traîner pendant les fêtes, seulement parce qu'il était venu un homme avec qui on pouvait parler.

Et la carte ! Pourquoi s'était-il imaginé que la condition pour partir en Amérique était de posséder une carte ? Maintenant, il n'avait plus ni carte ni argent.

Il se trouva une raison d'aller à la cuisine, où il entendit Oline dire que Dina était partie pour Fagernesset.

— Elle a probablement un compte à régler avec le commissaire, dit Oline avec un rire sec.

Une capuche noire se resserrait sur sa tête. Il ne voyait plus clair. Entendait déjà la voix du juge tonner vers lui.

Il refusa le café servi par Oline.

Il faisait clair et beaucoup trop chaud dans la cuisine. Il reprit sa respiration en retournant dans l'annexe.

Plus tard, quand une des servantes vint voir ce qu'il devenait, puisqu'il ne s'était pas montré, il se plaignit d'être malade et ne laissa entrer personne dans sa chambre. Il n'avait pas touché à la nourriture quand elle revint pour chercher le plateau déposé devant sa porte.

La fille haussa les épaules. Niels faisait toujours des simagrées quand il était malade. Il était comme un gosse.

Dina chevauchait dans la montagne avec une belle somme d'argent à mettre à la caisse d'épargne.

À certains endroits, le cheval et elle-même devaient se servir de raquettes. Dans la montée du chemin verglacé et à demi bloqué par les congères, c'était le cheval qui menait la marche.

Elle s'arrêta au sommet, là où la rivière, presque toute l'année, se jette dans le précipice pour tomber avec un éternel grondement dans un trou. Ce jour-là, il y avait peu d'eau. Des glaçons verdâtres pendaient comme une décoration compliquée sur les bords.

Elle resta à contempler la pente raide le long de laquelle, il y avait de cela longtemps, le traîneau s'était renversé.

Je suis Dina. Jacob n'est pas dans le torrent. Il est avec moi. Il ne pèse pas très lourd. Il est seulement encombrant. Il souffle tout le temps sur moi. Hjertrud n'est pas dans les buissons de framboises sur le terrain de la buanderie à Fagernesset. Le cri y est. Ça coule sur le sol quand j'écrase les baies dans ma main. Et le visage de Hjertrud est réparé. Comme le violoncelle de Lorch. Je compte et je choisis pour eux tous. Ils ont besoin de moi.

Elle se jeta sur le dos du cheval sans préparer l'animal, comme elle en avait l'habitude. Le cheval sursauta et se mit à hennir. Il ne se plaisait pas devant le précipice. Il devait avoir des souvenirs dont il ne pouvait pas se débarrasser. Elle rit tout haut et lui caressa le col.

— Hue ! cria-t-elle en tirant sur la bride.

La course fut dure. Elle n'arriva pas à destination avant la fin de l'après-midi. Par endroits, elle devait piétiner le sol devant le cheval parce qu'il s'enfonçait dans la neige pourrie.

Quand elle atteignit les premières fermes, les gens sortirent pour voir, comme c'était l'habitude dans le pays.

On reconnut vite Dina de Reinsnes à son cheval noir sans selle. Une dame en pantalons comme un homme. Les femmes l'enviaient et en même temps la réprouvaient. Mais avant tout, elles étaient malades d'envie de savoir ce qui l'amenait à cheval chez son père au beau milieu de l'hiver.

Elles envoyèrent des enfants et des garçons de ferme à sa rencontre. Mais on n'en sut pas plus. Dina se contentait de saluer, et passait son chemin.

À un endroit, juste au-dessus de la ferme du commissaire, elle s'arrêta pour chercher la perdrix des neiges qui, elle le savait, nichait là.

Elle ne s'envola pas quand Lucifer et elle arrivèrent essoufflés. Elle se coucha seulement, les yeux papillotants, se croyant invisible.

Elle fit un détour jusque-là pour la faire voltiger un peu sur la neige. Puis elle eut un rire découragé et, comme un enfant, se mit à courir après. À la fin, elle réussit à la faire roucouler et siffler en s'approchant trop près.

Ce jeu, elle l'avait joué avec Tomas pendant les hivers à la métairie. Ils posaient aussi des pièges.

En hiver, les perdrix qui nichaient dans les broussailles aux alentours de Fagernesset étaient aussi apprivoisées que des poules. Elles n'avaient pas peur quand on les poursuivait.

C'était autre chose au printemps et en été, quand elles avaient des petits. Alors elles pressaient leurs corps dans la bruyère, ou bien se mettaient à voltiger bas autour de la tête des gens pour les attirer et donner le temps aux oisillons de s'enfuir.

Tout en poussant leur cri enroué. « Ké-béu-ké-béu ! » Qu'une créature si petite puisse avoir tant de courage !

Elle savait qu'il y avait des ours à Eidet. Elle avait donc le fusil lapon de Tomas sous la cuisse, pour plus de sûreté. Mais il était rare que l'ours sorte de sa tanière à cette saison.

Le commissaire eut un choc. Il jeta un regard myope à travers les vitres de son bureau quand il entendit le cheval. Lâcha tout ce qu'il avait dans les mains et se précipita sur le perron les bras grands ouverts.

Il l'accueillit avec chaleur, mais en grondant. Elle n'avait pas prévenu ! Elle montait sans selle pour une longue course par mauvais temps ! Et elle, qui était mère de famille et veuve, ne savait pas encore s'habiller comme il convenait à une femme !

Il ne fit aucune allusion à leur dernière entrevue à Reinsnes, où ils ne s'étaient pas quittés dans les meilleurs termes.

Mais il insista sur le fait qu'elle était venue seule dans la nuit noire et jetait la honte sur toute la famille. Avait-elle seulement rencontré quelqu'un, et qui ? L'avait-on reconnue ?

Dina retira sa pelisse et la laissa tomber par terre près de l'escalier. Elle répondait aux questions comme un oracle réfléchi. Sans faire d'histoires. Pour mettre fin à ce flot de paroles.

— J'suis gelée ! Vous avez du punch dans la maison ? Me l'faut bouillant comme l'enfer ! cria-t-elle pour en finir.

Ils arrivèrent alors, Dagny et les garçons. Oscar était devenu une longue asperge, et était visiblement l'aîné, celui qui avait reçu le plus d'éducation et de responsabilité. Il avait déjà la nuque courbée et ne regardait pas les gens dans les yeux.

Dina le prit par le menton et le regarda. Les yeux fuyants, il essaya de se dégager. Mais elle le tenait ferme. Puis elle hocha gravement la tête et dit en regardant le commissaire :

— T'es trop sévère avec ce garçon. Il va finir par se sauver un jour, tu vas voir. Viens à Reinsnes, si ça d'vient trop dur, dit-elle à voix basse, mais intelligible, au-dessus de la tête du garçon.

Puis elle s'écroula sur une chaise près de la porte.

Egil, le plus jeune des fils du commissaire, se plaça comme un chien entre Dina et son frère.

— Bonjour, monsieur Egil Holm, quel âge que t'as à c'jour ?

— Bientôt dix ans, répondit-il, rayonnant.

— Alors reste pas là à glander, tire-moi mes bottes, qu'on puisse voir si la gangrène a pris mes pieds gelés !

Et Egil se mit à tirer comme un grand. La botte lâcha prise et il alla s'étaler contre le mur. Il était aussi court et brun que son frère était blond et dégingandé. Il se comportait tout différemment.

Il adorait Dina avec une hardiesse inlassable qui ne se laissait arrêter par rien ni personne. Et qui ne manquait pas de provoquer des bagarres et des disputes avec Benjamin quand ils se rencontraient.

Dina ne s'en mêlait jamais.

Dagny ne goûtait pas spécialement les transports d'affection de son fils envers Dina. Mais elle se plaignit avec politesse de n'avoir pas su que Dina venait, ils auraient préparé un dîner de fête.

— J'suis pas v'nue pour un dîner de fête, mais pour affaires ! dit Dina.

Dagny sentit le ton méprisant, mais elle ne répliqua pas. Elle avait toujours la sensation désagréable que Dina se moquait d'elle et la trouvait bête.

Dagny avait les joues rouges d'humiliation quand Dina emmena avec elle le punch et le commissaire dans le bureau.

Une fois la porte fermée, Dina exposa le but de sa visite. Elle voulait qu'il mette de l'argent à la caisse d'épargne.

Le commissaire croisa les mains et soupira quand il vit la liasse de billets qu'elle comptait devant lui.

— Et d'où vient tout cet argent liquide ? demanda-t-il, retenant sa respiration et d'un ton solennel, tout en la regardant. Et en plus en dehors de tous les comptes réguliers ! Au beau milieu de la pêche aux Lofoten — et avant les ventes à Bergen ! Est-ce que la fille du commissaire cache de l'argent dans les tiroirs de sa commode à notre époque ?

Dina se mit à rire. Mais elle ne voulut pas dire d'où venait l'argent. C'était seulement une réserve qu'elle avait ignorée jusqu'à ce jour...

Elle ne voulait pas aller elle-même à la banque. Elle ne voulait pas s'abaisser à apporter une enveloppe avec des billets. C'était à son père de le faire. Et il devait garder la quittance jusqu'à son prochain séjour à Reinsnes. Un tiers devait être mis au nom d'Hanna, un tiers au nom de Benjamin et un tiers à son nom à elle.

Le commissaire avait une mission à remplir. Il la prenait très au sérieux. Mais, au début, il refusa d'accepter qu'elle donne tant d'argent à un gosse lapon conçu dans le péché ! Comme si ce n'était déjà pas assez d'avoir l'enfant à sa charge, et d'assurer son existence et celle de sa mère ! Sans gaspiller encore tout cet argent sans rime ni raison.

Dina souriait, tandis que des yeux elle lui aurait bien arraché la moustache de fureur.

Cette manœuvre fit comprendre au commissaire qu'il n'y avait rien à faire. Mais il bouillait d'impatience, comme un gosse le soir de Noël, de lui faire dire d'où venait l'argent.

Quand ils furent à table, il ne put s'en empêcher :

— Tu n'as quand même pas vendu un bateau, ou de la terre ?

— Pourquoi demandes-tu cela ? dit Dagny.

— Non, pour rien... Comme ça, une idée.

— J'ai essayé d'lui faire dire quel prix il donnerait pour Reinsnes, répliqua Dina calmement en s'essuyant la bouche avec le revers de la main.

Ceci afin d'encourager les garçons à en faire autant et pour irriter Dagny.

La présence de Dina avait mis le commissaire de bonne humeur. Il se complaisait à raconter une affaire qu'il avait avec le préfet de la province à Tromsø. Le commissaire trouvait que le préfet prêtait trop d'attention aux commissaires qui avaient fait du droit, ces bons à rien qui venaient du Sud et ignoraient tout des gens et des coutumes du Nordland. Tandis que de vieux travailleurs, qui connaissaient la paroisse et la mentalité des gens, n'étaient plus pris au sérieux.

— C'est quand même pas leur faute si les gens ont fait des études, dit Dina, taquine.

Elle savait parfaitement que c'était là le point faible du commissaire.

— Non, mais qu'ils ne se rendent pas compte que d'autres ont aussi des connaissances, grâce à l'expérience et à la sagesse ! dit le commissaire, vexé.

— Tu parles peut-être tellement qu'ils en perdent le fil, fit Dina en clignant de l'œil vers Dagny.

— Il a vraiment essayé d'arranger les choses, dit Dagny.

— Mais il s'agit de quoi ? demanda Dina.

— Un jugement de mécréant, siffla le commissaire. Une veuve de métayer a été condamnée à deux mois de prison pour avoir volé un foulard à fleurs, trois fromages et de l'argent dans une ferme où elle était obligée de travailler ! J'ai fait appel au tribunal de première instance à Ibestad. J'ai protesté contre le jugement et les témoins. Mais ils s'étaient déjà mis d'accord avec le préfet.

— Fais gaffe, père, ce sont des ennemis dangereux, dit-elle en riant.

Le commissaire lui lança un regard vexé.

— Ils traitent les petites gens comme du bétail ! Et les vieux commissaires fidèles comme des poux ! C'est l'époque, je vais te dire. L'époque qui ne montre aucun respect.

— Non, l'époque montre aucun respect, acquiesça Dina en bâillant ouvertement. Et mon père, il a aucun jugement injuste sur la conscience ?

— Non, que Dieu me pardonne !

— Et le jugement sur Dina ?

— Le jugement sur Dina ?

— Oui.

— Quel jugement ?

— L'histoire de la Hjertrud !

Tout le monde s'arrêta de mâcher. La servante partit à reculons vers la cuisine. Les murs et les plafonds s'agrippaient les uns aux autres.

— Dina, Dina... dit le commissaire d'une voix enrouée. Tu dis les choses les plus bizarres.

— Non, ce sont les choses les plus bizarres que je ne dis pas.

Dagny poussa les enfants dehors et les suivit. Le commissaire et Dina de Reinsnes restèrent seuls sous le lustre. Les portes furent fermées, le passé ravivait une blessure ouverte.

— On ne peut pas accuser un enfant, dit le commissaire avec tristesse sans la regarder.

— Pourquoi elle a été accusée, alors ?

— Mais qui l'accuse ?

— Toi !

— Mais enfin, Dina...

— Tu m'as renvoyée. J'étais rien. Jusqu'à ce que tu me vendes à Jacob. C'était heureusement un être humain, lui. Tandis que moi j'étais devenue un louveteau.

— Tu en as une audace ! Te vendre ! Comment peux-tu...

— Parce que c'est vrai. J'étais gênante. J'avais aucune éducation. Si le doyen t'avait pas fait la morale, je s'rais encore à traire les vaches et les chèvres à Helle. Tu crois que je l'sais pas ? Et tu as pitié d'étrangers qui volent un foulard à fleurs et de l'argent ! Tu sais c'qu'il dit, le livre noir à Hjertrud, sur des gens comme toi ?

— Dina !

Le commissaire s'était dressé de toute sa hauteur, faisant tinter les couverts et renversant son verre.

— C'est ça, mets-toi en colère ! Mais tu sais pas c'qui est dit dans le livre à Hjertrud. Tu es commissaire et tu sais rien ! Tu fais collection des pauvres diables qui te connaissent pas. Comme ça, tu peux t'les accrocher à ta chaîne de montre. Et tout l'monde peut voir que le commissaire Holm de Fagernesset c'est un homme respectable.

— Dina...

Le commissaire se recroquevilla tout à coup sur la table et devint tout blanc derrière sa barbe. Puis il s'écroula avec élégance sur sa chaise avant de tomber sur le sol. Ses jambes et son corps étaient comme les lames d'un canif dont la fermeture était trop lâche.

Dagny se précipita dans la pièce. Elle pleurait et serrait son mari dans ses bras. Dina le remit sur une chaise, lui donna de l'eau de son propre verre, et quitta la pièce.

Le commissaire se remit vite. C'était le cœur qui avait battu la chamade, expliqua-t-il tout honteux.

Ils étaient à nouveau réunis au complet pour le dessert, en toute harmonie, presque une heure en retard.

Le commissaire avait fait descendre Dina, l'appelant d'une voix suppliante tout en s'agrippant à la rampe de l'escalier tant il se sentait mal.

Les garçons fixaient Dina avec une admiration mêlée de crainte quand elle descendit et se rassit à table.

Les garçons ne devaient rien entendre, rien voir. Mais aujourd'hui ils avaient encore une fois vu Dina maîtriser la colère du père. Et elle n'en était pas morte. Au contraire. C'était le commissaire qui était tombé par terre.

Dagny changeait constamment d'expression quand Dina était là. Quand elle regardait le commissaire, elle avait l'air d'un bouton d'or dans une rivière. Quand elle se retournait vers Dina, elle devenait une algue pourrie.

Je suis Dina, mes pieds prennent racine dans le plancher pendant que, en chemise de nuit, je regarde la lune rouler sur le ciel de Hjertrud. Elle a un visage. Des yeux, une bouche et un nez. L'une de ses joues est un peu creuse. Hjertrud est toujours au-dessus de mon lit et pleure, quand elle croit que je dors. Mais je ne dors pas. Je passe dans le ciel et compte les étoiles pour qu'elle me voie.

Dina s'amusait à déménager des objets quand elle venait en visite. Les remettant à leur emplacement initial. Là où ils étaient avant Dagny.

Dagny ravalait sa colère. Elle avait l'habitude de Dina. Elle ne voulait pas lui donner l'occasion de triompher en se fâchant. Elle attendait seulement son départ, les dents serrées.

Cette fois, elle n'eut qu'à attendre le lendemain matin. Alors elle courut avec fureur de pièce en pièce remettre tout en place. La boîte à ouvrage, du fumoir au petit salon. Les portraits de la famille de Hjertrud, de la salle à manger au palier du premier étage.

Dina les avait remplacés par un plat en porcelaine décoré du portrait du prince Oscar, en bleu avec un filet d'or.

Et malheur à celui qui se trouvait sur le chemin de Dagny, ou faisait des commentaires.

Plus tard dans la journée, quand le commissaire alluma son cigare d'après dîner sans se douter de rien, elle ne put plus se contenir :

— Il faut vraiment chercher longtemps pour trouver quelqu'un d'aussi impertinent et aussi dépourvu de tact que Dina !

— Allons, allons, qu'est-ce qu'il y a maintenant ?

Il en avait assez de ces histoires de femmes. Il n'y comprenait rien. Il ne voulait rien savoir et surtout ne pas prendre parti. Il se sentait quand même obligé de poser la question.

— Elle t'engueule ! Gâche tout le dîner ! Déménage les objets comme si elle habitait toujours ici. Elle fait mousser la famille de Hjertrud pour me narguer, dit Dagny d'une voix plaintive.

— Dina a un caractère difficile... Elle ne veut pas de mal...

— Et qu'est-ce qu'elle veut alors ?

Il soupira sans répondre.

— Je suis content de n'avoir qu'une seule fille, murmura-t-il.

— Et moi donc ! gronda-t-elle.

— Ça suffit comme ça, Dagny !

— Oui, jusqu'à la prochaine fois où elle s'amènera à cheval comme un palefrenier, à califourchon et sans selle, à travers tout le pays, et s'installera comme si elle était la propriétaire ! Et en plus, elle te donne des palpitations !

— Ça n'arrive pas si souvent...

— Encore heureux, et Dieu merci !

Il se gratta la tête et emporta sa pipe avec lui dans

son bureau. Il était las de faire régner la discipline. Il avait honte de n'avoir pas remis sa femme à sa place pour obtenir la paix dans la maison. Il se sentait devenir vieux, il ne supportait plus grand-chose. En même temps, il reconnaissait que le passage de Dina avait été rafraîchissant. Il allait lui rendre un service ! Que personne d'autre ne pouvait faire pour elle. Elle était quand même la fille du commissaire. Il ne manquait plus que cela ! Et puis, ça ne faisait pas de mal de s'empoigner de temps à autre. Les gens étaient tellement délicats !

Il soupira, se laissa tomber dans le grand fauteuil à oreilles, posa sa pipe sur la table et attrapa sa tabatière.

Le commissaire avait les idées plus claires quand il prenait une prise de tabac. Et juste maintenant il avait besoin de poursuivre une idée jusqu'au bout. Mais il ne savait au juste par où commencer.

Il y avait cette chose à propos de la pauvre Hjertrud... Qu'est-ce que Dina avait dit ? Qu'est-ce qu'il y avait dans son livre ?

2

> Voici, il passe près de moi, et je ne le vois pas, il s'en va et je ne l'aperçois pas. S'il enlève sa proie, qui s'y opposera ? Qui lui dira : que fais-tu ?
> (Livre de Job, 9, 11-12)

Tel un mur, Dina rencontra le silence quand elle fit son entrée dans la ferme.

Une lumière tremblotante venait de l'annexe. Une lueur blanche sur la neige bleutée. Les fenêtres étaient voilées de draps. La mort s'était installée à Reinsnes. Une ombre à travers les vitres gelées. Tomas l'avait dépendu. Il restait un bout de corde. Qui pendant longtemps resta là à pendiller.

Niels avait trouvé une fente entre les poutres du plafond et le plancher du grenier. Il avait dû avoir du mal à faire passer la corde, car la fente était très étroite.

Puis il s'était pendu.

Il n'avait pas pris la peine de quitter la maison chaude pour faire comme la plupart des gens qui avaient ça en tête.

Aller se pendre dans l'entrepôt. Là, il était facile de trouver une poutre et assez de place.

Dans ses derniers moments, il avait choisi de rester à la chaleur du poêle. Les entrepôts étaient trop solitaires et trop hauts de plafond. Il y avait largement de la place pour autant de corps qu'on voulait.

Mais Niels s'était pendu près du poêle. Dans une

pièce si basse de plafond que la hauteur était à peine suffisante pour pendre un homme adulte.

Il n'avait pas été effrayant à voir, compte tenu des circonstances. N'avait ni les yeux révulsés ni la langue pendante.

Mais la couleur n'était pas belle à voir.

Il était évident que la tête ne tenait plus au reste du corps. Son menton pointait vers le sol. Il se balançait légèrement d'un côté vers l'autre. Il avait dû se balancer longtemps.

Tomas était entré en trombe, le cœur comme une machine à vapeur.

La vieille maison commençait à s'agiter, et Niels suivait le mouvement. Une mèche brune pendait sur son front. Comme s'il avait bu quelques verres de trop. Les yeux étaient fermés. Les bras pendaient tout droit le long du corps.

C'était seulement maintenant qu'il montrait qui il était. Un commis de boutique très seul, avec de nombreux rêves secrets. Mais qui avait finalement pris une décision.

On avait allongé Niels sur une planche posée sur la table en attendant de pouvoir lui offrir un cercueil convenable.

Anders était aux Lofoten. Mais on lui avait déjà fait parvenir un message.

Johan l'avait veillé avec Stine. Avait surveillé les cierges toute la nuit.

Stine ne faisait que couvrir et découvrir le corps de Niels, sans arrêt. Ne faisait attention à personne qui entrait dans la pièce. Même pas à Mère Karen, qui était venue en boitant et en pleurant poser sa maigre main sur son épaule. Ni à Johan, quand il lisait des versets de la Bible à intervalles réguliers.

Stine tournait ses yeux sombres d'eider vers la mer. Ses joues étaient moins dorées qu'à l'habitude. Elle ne partageait ses pensées avec personne. Les rares paroles qu'elle avait prononcées le jour où ils décrochèrent le père de la petite Hanna étaient adressées à Johan :

— C'est à toi et à moi, en tant que proches, de lui faire sa toilette.

Dina considéra pensivement le visage de Niels, à peu près comme on regarde du bétail qu'on a décidé de ne pas acheter. Mais son regard n'était pas hostile.

Les habitants de la ferme étaient rassemblés. Les visages exprimaient l'incrédulité et l'impuissance, avec un mélange d'effroi et un rien de culpabilité.

Dina hocha la tête en silence, confrontée aux dernières pensées désemparées de Niels qui encore flottaient dans la pièce. Elle lui donnait enfin son approbation.

Johan dut employer toute son intelligence pour persuader Mère Karen que Niels serait enterré en terre consacrée. Malgré le péché qu'il avait commis envers Dieu et les hommes.

— S'ils veulent pas du Niels au cimetière, on l'mettra dans l'jardin, coupa Dina.

Cela fit frémir Johan, et Mère Karen se mit à pleurer silencieusement.

Si Niels fut accepté au cimetière, ce fut pour plusieurs raisons. D'abord, un enterrement était impossible à envisager avant six semaines, que la terre soit consacrée ou non. Car il se mit à geler comme jamais auparavant, autant qu'on s'en souvienne. Chaque motte de terre à piocher était comme du ciment.

D'autre part, le bruit courait que Niels était tout simplement mort. Les conversations que Johan et le doyen avaient eues entre eux, et avec Dieu, avaient été fort utiles.

En plus, la rumeur publique s'était calmée pendant le temps qu'il fallait pour creuser une tombe. Niels prit la place qu'on lui avait réservée, derrière l'église. Dans la plus stricte intimité.

Tout le monde savait qu'il s'était pendu en se servant d'une mince fente dans le plafond de l'annexe à Reinsnes. Avec la corde flambant neuve qu'Anders avait fait venir de Russie, ou de Trondheim, ou d'ailleurs. Mais on savait aussi que les gens de Reinsnes étaient puissants et faisaient ce que bon leur semblait.

Stine se mit à dire à la petite Hanna : « C'était trois semaines avant la mort de ton père... », ou bien : « C'était l'hiver après la mort de ton père. »

Elle, qui n'avait jamais parlé de la paternité de Niels tant qu'il était vivant, ne ratait maintenant pas une occasion de souligner qui était le vrai père d'Hanna. Cela eut un résultat étonnant.

On accepta très vite le fait que le père d'Hanna était mort, malheureusement, et que Stine était mère d'une orpheline.

Niels, par sa mort, lui donnait la réparation qu'il n'avait pas été capable de lui donner de son vivant.

Dina fit quelques allusions. Les gens de la ferme, qui avaient entendu, firent de ces mots une réalité : Niels s'était ressaisi les derniers temps. Il avait demandé à Dina de mettre ses économies à la banque pour faire une rente à vie à Hanna. Cela se propagea plus vite qu'un feu d'herbes en mai. Après les Lofoten, personne ne l'ignorait.

On comprit que Niels n'était pas si mauvais que ça. Et qu'il avait droit à sa place auprès de Notre-Seigneur, bien qu'il en ait pris l'initiative lui-même.

Un jour, le caboteur revint des Lofoten avec une bonne prise. Mais Anders avait le teint gris et les traits tirés.

Il alla droit dans la salle voir Dina, il voulait savoir ce qui s'était passé.

— Il pouvait quand même pas faire une chose pareille, Dina !

— Mais si, il pouvait, dit Dina.

— Mais pourquoi ? Qu'est-ce que j'aurais pu faire pour lui ?

Il entoura Dina de ses bras et cacha son visage sur son épaule. Ils restèrent longtemps ainsi. Cela ne leur était jamais arrivé.

— J'crois qu'il était forcé, dit Dina sombrement.

— Personne l'est forcé d'faire ça !

— Certains, si ! dit Dina.

Il laissa couler un flot de larmes entre leurs visages.

Elle lui prit la tête dans ses mains. Le regardant longtemps dans les yeux.

— J'aurais dû... commença-t-il.

— Chut ! Il aurait dû. Chacun doit prendre la responsabilité de sa propre vie !

— T'es dure, Dina.

— Certains doivent se pendre, d'autres se doivent d'être durs, répondit-elle en se dégageant de son étreinte.

3

> L'âme bienfaisante sera rassasiée, et celui qui arrose sera lui-même arrosé.
> (Proverbes, 11, 25)

Mère Karen avait un livre spécial dans sa vitrine. Écrit par un certain juge de Drammen, Gustav Peter Blom, portant le titre honorifique de « Commissaire Général au Cadastre ». Il avait décrit son voyage dans le Nordland. Il y avait là des réflexions intéressantes sur les gens du Nordland en général et sur les Lapons en particulier.

« Les Lapons ne ressentent ni la douleur ni le regret », et « Les gens du Nordland sont superstitieux, probablement parce qu'ils sont dépendants des forces de la nature », affirmait M. Blom.

Mère Karen n'arrivait pas à comprendre en quoi il y avait superstition à remettre son destin entre les mains de Dieu, et à faire confiance à la nature plutôt que de croire à de fausses promesses. Mais n'ayant pas l'occasion de discuter de la chose, elle ne chercha pas plus loin.

Il considérait qu'on comptait peu d'esprits éclairés ou cultivés là-haut autour du Pôle. Il n'aimait pas du tout le physique des Lapons.

Il n'avait pas vu Stine de Reinsnes, pensait Mère Karen. Mais elle ne dit rien. Se contenta de placer le livre en travers, derrière les autres. Au cas où Stine enlèverait la poussière.

Car Mère Karen avait voyagé de par le monde avec son époux. Jusqu'à la Méditerranée, et à Paris et à Brême. Elle savait que l'être humain est nu devant son Dieu, avec ses nouveaux péchés, à quelque famille qu'il appartienne.

Mère Karen avait personnellement veillé à ce que Stine apprenne à lire et à écrire, quand on s'était aperçu qu'elle ne le savait pas.

Elle apprenait vite. C'était comme si elle mettait un verre à ses lèvres et buvait le savoir. Mère Karen s'était aussi mise en guerre contre Oline. Après un long siège, elle arriva à la persuader des talents naturels de Stine pour mener une grande maison.

Petit à petit, comme Oline et Tomas, Stine eut une position toute spéciale qui inspirait le respect.

Mais en dehors de la ferme, elle restait la Lapone recueillie par Dina. Que Dina lui ait demandé de porter Benjamin au baptême ne changeait en rien l'opinion qu'on avait des filles lapones.

On disait maintenant que Niels était mort parce qu'elle lui avait jeté un sort. Et tandis que le bétail et les écus ne faisaient que prospérer à Reinsnes, la maîtresse qui l'avait chassée de son ancien poste à Tjeldsund était morte. La servante lapone rendait la monnaie de la pièce.

Stine quittait rarement Reinsnes. Elle déplaçait son corps noueux de pièce en pièce avec une énergie silencieuse.

Elle paraissait tellement écrasée de chagrin qu'il lui fallait continuellement faire travailler son corps, pour qu'il ne s'écroule pas.

Tout l'héritage de ses ancêtres tenait dans ses muscles. Elle avait transmis aux servantes en apprentissage cette manière calme et glissante de se déplacer.

Elle montrait rarement ses sentiments. Son visage et ses yeux avaient un sombre rayonnement qui indiquait : je supporte d'être dans la même pièce que toi, mais je n'ai rien à te dire.

Ses pommettes saillantes et son accent chantant trahissaient son origine. Elle portait en elle les hauts plateaux et le rythme des torrents.

Elle ne portait plus sa tunique de toile en été et de peau en hiver. Mais elle avait toujours, pendillant à la ceinture, comme le premier jour à Reinsnes où elle avait allaité Benjamin, un étui de cuir contenant un couteau et des ciseaux, un étui de cuivre pour les aiguilles, et divers anneaux de cuivre.

Une fois, Dina lui avait demandé d'où elle venait. Elle avait alors raconté sa brève histoire. Elle venait d'une famille lapone de Suède, qui avait perdu tous ses rennes dans une avalanche avant sa naissance. Ils avaient longtemps vécu en camp volant en Suède. À rassembler les rennes sauvages, pêcher et chasser.

Mais le père et le grand-père avaient mauvaise réputation. Celle de voler les bêtes des troupeaux des autres.

Toute la famille dut alors se réfugier de l'autre côté de la frontière.

Ils s'installèrent finalement dans une hutte à Skånland, se procurèrent un bateau et commencèrent à pêcher. Mais des Lapons sans rennes qui s'adonnent à une pêche misérable n'inspirent aucun respect.

Ils furent considérés comme de pauvres « Lapons des plaines » par les Norvégiens, et ne figuraient même pas sur les listes de recensement.

Stine dut gagner son pain dès l'âge de douze ans. Elle travaillait à l'étable dans une ferme de Tjeldsund. Quand elle accoucha d'un enfant mort-né, ce fut la fin de tout. On ne pouvait pas l'accuser de meurtre d'enfant. Il s'agissait seulement d'une coucherie coupable.

Le maître eut un mot en sa faveur. Mais la maîtresse ne voulait plus la voir. Elle dut quitter la ferme. Les seins gonflés de lait et des chiffons sanglants entre les cuisses.

— Les femmes déchirent quelqu'fois les gens en p'tits morceaux. Et après, elles courent à l'église ! fut le commentaire de Dina.

— Où t'as pris ça ? demanda Stine avec hésitation.
— Chez l'commissaire.
— Personne est comme ça à Reinsnes, dit Stine.
— Non, mais les hommes ici sont pas des commissaires non plus, affirma Dina.
— La mère à Dina, elle était comme ça ?
— Non ! répondit Dina en quittant la pièce.

Pour Stine, chaque saison avait ses rites. La vannerie, le tissage, le ramassage de plantes médicinales et la teinture des laines. Dans sa chambre, cela sentait l'osier, la laine et une fraîche odeur d'enfant.

On lui avait réservé des étagères dans le garde-manger. Où elle faisait refroidir ses décoctions. Ou bien les laissait reposer avant de les mettre en bouteille. Pour faire face à toute éventualité.

Après qu'on eut décroché Niels du plafond de l'annexe, elle ne fut plus qu'une bête de labeur. Pendant longtemps.

Un soir, Dina la fit appeler. Tard, quand tout le monde était allé se coucher, Stine frappa chez Dina et lui tendit une carte d'Amérique.

— J'aurais dû t'donner sa carte depuis longtemps, mais ça n's'est pas trouvé, dit-elle.

Dina la déplia sur le lit, se pencha au-dessus et l'étudia avec soin.

— J'savais pas qu'c'était toi qu'avais la carte du Niels. C'était pas d'ça que j'voulais parler... Tu d'vais partir avec ?
— Non ! dit Stine avec force.
— Alors pourquoi t'as la carte ?
— J'l'ai prise. Il pouvait pas partir sans !

Dina se redressa et rencontra le regard de Stine.
— Tu voulais pas qu'il parte ?
— Non.
— Et pourquoi tu voulais l'garder ici ?
— Pour Hanna... murmura-t-elle.

— Mais s'il l'avait demandé, tu s'rais partie en Amérique ?

Il se fit un silence dans la pièce. Les bruits du reste de la maison les recouvrirent comme un couvercle posé sur un seau en fer-blanc. Elles se trouvaient dans le seau. Enfermées l'une avec l'autre. Et avec elles-mêmes.

Stine commençait à comprendre que cet interrogatoire avait un but précis.

— Non, répondit-elle finalement.

— Pourquoi pas ?

— Parce que j'veux rester à Reinsnes.

— Mais vous pouviez avoir une bonne vie.

— Non.

— Tu crois qu'c'est pour ça qu'c'est arrivé ? demanda Dina.

— Non...

— Pourquoi tu crois qu'c'est arrivé ? qu'il s'est pendu ?

— J'en sais rien... C'est pour ça que j't'ai apporté la carte.

— J'sais pourquoi il a fait ça, Stine. Et ça avait rien à faire avec toi !

— Les gens disent que j'lui ai jeté un sort pour l'faire mourir.

— Les gens disent des conneries, gronda Dina.

— Ça s'peut bien... qu'les gens ont raison...

— Non !

— Comment t'es si sûre que ça ?

— Il avait d'autres raisons, j'suis seule à savoir. Il pouvait pas rester ici.

— C'était parce qu'il voulait la Dina ? demanda Stine brusquement.

— Il voulait Reinsnes. C'était tout c'qu'on avait de commun, Stine.

Leurs yeux se croisèrent. Dina hocha la tête.

— Tu sais jeter des sorts, Stine ?

— J'sais pas... répondit-elle, à peine audible.

— Alors t'es peut-être pas la seule, dit Dina. Mais les gens n'ont qu'à faire attention, hein ?

Stine la regardait fixement.

— Dina est sérieuse ?

— Oui !

— Tu comprends... y a des forces ?...

— Y a des forces ! Comment on s'en s'rait sorties autrement ?

— Ça m'fait peur.

— Peur... Et pourquoi ?

— Parce que c'est... le Diable...

— Le Diable s'occupe pas de vétilles. Demande un peu à Mère Karen.

— C'est pas une vétille que le Niels se soit pendu.

— T'as de l'attachement pour le Niels ? demanda Dina.

— J'sais pas si j'en avais.

— Un attachement cesse pas parce que quelqu'un se pend.

— Non, c'est sans doute vrai.

— J'crois qu'ça peut sauver l'Niels, de tout, et de lui-même, si t'as de l'attachement pour lui. Alors il s'est pas pendu pour rien.

— La Dina croit vraiment ça ?

— Oui. Et l'Niels a au moins fait une chose. C'est pour ça que j't'ai fait venir. Il a mis un peu d'argent à la banque pour Hanna. T'es sa tutrice. Y en a assez pour aller jusqu'en Amérique.

— Seigneur Dieu, murmura Stine en contemplant les carreaux de son tablier. J'en ai entendu parler, mais j'croyais que c'était des mensonges, comme tout c'qu'on dit sur moi. Qu'est-ce que j'vais faire de l'argent ?

— Vous aurez jamais besoin d'mendier quoi que ce soit, même si jamais le Diable devait s'installer à Reinsnes, répondit Dina avec force.

— Le Diable a jamais été à Reinsnes, dit Stine gravement.

Puis elle se referma à nouveau sur elle-même. Se leva tranquillement pour partir.

— Il a dû penser à Hanna — avant d'le faire...

— Il a sûrement pensé à toi aussi.

— Il aurait jamais dû faire ça ! dit Stine avec une force inattendue.

— Vous donner l'argent ?

— Non, se pendre.

— C'était p't'être bien la seule façon qu'il avait d'vous donner quelque chose, dit Dina sèchement.

L'autre avala sa salive. Puis son visage s'éclaircit. La grande porte aux panneaux rococo et à la lourde poignée de cuivre se referma avec précaution sur elle.

C'était ce que Mère Karen appelait « le miracle du printemps ».

Chaque printemps, depuis que les seins de Stine étaient à sec. Tout avait commencé quand Stine avait remarqué la quantité d'eiders qui nichaient sur les îles et les îlots le long de la côte. Et qu'elle avait entendu dire qu'autrefois il y avait pas mal à gagner si on ramassait le duvet d'eider.

Stine prenait ses aises avec la nature. De ses propres mains elle construisait des abris pour les eiders. En branches de genévrier tressées, pour leur donner un aspect naturel. Elle les nourrissait et leur parlait.

Mais surtout elle veillait à ce que personne ne dérange les oiseaux ou ne vole leurs œufs.

Les oiseaux revenaient par centaines année après année. Ils arrachaient le duvet de leur poitrine pour en calfeutrer leurs nids.

Dans toute la paroisse, on racontait comment la Lapone montait la garde devant les eiders. Et les sommes qu'elle gagnait en ramassant le duvet dans les nids abandonnés après l'éclosion des œufs prirent des proportions vertigineuses.

C'était devenu un gagne-pain si lucratif que la

Lapone avait mis de l'argent à la banque. Elle devait même partir en Amérique pour s'y installer.

Il y avait bien quelques bonnes femmes qui, à l'occasion, avaient essayé de faire comme Stine. Mais sans grand résultat. Parce que la Lapone avait jeté un sort sur tous les eiders de la paroisse pour les attirer à Reinsnes ! Elle avait plus d'un tour dans son sac, disaient ceux qui s'y connaissaient.

Pendant la couvaison, il y avait des têtes d'eiders qui apparaissaient dans tous les endroits possibles et imaginables. Une année, une mère eider entra par la porte ouverte du fournil et s'installa dans le grand four.

Ce fut une lutte acharnée entre Oline et Stine pendant les semaines de la couvaison, à qui l'emporterait et pourrait utiliser le four ou laisser l'oiseau en paix.

Oline perdit la partie sans un échange de mots.

Quand elle envoya le garçon de ferme pour déménager le nid et chauffer le four, Stine arriva sur lui avec la rapidité d'un éclair. Elle prit le garçon brutalement par le bras et dit quelques mots en lapon, les yeux étincelants.

Ce fut suffisant. Le garçon revint pâle dans la cuisine, secouant la tête.

— J'veux pas d'une malédiction sur moi ! déclara-t-il.

L'affaire en resta là.

Et la porte du fournil et du four resta ouverte pour laisser la mère eider aller en quête de nourriture.

Cela remuait derrière chaque touffe et sous chaque toit.

Stine commençait à ramasser le duvet dès que les oiseaux avaient pondu et se mettaient à couver. Ses jupes balayaient entre les nids.

Elle ne prenait pas tout le duvet tout de suite. Elle en arrachait seulement un peu par-ci, un peu par-là.

De temps à autre, deux regards sombres se croisaient. Les yeux bruns qui étaient les siens et les yeux noirs et ronds de l'eider. L'oiseau restait calme tant qu'elle prenait le duvet sur le bord du nid.

Quand elle s'en allait, l'oiseau se secouait un peu, gonflait ses ailes et rassemblait les œufs sous lui. Puis arrachait rapidement et avec dextérité un peu de duvet de sa poitrine pour remplacer ce que Stine avait pris.

Elle avait la garde de centaines d'animaux domestiqués durant ces semaines d'avril et de mai. Ils revenaient année après année. Ceux qui avaient éclos à Reinsnes revenaient aussi. De cette manière le miracle du printemps se faisait de plus en plus volumineux.

Aussitôt les œufs éclos, Stine portait les pelotes ébouriffées à la mer dans son tablier de jute. Pour aider l'eider à les protéger des corneilles.

Les eiders acceptaient tranquillement cette escorte. Ils se dandinaient derrière Stine et piaillaient bien fort. Comme s'ils lui demandaient des conseils sur l'éducation.

Elle restait assise sur un rocher à surveiller la petite famille, jusqu'à ce qu'ils soient tous réunis sur l'eau. Les mâles s'étaient déjà défilés. Vers la mer et la liberté. Les femelles étaient restées seules. Stine s'associait à la solitude des femelles.

Et les petites boules de duvet changeaient de couleur, il leur poussait des plumes et elles apprenaient à trouver de la nourriture. En automne, tout le monde s'en allait.

Mais les paniers de duvet étaient vidés et le duvet était nettoyé et cousu dans de la toile pour être transporté à Bergen.

Le duvet d'eider était une marchandise très recherchée. Surtout si on pouvait entrer en contact avec les marchands de Hambourg et de Copenhague.

Anders ne faisait pas trop attention à son pourcentage quand il s'agissait de Stine. À vrai dire, il ne prenait rien pour le transport ni pour son intervention.

Les yeux de Stine ressemblaient de plus en plus à

ceux de la mère eider abandonnée, ronds et humides, quand le mâle s'envole vers le grand large.

Elle craignait que les corneilles ne viennent mettre fin à ces petites vies dont elle avait la responsabilité.

Stine ignorait que, d'après le livre de Mère Karen, « les Lapons ne connaissent ni la douleur ni le regret ».

4

> Car voici, l'hiver est passé ; la pluie a cessé, elle s'en est allée. Les fleurs paraissent sur la terre, le temps de chanter est arrivé, et la voix de la tourterelle se fait entendre dans nos campagnes.
> (Cantique des Cantiques, 2, 11-12)

Dina avait fait reclouer la planche mobile dans le bureau. Et, pour plus de sûreté, elle avait demandé à la servante de déplacer la table de toilette chaque fois qu'elle faisait le ménage le mercredi.

Niels ne la dérangeait que quelques rares fois. Plutôt quand elle se demandait si les listes de marchandises étaient complètes, ou si elle avait oublié des choses importantes. Ou bien quand elle voyait Hanna traverser la cour nu-pieds, avec Benjamin sur ses talons.

Niels pouvait tout à coup apparaître devant elle et refuser de bouger. Alors il lui fallait revoir les listes. Jusqu'à ce qu'elle soit bien certaine de l'exactitude des détails et des chiffres.

Quelquefois, il l'obligeait à prendre la petite orpheline sur ses genoux.

Niels avait été d'une certaine utilité pendant qu'il occupait le fauteuil tournant dans le bureau. Mais il n'était pas irremplaçable.

Dina apprit à faire les listes de commandes et à tenir les comptes journaliers. Elle mit de l'ordre dans tout le bric-à-brac qui s'était accumulé au cours des années.

Elle fit des rangements sur les étagères et dans les placards. Mit au clair les créances arriérées.

Elle fit venir ceux qui, elle le savait, pouvaient payer, et envoya un avertissement à ceux qui avaient tellement honte de leurs vieilles dettes qu'ils évitaient de venir à Reinsnes pour faire leurs provisions pour les travaux des champs et pour les pêches. Ils allaient plutôt à Tjeldsund ou ailleurs.

L'avertissement ne laissait place à aucun malentendu : tant qu'elle les verrait venir faire leurs courses à Reinsnes, elle ferait en sorte qu'ils aient de quoi vivre lorsqu'ils seraient démunis. Mais si on les surprenait à proposer leurs fourrures ou leurs poissons ailleurs, elle n'attendrait pas pour recouvrer ses créances.

L'effet fut radical.

Il y avait beaucoup de monde dans la grande maison. Ça grouillait et bougeait derrière chaque mur et dans chaque lit.

À n'importe quelle heure du jour ou de la nuit il était impossible que Dina se déplace sans rencontrer quelqu'un qui allait soit aux cabinets, soit à la cuisine, ou n'importe où ailleurs.

Le pire, c'était toutes ces femmes. Elles papillonnaient dans tous les coins. Affairées, tricotant, bavardant, tournant en rond, ces femmes embrouillaient tout. Et cependant, elles étaient indispensables.

Cela irritait Dina.

Elle voulait aménager l'annexe et s'y installer.

— Comme ça, le Johan il pourra déménager dans la salle avec tous ses livres, dit Dina à Anders.

Il fut le premier à qui elle confia ses projets. Et d'un utile soutien.

Anders partit à Namsos chercher les matériaux pour construire la cabine sur sa barque à cinq rameurs.

Au grand effarement de tous, il revint avec tout un radeau de matériaux en remorque. Il avait des relations, de telle sorte que le bois était de première qualité et à bas prix.

Comme il n'y avait que lui qui était dans le secret, ce fut un choc pour toute la ferme d'apprendre que Dina voulait aménager la malheureuse maison où Niels s'était pendu.

Oline fondit en larmes. Elle avait toujours pensé que l'annexe devrait être démolie et oubliée. Seulement, elle n'avait pas osé le dire. Pas avant maintenant.

— C'est-il un endroit pour un être vivant, cette maison de malheur ? En tout cas, Mère Karen n'ira pas là ! Y a assez d'pièces dans la maison principale ! gronda-t-elle.

Dina et Anders expliquèrent et montrèrent les plans. Décrivirent la véranda vitrée qu'ils feraient construire face à la mer. Où l'on pourrait s'asseoir tranquillement à contempler les pies quand elles se dandinaient en remontant le champ à la recherche de vers de terre, tôt le matin au printemps. Ils parlèrent de la cheminée qu'on allait reconstruire. Et des fenêtres qu'il fallait changer à cause du vent du sud-ouest.

Et surtout il fut clairement dit que c'était Dina qui allait s'y installer.

Mais cela ne suffit pas à calmer Oline. Ce fut alors sur le sort de Dina qu'elle pleura. Et celui du petit Benjamin qui allait habiter avec sa mère dans la maison de la mort.

— Que la foudre tombe sur une pareille maison ! Et qu'elle disparaisse ! dit-elle avec force.

C'est alors que Mère Karen intervint. Personne n'avait le droit d'exprimer de pareils vœux. Et Oline n'avait qu'à rentrer ses désirs indignes d'une chrétienne et à promettre de surveiller sa mauvaise langue. Si Dina pensait pouvoir habiter l'annexe, il devait bien y avoir une raison à cela. Les jeunes avaient besoin d'avoir un endroit et du temps à eux. Dina avait de grandes responsabilités et beaucoup de soucis. Pour l'exploitation de la ferme, le commerce et les chiffres.

Mère Karen trouvait de nombreuses excuses.

Oline continua à grogner. Trouvait que Dina pouvait tout aussi bien penser à ses chiffres et ses responsabilités là-bas dans le bureau. Et suffit !

Dina perdit patience à la fin, et dit carrément qu'elle n'avait pas l'intention de demander l'avis des domestiques sur la construction d'une maison. Ce fut comme une flèche empoisonnée dans la poitrine d'Oline. Elle baissa la tête immédiatement, mais ne l'oublia jamais !

Dina, depuis longtemps, avait commandé à Trondheim des vitres de couleur pour la véranda et à Hambourg un poêle en faïence blanche.

Elle se servait des économies de Niels, que le commissaire allait retirer de la banque au fur et à mesure des besoins.

De cette manière, l'annexe était aménagée pour lui aussi. Et il n'avait aucune raison de se plaindre.

La fente entre la poutre et les planches du plafond fut remplie. À la demande expresse de Mère Karen. Elle ne supportait rien qui lui rappelât, chaque fois qu'elle entrait dans l'annexe, les derniers moments du pauvre Niels.

Il fallait préparer les repas pour les ouvriers et les gens de la ferme. Ce fut une lourde tâche pour Oline.

Mais elle prenait son temps. Sans se dépêcher. Il valait mieux que les gens aient faim une demi-heure de plus en attendant un bon repas, que d'être gavés de restes et de saletés, pensait Oline.

De ce fait, c'est Oline qui décida que le petit déjeuner serait servi à l'aube, à cinq heures.

Et celui qui n'était pas là aux trois coups de la cloche ne devait pas s'attendre à un service spécial.

— Une fois le plat enlevé, y a plus rien sur la table ! psalmodiait-elle en regardant sévèrement le malheureux qui devait partir travailler à jeun.

Il ne vint pas à l'idée de Dina ou de Mère Karen de se mêler de la discipline de fer d'Oline. Car le résultat était concluant : tous les travaux étaient terminés à temps avant le soir.

Il arrivait que certains ouvriers, n'ayant pas l'habitude d'une telle férule, demandent à s'en aller.

Alors Oline remarquait avec sécheresse :

— Le foin pourri, autant que l'vent l'emporte avec lui !

Le *Prinds Gustav* arriva lentement un jour où Dina, installée sur le monticule où flottait le drapeau, comptait les sommets montagneux avec Hanna et Benjamin. Le nouveau commis de boutique était parti à la rame chercher la poste et les marchandises.

C'était lui ! Habillé comme un marin. Avec son sac et sa sacoche de voyage. Il fallait imaginer son visage.

La barque glissait vers le débarcadère tandis que le vapeur sifflait — et se dirigeait vers le nord.

Dina tira les cheveux de Benjamin tout en comptant les sommets vers le nord d'une voix retentissante. Elle les nommait tous par leurs noms. À toute vitesse, en entraînant les enfants dans le sentier vers les bâtiments. Puis elle les congédia avec au visage l'expression de quelqu'un qui ne les aurait jamais vus.

Elle arriva dans la salle. Ne trouva aucun costume. Aucune brosse à cheveux. Ni même son propre visage. Se prit les pieds dans le tapis.

Et l'annexe qui n'était pas terminée pour recevoir les gens qu'elle voulait se réserver !

Pendant ce temps, il était arrivé jusqu'à la cuisine bleue d'Oline. Sa voix montait dans la cage de l'escalier à travers les portes ouvertes. Lui entrait dans les oreilles. Comme la myrrhe qui se dégageait du livre de Hjertrud.

Elle l'accueillit comme un ami de la famille, devant tout le monde. Mais Oline et les servantes savaient à quoi s'en tenir. Ils n'étaient pas nombreux ceux que Dina accueillait en les embrassant. Elles tournèrent le dos et se trouvèrent une occupation, tout en veillant à rester dans les parages.

Stine salua le nouveau venu et commença à organiser un grand repas. Johan et Anders arrivèrent dans l'entrée portant entre eux le sac de marin de Léo. Ils le laissèrent tomber près de l'escalier avant d'entrer au salon.

Anders passa la tête du côté d'Oline, demandant s'il était possible de servir un verre de bienvenue.

Johan criait de l'entrée. Posait des questions sur le temps et la santé, tout en se débarrassant de son manteau.

Les enfants, qui avaient reconnu l'étranger, entrèrent. Deux petites souris qui sortaient de leur trou, tout le temps à l'affût du chat qui pouvait venir pour les chasser.

La conversation était animée autour de la table.

— Où c'est qu'il est, le prisonnier ? demanda tout à coup Dina.

Deux yeux verts et deux yeux de glace se rencontrèrent.

— La grâce lui a été retirée, dit-il, avec un regard scrutateur, comme s'il s'étonnait qu'elle n'ait pas oublié l'histoire du prisonnier.

Il était assis, tout proche. Sentait le goudron et le sel des embruns.

— Et pourquoi ? demanda-t-elle.

— Parce qu'il s'est mal conduit et a attaqué un gardien avec une bûche.

— Et a blessé l'gardien ?

— Oui, à peine, répondit-il en clignant de l'œil à Benjamin, qui écoutait la bouche ouverte.

— Quelle sorte de prisonnier ? dit Benjamin sans réfléchir en s'approchant du genou de Léo.

— Chut ! dit Dina sans sévérité.

— Un que je devais emmener avec moi à la forteresse de Vardø, puisque je devais repartir vers le nord, répondit Léo.

— Et qu'est-ce qu'il avait fait ?

— Des choses terribles, dit Léo.

— Quoi donc ?

Benjamin ne lâchait pas prise. Malgré les gros yeux

que faisait Dina, qu'il ressentait comme s'il avait touché le poêle sans faire attention.

— Il avait tué sa femme à coups de hache.

— De hache ?

— De hache.

— Sacré nom d'une pipe ! dit Benjamin. Et pourquoi ?

— Il était probablement en colère. Ou bien elle le dérangeait. Qui sait ?

Léo ne savait pas trop comment prendre la curiosité du gamin.

— Tu l'aurais amené ici chez nous s'il avait pas cogné sur l'gardien avec une bûche ? demanda Benjamin.

— Non, dit gravement Léo. On n'amène pas des gens comme ça ici. Alors, je ne me serais pas arrêté.

— Alors, c'était pas si bête qu'il ait cogné ?

— Non, pas pour moi. Mais, pour lui, c'est grave.

— Est-ce qu'il a l'air comme tout le monde ?

Le garçon voulait savoir.

— Oui, quand il se lave et quand il se rase.

— Et qu'est-ce qu'il faisait avant d'la tuer ?

— Je ne sais pas.

— Qu'est-ce qu'il va lui arriver maintenant ? voulait-il savoir.

— Il devra rester là où il est pendant longtemps.

— C'est pire là qu'à la forteresse de Vardø ?

— C'est ce qu'on dit.

— Tu crois qu'il va recommencer ? Tuer quelqu'un ?

— Non, dit Léo, toujours très grave.

— Le Niels il s'est pendu ! dit Benjamin tout à coup en levant la tête vers l'homme.

Le bleuté de la cicatrice était visible sur la peau brunâtre.

— Mais l'Tomas dit qu'ça fait bientôt dix ans qu'il est mort quelqu'un à Reinsnes, continua Benjamin. La fois d'avant, c'était le Jacob, ajouta-t-il d'un ton averti.

Le gamin était debout au milieu de la pièce et regardait les adultes les uns après les autres. Comme s'il cherchait des explications. Le silence se fit pesant.

Dina avait ses yeux des mauvais jours. Ses jupes bruissaient dangereusement et elle arriva sur lui comme un navire toutes voiles dehors.

— Tu vas emmener Hanna avec toi et aller jouer dehors ! dit Dina avec un calme inquiétant dans la voix.

Benjamin attrapa la main d'Hanna. Et ils disparurent.

— Non, Niels n'est plus, dit Mère Karen qui était sortie de sa chambre sans qu'on la remarque.

Elle serrait la poignée en argent de sa canne, tandis qu'elle repoussait la porte avec précaution derrière elle. Puis elle se retourna, traversa péniblement la pièce et prit la main de Léo.

Il se leva comme un somnambule et lui offrit son siège.

— Mais nous autres, nous devons continuer à vivre. Soyez le bienvenu de nouveau à Reinsnes !

On raconta l'histoire. Avec des mots simples. Mais cela laissa sur les visages comme une couche de poussière.

Ce fut Mère Karen qui se mit à la tâche. On entendit une fois un soupir entre les phrases. Une autre fois : « Mon Dieu ! »

— Mais pourquoi... demanda Léo, incrédule.

Il regardait Dina.

Stine allait et venait en silence. Anders leva deux mains hâlées devant son visage, comme une coque de bateau. Johan serrait la bouche, les yeux perdus. Mère Karen bénit la mémoire du pauvre Niels.

— Pourquoi a-t-il fait cela ? reprit Léo.

— Les voies du Seigneur sont impénétrables, dit Mère Karen.

— Il ne s'agit pas du Seigneur, Mère Karen. Il s'agit de la propre volonté de Niels. Il ne faut pas l'oublier, dit Johan calmement.

— Mais le Seigneur ne laisse aucun oiseau tomber

sur terre sans qu'Il ait une raison, dit Mère Karen avec entêtement.

— Oui, tu as raison en cela, chère Mère Karen, dit Johan, conciliant.

— Mais pourquoi a-t-il fait ça ? Qu'est-ce qui n'allait pas ? Pourquoi ne voulait-il plus vivre ? continua Léo.

— Peut-être bien qu'il lui manquait une raison de vivre, dit Anders.

Il avait la voix enrouée.

— On peut toujours en trouver une, et quelque chose a dû aveugler Niels, dit Johan.

Léo les regardait les uns et les autres. Et il n'essayait pas de cacher son émotion. Tout à coup il se leva, s'appuya au bord de la table et se racla la gorge comme s'il allait faire un discours. Et il se mit à chanter.

Une mélodie triste et étrange. Le chagrin coulait de lui comme d'un enfant. Il rejetait la tête en arrière et ravalait ses larmes, mais continua à chanter. Longtemps. Un refrain revenait tout le temps :

Погасло дневное светило,
Maintenant le jour s'éteint,
на море синее вечерный пал туман.
Sur la mer tombe la brume du soir.

Шуми, шуми, послушное ветрило,
Bruisse, bruisse, obéissante voile,
волнуйся подо мной, угрюмый океан.
Berce-moi, océan sombre.

Ils n'avaient jamais rien vu ni entendu de pareil. Il leur était envoyé pour les aider à surmonter ce qu'ils s'étaient caché les uns aux autres pendant des semaines. Une terrible question personnelle : « Suis-je coupable ? »

Après le repas, Dina et Léo partirent à cheval, suivis par le regard désemparé de Tomas.

La lumière de printemps était comme un couteau aiguisé jusque tard dans la soirée.

— Vous faites du cheval ensemble, toi et Tomas ? demanda Léo.

— Oui, si ça se trouve.

Il y avait encore des plaques de neige çà et là.

Elle prenait la route de la montagne.

— Il y a longtemps qu'il est là, Tomas ?

— Oui, pourquoi ?

— Il a des yeux de chien.

— Ah bon, dit-elle en riant. Ils sont seulement un peu particuliers — un bleu et un brun... C'est un travailleur. On peut compter sur lui.

— Je le crois volontiers. Mais il a le même regard que Niels quand il regarde Dina...

— Arrête avec le Niels ! jeta-t-elle, et elle mit son cheval au galop pour monter la pente raide.

— Tu mènes les hommes très loin ! cria-t-il derrière elle.

Elle ne se retourna pas. Ne répondit pas.

Il la rejoignit et attrapa sa bride. Lucifer prit peur et se cabra avec un hennissement de fureur.

— Lâche ! Le cheval n'aime pas ça ! dit-elle.

Sa voix semblait avoir été étouffée pendant des heures.

— Tu sais ce qui a poussé Niels dans la mort ? demanda-t-il avec insistance.

— Oui, c'est qu'il s'est pendu ! siffla-t-elle en se dégageant.

— Tu es dure !

— Mais qu'est-ce que tu veux que j'dise ? Que c'est moi, parce que je n'voulais pas d'lui ? Tu crois vraiment que c'est la vraie raison, Léo Zjukovskij ?

Il ne répondit pas.

Ils se taisaient et restaient secrets.

Je suis Dina. Pourquoi amener l'envoyé de Hjertrud

ici ? Est-ce pour qu'il voie l'endroit ? Le traîneau dans le torrent ? Et quand il aura vu, se taira-t-il alors ?

Quand ils atteignirent le sommet au-dessus du ravin, là où Jacob et son traîneau avaient versé, Dina retint le cheval et dit :

— T'as été à Trondheim tout ce temps ?

— Non.

— Où t'as été alors ? T'as jamais envoyé un mot.

Elle sauta du cheval et le laissa se promener comme il voulait. Léo suivit son exemple avant de lui répondre.

— Je croyais que j'allais reprendre la route du nord beaucoup plus tôt.

— Et d'où ça ?

— De Bergen.

— Qu'est-ce que tu f'sais là, Léo ? T'as une veuve là aussi ?

— Non, aucune veuve à Bergen. Aucune veuve à Trondheim. Aucune veuve à Arkhangelsk, seulement à Reinsnes.

Elle ne répondit pas.

Lucifer hennissait, inquiet, revenait vers Dina. Posa son mufle dans ses cheveux.

— Pourquoi est-il si inquiet ? demanda Léo.

— Il aime pas c't'endroit.

— Ah ? Pourquoi ? Il a peur du bruit de la cascade ?

— Le Jacob, il a versé ici. Le cheval et moi, on est restés sur le bord.

Léo se retourna et la regarda avec insistance.

— Et ça fait presque dix ans, comme Benjamin l'a dit ?

— Oui, l'cheval s'fait vieux. Va falloir m'en trouver un autre.

— Cela a dû être terrible...

— C'était pas la joie, dit-elle brièvement en se penchant au-dessus du ravin.

— Tu tenais à Jacob ? demanda-t-il après un moment.

— Tenais à lui ?

— Oui, à ce que j'ai compris, il était beaucoup plus âgé que toi ?

— Plus âgé que mon père.

Il la regarda avec une expression de curiosité et d'étonnement jusqu'à ce qu'elle demande :

— À qui tient-on, parmi tous ceux qu'on rencontre ? Tu dois l'savoir, toi qui as tant voyagé ?

— Il n'y en a que quelques-uns...

— Toi, qui as la hardiesse de m'demander si je tenais au Jacob, tu peux bien me dire à qui tu as tenu, de tous ceux que tu as rencontrés.

— Je tenais à ma mère. Mais elle est disparue. Elle ne s'est jamais adaptée à la Russie. Elle a toujours regretté Bergen. La mer, je pense... Et puis j'ai eu une épouse, quand j'avais une vingtaine d'années. Je l'ai perdue aussi.

— Tu la vois quelquefois ?

— Si par cela tu veux dire que je pense à elle... Oui, de temps en temps. Comme maintenant... puisque tu me demandes. Mais je ne tenais pas à elle comme j'aurais dû. Nos familles pensaient que nous étions de bons partis. J'étais seulement un étudiant en médecine irresponsable, qui se voulait progressiste et fréquentait les artistes et les riches charlatans à la cour du tzar. Je lisais et je buvais du vin... faisais des discours politiques, et...

— Quel âge tu as ?

— Trente-neuf ans, dit-il en souriant ; tu trouves ça vieux ?

— C'est pas l'âge qui compte.

Il riait très fort.

— T'es de famille noble ? T'avais accès à la cour ? demanda-t-elle.

— J'ai essayé.

— Pourquoi t'as pas réussi ?

— Parce que Pouchkine est mort.

— Celui avec les poèmes ?

— Oui.

— Pourquoi il est mort ?

— Dans un duel. Une affaire de jalousie, dit-on.

Mais il a été la victime d'intrigues politiques ; en vérité, la Russie est pourrie de l'intérieur. Cela nous atteint tous. Pouchkine était un grand artiste qui était entouré de gens médiocres.

— À c'qu'on dit, il était un peu médiocre lui aussi, affirma-t-elle.

— On est tous médiocres quand il s'agit d'amour.

Elle lui jeta un regard rapide et dit :

— Tu pourrais tirer sur quelqu'un par jalousie ?

— Je ne sais pas. Peut-être...

— Où a-t-il été touché ?

— Au ventre...

— Un mauvais endroit, dit-elle sèchement.

— Tu ne montres pas souvent de la commisération, Dina ? dit-il avec une irritation subite.

— Comment ça ?

— Pour une femme, tu supportes bien la souffrance et la mort. Quand tu parles de ton mari mort... de Niels... et maintenant de Pouchkine. C'est inhabituel.

— J'connais pas ce Pouchkine.

— Non, mais les autres...

— Tu t'attendais à quoi ?

— Un peu de compassion dans la voix d'une femme.

— Mais ce sont les femmes qui s'occupent des morts. Les hommes s'couchent seulement et meurent. On peut pas pleurer sur l'imbécillité d'une blessure de duel au ventre. Du reste, les hommes chez nous terminent pas comme ça. Ils se noient.

— Ou bien ils se pendent. Et les femmes du Nordland pleurent bien aussi.

— C'est pas mon affaire.

Ce n'était pas seulement par ses mots qu'elle paraissait cassante.

— Ta mère est morte aussi ? De mort violente ? continua-t-il, sans se soucier de ce qu'elle avait dit.

Dina se baissa et ramassa une pierre d'une bonne grosseur. Elle rejeta le bras en arrière et la lança avec force dans le ravin.

— Elle a reçu sur elle des quantités de litres de lessive bouillante, affirma-t-elle sans le regarder. C'est pour ça que l'commissaire a fait détruire la buanderie à Fagernesset et qu'il préfère me voir à Reinsnes l'restant d'mes jours.

Puis elle siffla le cheval en mettant deux doigts entre ses dents.

Léo restait les bras ballants. Quelque part dans ses yeux verts naissait tout à coup une infinie tendresse.

— J'avais compris qu'il y avait quelque chose... La scène avec ton père à Noël. Tu n'es pas très amie avec ton père, Dina ?

— C'est lui qu'est pas ami avec Dina !

— C'est infantile de dire cela.

— C'est quand même la vérité.

— Raconte ton histoire.

— Raconte la tienne d'abord, dit-elle, renfrognée.

Mais cela vint un peu après :

— Qu'est-ce que t'aurais fait, si ça avait été ton enfant qu'avait touché la manivelle qu'a fait déverser toute la lessive ? Et qu'est-ce que t'aurais fait si ta femme était morte avant que t'aies eu le temps d'lui montrer un peu d'amour, après l'avoir tourmentée pendant des années ?

Léo marcha vers elle. La prit dans ses bras. La serra contre lui. Et l'embrassa aveuglément et avec force.

La chute du torrent était comme un bruit d'orgues. Le ciel cachait le cheval. Jacob était seulement un ange. Car le nouvel envoyé de Hjertrud était là.

— Tu fais des marques dans tes livres, c'est pas joli, dit-elle tout à coup, pendant qu'ils chevauchaient dans la descente.

Il cacha très vite son étonnement et répondit :

— Tu espionnes les gens. Tu fouilles les sacs de voyage et les livres.

— Oui, quand ils veulent pas raconter qui ils sont.

— J'ai raconté...

— Des histoires sur ce Pouchkine, que tu admires comme un dieu. Tu m'avais promis une traduction.

— Tu l'auras.

— Ça doit être juste le livre que tu m'as donné.

— Ce n'était pas celui-là. Tu l'as pris ! C'était l'autre que je t'avais donné.

— Tu avais deux livres pareils. Un avec des marques, et un sans. J'aimais mieux celui avec des marques.

— Elle est bien informée, dit-il, comme s'il se parlait à lui-même.

Elle se retourna sur le dos du cheval et le regarda, taquine.

— Faut faire plus attention !

— Oui, dès maintenant. Ce livre en fait était important... dit-il, mais il s'arrêta brusquement.

— À qui tu donnes des livres russes dans c'pays ?

— À toi, par exemple.

— J'ai pris le livre que je voulais.

— Tu ne te gênes pas, dit-il sèchement.

— Non.

— Pourquoi as-tu pris le livre avec des marques ?

— Parce qu'il avait le plus d'importance pour toi !

Il ne dit plus rien. Elle l'avait épuisé.

— T'as l'autre livre avec toi ?

— Non.

— Où est-il alors ?

— Une veuve l'a volé.

— À Bergen ?

— À Bergen.

— Tu es fâché ?

— Oui, je suis fâché.

— Tu viendras dans la salle ce soir pour traduire ce que tu aimes le plus dans le livre de Pouchkine ?

— Est-ce bien convenable ?

Alors elle se mit à rire, tandis que son corps sautait sur le dos du cheval en descendant le chemin raide. Elle était à califourchon. Ses cuisses serraient avec fermeté et douceur les flancs du cheval, et ses hanches se balançaient au même rythme que l'animal.

L'homme aurait aimé que ce soit l'été. Sans tout ce froid. Alors, il aurait attaché le cheval à un arbre.

Le troisième jour, il s'en alla. Dina recommença à se promener pendant la nuit. Et le printemps arrivait péniblement.

5

> Tu ne découvriras point la nudité de la femme de ton père. C'est la nudité de ton père.
> (Lévitique, 18, 8)

À Reinsnes, les femmes étaient semblables aux bateaux. Amarrées au même rivage. Mais suivant d'autres destinations quand le vent soufflait. Avec des chargements différents. Tenant la mer d'une autre manière.

Mais tandis que les bateaux avaient un capitaine, les femmes hissaient elles-mêmes la voile selon le vent. Apparemment n'en faisant qu'à leur tête et jouissant chacune d'une autorité particulière.

Certains croyaient que Stine avait le pouvoir de maîtriser le vent. D'autres que Dina était de connivence avec le Malin. Autrement, pourquoi passerait-elle des nuits d'hiver au clair de lune, en pelisse de loup, à boire du vin dans un pavillon d'été enseveli sous la neige ?

D'autres encore prétendaient qu'il y avait équilibre entre les forces du bien et les forces du mal à Reinsnes. Mais que ce serait une catastrophe le jour où Mère Karen disparaîtrait.

La vieille dame s'accrochait à la vie. Elle ressemblait à une écorce de bouleau claire et souple. La peau blanche tachée de brun. Ses cheveux étaient soigneusement mis en plis chaque jour par Stine. Lavés chaque semaine dans une décoction de genévrier, ils avaient toujours un reflet doré. Et ils étaient doux comme de la soie à peigner.

Son nez aquilin très marqué tenait le monocle en place. Elle lisait trois heures chaque jour. Les journaux, des livres, d'anciennes ou de nouvelles lettres. Elle pensait qu'il était important, dans la vieillesse, de conserver toute sa tête.

Elle faisait sa sieste dans la bergère à oreilles, un plaid lui recouvrant les genoux. Elle se couchait en même temps que les domestiques et se levait au chant du coq. Ses mauvaises jambes la faisaient souffrir. Mais elle n'en faisait aucun cas depuis qu'elle avait sa chambre derrière la salle à manger et n'avait plus à monter l'escalier.

Mère Karen avait été opposée aux projets de Dina d'agrandir et de rénover l'annexe. Mais comme Dina n'en démordait pas, et que les ouvriers étaient déjà sur place, elle changea d'avis.

L'annexe réparée et remise en état devint finalement un véritable bijou.

Le jour où les travaux se terminèrent et où les affaires de Dina furent déménagées, Mère Karen traversa la cour pour venir tout examiner.

Elle avait décidé de faire peindre la maison en jaune ocre, avec les encadrements de fenêtres et les ornements en blanc.

Dina était d'accord. L'annexe serait jaune ocre ! Une grande maison blanche était suffisante. Et il ne fallait pas non plus que l'annexe ait l'air de faire partie des communs peints en brun-rouge.

Ce qu'il y avait de mieux dans la maison, c'était la nouvelle véranda vitrée donnant sur la mer. Avec des têtes de dragons et des vitres colorées. Une porte à double battant et un perron aux larges marches. Où l'on pouvait s'asseoir, ou bien entrer et sortir sans être vu des autres bâtiments.

— Une véranda vitrée avec double porte sur le sud-ouest ! Ça veut dire pas mal de bois de chauffage et des courants d'air partout ! affirma Oline. Et les piédestaux avec fougères et buissons de roses survivront pas un jour d'hiver !

— La folie des grandeurs, dit le commissaire, de passage.

La véranda vitrée s'accorde mal avec le toit recouvert de tourbe, pensait-il. Mais il souriait.

Anders prenait le parti de Dina. Il trouvait la maison agréable.

— Une véranda vitrée est de toute façon mieux qu'un pavillon de jardin pendant l'hiver, dit-il en clignant de l'œil vers Dina.

Ainsi, il osait mettre le doigt sur le point faible de Dina.

Mère Karen offrit ses plus belles boutures de géranium pour les nouvelles fenêtres du salon.

Le jour du déménagement, elle contemplait la merveille, assise dans le fauteuil à bascule. Elle ne fit jamais allusion à la mort de Niels dans l'annexe.

— Si Jacob avait pu voir ça, Dina ! Grand Dieu ! s'écria-t-elle en frappant des mains.

— Le Jacob voit c'qu'il voit, dit Dina en versant du sherry dans deux petits verres.

Les hommes étaient partis, une fois le travail terminé, et les avaient laissées seules. Annette avait allumé le poêle. La fumée s'étalait doucement sur le toit, et s'en allait vers Sundet. Comme une petite motte de lichen sur l'immense surface du ciel.

— Non, maintenant il faut aller chercher Oline et Stine ! dit la vieille dame.

Dina ouvrit la nouvelle fenêtre et appela à travers la cour. Elles furent là tout de suite. Quatre femmes sous les poutres de l'annexe. Oline jeta un coup d'œil vers le plafond d'où l'on avait décroché Niels.

— Ça sent autrement qu'avant dans la maison ? dit-elle en faisant tourner le petit verre entre ses doigts robustes.

— Ça sent le bois neuf — et aussi un peu le poêle neuf, remarqua Stine.

— C'est un vrai miracle ! Un poêle blanc ! Y a sûrement personne dans toute la paroisse qu'a un poêle blanc ! dit Oline avec fierté.

Dina avait fait attention à ne pas vider la salle de tous ses meubles. Elle avait refusé le lit à baldaquin. Johan pouvait le garder. Mais la table ovale et les chaises que Mère Karen avait apportées avec elle eurent la place d'honneur dans le salon. Cela allait bien avec la toile claire des murs et le vert d'eau des lambris. De même, le miroir et sa console, et le candélabre d'argent.

Elle commanderait de nouveaux meubles à Bergen pour les remplacer.

À Hanna et Benjamin elle avait fait miroiter qu'elle allait acheter un secrétaire avec un tiroir secret pour y mettre l'or, l'argent et les pierres précieuses.

Pour son propre usage, elle avait décidé de faire venir un bon et large lit de veuve.

La cuisine avait été équipée avec le strict nécessaire. Personne ne pensait que Dina aurait grand-chose à faire dans cette pièce, mais on ne le disait pas.

Les violoncelles étaient à leur place dans le salon. Tous les deux. D'un air menaçant, elle les avait transportés personnellement à travers la cour, par cette journée ensoleillée.

Quand son verre fut vidé, elle ouvrit la porte sur la véranda et s'y installa avec le violoncelle de Lorch entre les cuisses.

Le dos tourné aux autres, le visage vers la mer, elle joua des polonaises. Derrière les vitres colorées de la nouvelle véranda. Tandis que la mer se montrait rouge sang, jaune doré, bleu pâle ou verdâtre, selon le carreau à travers lequel elle regardait. Le monde changeait de couleur continuellement.

Dans le salon, les femmes de Reinsnes étaient assises sur des chaises, les mains jointes, écoutant. C'était la première fois qu'elles s'étaient libérées en même temps pour faire quelque chose ensemble.

Je suis Dina. Il traverse mes pièces nouvellement peintes. Il baisse la tête au-dessus de la table et écoute le violoncelle de Lorch. Il a un épi dans les cheveux sur le côté gauche, tellement prononcé que tous ses cheveux ont l'air de jaillir de cet unique point, pour ensuite se répandre en vagues brunes sur toute la tête. Ses cheveux sont comme l'eau d'un glacier transformée en fils de soie dans sa route vers la mer. Ils éclaboussent mes yeux.

Léo !

Il est comme les vieilles pensées qui reviennent constamment. Comme d'être à l'extérieur de l'étable à Helle et de chauffer ses pieds nus dans des bouses de vache chaudes tard dans l'automne. Quand il traverse la pièce, je m'étonne de pouvoir bouger, dire des mots, sentir le vent dans mes cheveux. Ou placer un pied devant l'autre. D'où vient la force ? D'où vient toute cette sève, toute cette humidité ? Tout ce qui est frais au début mais finit par devenir dégoûtant, gluant et puant. Et la pierre ? Qui a donné à la pierre cette puissance irrésistible ? Celle de rester là, toujours. Et les répétitions. Qui a décidé de toutes ces répétitions ? Les sons qui se répètent tout le temps suivant le même modèle. Les colonnes interminables de chiffres en règle. Et les mouvements de l'aurore boréale dans le ciel ! Toujours dans un circuit que je ne comprends pas. Mais il y a un système. Qui est un mystère. Je suis prise d'un étonnement plus facile à supporter quand l'homme à l'épi est chez moi. Il les chasse tous. Car il a vu le précipice. Il connaît l'histoire de Hjertrud. Et il a quand même parlé.

Reviendra-t-il ?

Qui suis-je ? Moi qui pense ces pensées ? Suis-je Dina ? Qui fait ce qu'elle veut ?

On entendait le violoncelle de Lorch venir de l'annexe pendant la nuit. Dina commençait à se ratatiner comme une vieille pomme de terre prise par le gel.

Oline fut la première à s'en apercevoir, avec ses yeux

de lynx. Elle le dit carrément : c'était la malédiction qui pesait sur elle, car elle habitait la maison de la mort. Personne ne pouvait, sans en être puni, habiter sous de telles poutres. Il ne suffisait pas de camoufler un tel péché avec de la toile, de la tapisserie et de la peinture. Il y restait imprégné à tout jamais. Amen.

Mais tout le monde vit aussi que la malédiction avait eu un autre effet sur Dina. Elle s'était mise à travailler comme un journalier. Elle se levait à l'aube. Et bien après minuit, on pouvait encore voir des ombres derrière les fenêtres et entendre de la musique venant de la véranda vitrée.

Tomas était enchaîné aux besognes quotidiennes de Reinsnes. L'odeur de Dina lui parvenait à travers les tonneaux de harengs, la fabrication de l'huile de foie de morue et les fournées de pain d'Oline. Il bénissait le jour où le Russe était parti et où Dina s'était mise à travailler comme une bête.

Tomas la sentait, voyait ses hanches, s'étonnait de la minceur de ses poignets. Du manque d'éclat de sa chevelure.

Elle ne voulait même plus l'emmener dans ses chevauchées. Elle avait cessé de jouer. Son regard était devenu aussi aigu que celui d'un chef de pêche. Et sa voix rare, mais inévitable comme un coup de tonnerre.

Quand elle avait déménagé dans l'annexe, il s'était attendu à ce qu'elle le fasse venir.

On ne pouvait voir la porte de sa véranda que de la mer.

Un jour, il arriva une lettre cachetée de cire. Pour Johan.

C'était un jour de printemps, plein d'agitation et de cris de mouettes, parce qu'il y avait là tous ceux qui devaient aider à remettre le caboteur à flot pour le voyage à Bergen.

Au milieu de tout ce vacarme, Johan était resté dans

la boutique, la lettre à la main. Il n'y avait personne juste à ce moment-là. Il ouvrit donc la lettre. Elle lui annonçait qu'il avait enfin obtenu une cure. Dans un endroit perdu sur la côte du Helgeland.

Il sortit entre les entrepôts. Embrassa du regard les quais, les communs, la grande maison, l'annexe qu'on commençait à appeler la maison de Dina. Écouta le bruit venant du bord de mer, où les gens étaient occupés au renflouement. Les métayers, les enfants, des visiteurs venus par hasard. Pour aider ou pour regarder. Anders et le capitaine dirigeaient les opérations. Leurs voix étaient pleines d'autorité.

Les champs étaient devenus verts aussi haut qu'on pouvait le voir vers le petit bois et la montagne. La baie bleu-vert et les montagnes derrière une brume de beau temps.

Fallait-il quitter tout cela ?

Au moment même où il se retournait vers la grande maison, dont les fenêtres de la salle scintillaient comme des yeux, Dina descendait l'allée vers lui, en blouse rouge sang et les cheveux au vent.

Ses yeux se remplirent de larmes tout à coup, et il dut se retourner pour le cacher.

Cette lettre qu'il n'osait presque plus espérer, il la ressentait brusquement comme une sentence.

— T'es là à broyer du noir ? demanda-t-elle, s'approchant.

— On m'offre une cure, dit-il d'une voix blanche en essayant de capter son regard.

— Et où ?

Il nomma l'endroit et lui tendit la lettre. Elle se mit à la lire lentement, puis la replia et le regarda.

— T'es pas obligé d'accepter, dit-elle seulement en lui rendant la feuille.

Elle l'avait deviné. Elle avait compris tous les signes qu'il avait donnés. Signes dont il était presque inconscient lui-même.

— Mais je ne peux quand même pas rester comme ça ici ?

— On a besoin de toi, dit-elle brièvement.

Leurs yeux se rencontrèrent. Elle, exigeante. Lui, incertain. Plein de questions auxquelles elle ne répondait pas.

— Les enfants ont besoin d'un instituteur, continua-t-elle.

— Mais ce n'était pas ça que ma mère voulait...

— Ta mère pouvait pas prédire l'avenir. Elle savait pas qui aurait besoin de toi. Elle voulait seulement que tu deviennes quelqu'un.

— Tu ne crois pas qu'elle serait déçue ?

— Non.

— Mais enfin toi, Dina ? Un pasteur sans paroisse ?

— Un pasteur peut toujours servir, dit-elle avec un petit rire. Du reste, cette paroisse qu'on t'a donnée, elle est si p'tite que c'en est un affront, ajouta-t-elle.

Plus tard dans la journée, Dina était occupée à contrôler les listes d'équipements pour Bergen. Elle allait et venait sur les quais, complétait les manques.

C'est alors que Jacob sortit du mur, sans vêtements. Il avait son gros membre en érection, devant lui comme une lance.

Elle se moqua de lui parce qu'il s'offrait. Mais il s'entêta et resta là, à la tenter.

Avait-elle oublié comment il était, le vieux Jacob ? Avait-elle oublié comment il savait se glisser si délicieusement jusqu'au plus profond d'elle-même qu'il arrivait à lui faire mordre les draps tant le désir lui arrachait des cris ? Avait-elle oublié comment il la caressait ? De quelle manière ce Russe bavard, qui allait et venait comme une bouée à la dérive, pouvait-il concurrencer le membre en érection de Jacob ? Pouvait-elle le dire ? Pouvait-elle prouver que le Russe était mieux équipé ? Ou qu'il avait les mains plus douces que Jacob ?

Elle avait le corps en effervescence.

— Qui donc es-tu, qui attends un avorton qui ne sait

pas s'il va aller à Arkhangelsk ou à Bergen ? disait Jacob avec mépris.

Son membre avait pris de telles proportions qu'il envahissait les listes de marchandises. Les papiers tremblaient dans sa main.

Je suis Dina. Johan entre dans l'eau avec moi. On se laisse flotter. Mais il ne le sait pas. Je flotte. Parce que Hjertrud me tient. On châtie ainsi Jacob. On châtie Barabbas.

Le même soir, sous prétexte de discuter de Reinsnes et de l'avenir de Johan, elle alla chercher une bouteille de vin et invita Johan dans la véranda vitrée en plein soleil de minuit.

Elle voulait lui faire visiter la maison, lui montrer comment elle s'était installée.

La chambre donnant sur la mer, là où elle dormait, il fallait absolument qu'il la voie.

Il la suivit. D'abord il ne savait pas comment la repousser sans la vexer. Parce qu'il n'était pas certain qu'elle avait les mêmes pensées que lui... Dina était si directe. Elle faisait les choses les plus inconvenantes au grand jour. Comme de montrer sa chambre à coucher à son beau-fils. Toute seule. Comme de venir si près de lui qu'il ne savait plus où se mettre. Il en oubliait de prononcer les mots les plus simples.

Elle le captura comme un oiseau avec lequel un chat s'amuse après l'avoir à moitié assommé. Le tint quelques instants entre ses griffes. Le fit chanceler entre les rideaux de dentelle et le lit. Et s'approcha de plus en plus. Pour finalement l'attraper.

— Dina ! Non, Dina ! dit-il fermement.

Elle ne répondit rien. Tendit l'oreille seulement un instant vers la cour. Puis elle lui ferma la bouche avec avidité.

Jacob sortit du mur pour essayer de sauver son fils. Mais c'était trop tard.

Il avait hérité de Jacob son outil. Bien qu'il fût plus gringalet de carrure.

Son membre se dressa, étonnamment puissant. D'une belle forme et strié de veines bleues. Comme un filet destiné à retenir une explosion.

Elle le guida.

Il n'avait pas grand-chose à lui offrir. Sinon un membre de belle taille. Dès qu'elle l'eut déshabillé, il se fit un grand vide dans son âme. Qu'il essaya de dissimuler, et pour elle et pour lui. Avec gêne. Mais il était doué. Il ne tenait pas seulement de Jacob, mais du vieil Adam. Quand il s'était enfin laissé prendre.

Après, il resta allongé dans la lumière changeante qui filtrait à travers les rideaux blancs, reprenant sa respiration et conscient d'avoir trahi son Dieu, sa vocation et son père ! Et il se sentait planer, sans poids, comme un aigle au-dessus de la mer.

Il se laissa d'abord submerger par la honte, parce qu'il s'était laissé aller à ce point. Il s'était vidé non seulement en elle, mais sur elle, il était à moitié nu et dans un piteux état. Et il n'arrivait pas à reprendre son souffle.

Il se rendit compte, en la regardant, qu'il devait seul en prendre la responsabilité. Et finalement, il comprit sa nostalgie ardente du pays, pendant toutes ces années passées à Copenhague, et pourquoi il n'avait pas osé rentrer.

Elle était assise en chemise et les cuisses nues, en train de fumer un gros cigare, et le regardait en souriant. Puis elle commença tranquillement à lui raconter la première fois où elle avait couché avec Jacob.

Tout d'abord, Johan se sentit écœuré et mal à l'aise. Tout était si irréel. Les mots qu'elle employait. La manière dont elle parlait de son père. Petit à petit l'histoire l'excita. Cela faisait de lui un voyeur qui regardait son père par le trou de la serrure.

— Pour toi, c'est du temps perdu que de devenir pasteur, dit-elle en se renversant dans le lit.

Furieux, il l'attrapa. Lui tira les cheveux. Tordit sa chemise. Lui griffa le bras.

Elle l'attira alors vers elle — et enfouissant son visage entre ses seins elle se mit à le bercer. Elle ne dit plus rien. Il était dans son élément. Ça ne pouvait guère être pire.

Le pire était arrivé — c'était irréversible.

Il ne sortit pas par la porte de derrière, quand il la quitta enfin. Bien que tout le monde soit encore éveillé et qu'on puisse le voir. Dina était formelle.

— Celui qui passe par-derrière a quelque chose à cacher. T'as rien à cacher. Mets-toi ça dans la tête. T'as l'droit d'aller et venir chez moi quand ça m'chante. C'est nous les propriétaires de Reinsnes.

Il était comme un naufragé nu qui aurait gagné une côte recouverte de pierres tranchantes.

Le soleil s'était déjà baigné dans la mer. Maintenant il remontait le long des champs.

Johan ne comprenait pas les enfants. Il n'en avait connu aucun.

Le fait qu'il n'avait aucune expérience était une chose. Mais il n'arrivait pas à capter leur attention à temps.

Ils étaient continuellement en mouvement. Avant qu'on ait eu le temps de se retourner, ils étaient déjà ailleurs, au propre et au figuré. Et hors d'atteinte.

Johan trouvait que son enseignement donnait peu de résultats.

Benjamin trouva vite comment distraire l'attention du maître et agiter Hanna. Ou bien la faire rire.

Ils étaient installés à la table du salon et n'apprenaient pas grand-chose, à part l'art de l'intrigue et des signes secrets.

Ce n'était qu'échanges de clins d'œil, impertinences et agitation.

Ils peinaient sur le catéchisme et les commandements.

— Tu ne convoiteras point la femme de ton prochain. Et tu ne convoiteras point la maison de ton prochain, ni son serviteur, ni sa servante, ni son bœuf, ni son âne, ni aucune chose qui appartienne à ton prochain, psalmodiait Hanna de sa voix aiguë — le doigt glissant le long des rangées de lettres.

— Pourquoi t'as ni femme ni biens, Johan ? demanda Benjamin dès qu'Hanna s'arrêta pour reprendre sa respiration.

— Je n'ai pas de femme, mais j'ai des biens, répondit-il sèchement.

— Où ils sont tes biens, Johan ?

— Je possède Reinsnes, dit Johan, absent, faisant signe de continuer à lire.

— Non, Reinsnes, c'est à Dina, affirma le petit garçon.

— Oui, Reinsnes est à Dina et à moi, corrigea Johan.

— Vous êtes pas mariés !

— Non, elle était mariée avec Jacob, qui était mon père et le tien.

— Mais elle est pas ta mère, la Dina ?

— Non, mais on a Reinsnes ensemble et c'est nous qui décidons.

— J't'ai encore jamais vu décider quelque chose à Reinsnes, dit l'enfant laconiquement en fermant le catéchisme d'un coup sec.

Johan lui avait allongé une gifle avant même de s'en rendre compte. Un trait rouge apparut sur la joue de Benjamin. Ses yeux devinrent deux boutons noirs.

— J'te rendrai ça ! siffla-t-il en se précipitant sur la porte.

Hanna glissa de sa chaise et le suivit comme une ombre.

Johan resta debout derrière sa chaise, la main droite à demi ouverte, encore cuisante.

Johan se rendait compte que cela ne pouvait pas durer. Il ressortit la lettre avec le cachet royal et réfléchit à sa situation avec dépit.

Il avait subi les regards et les questions des uns et des autres, s'il n'y avait toujours pas de poste vacant, ou bien s'il arrivait à tuer le temps à Reinsnes. Lui qui avait passé des examens et avait si bon entendement.

Le commissaire avait tout bonnement déclaré que de s'installer comme précepteur chez sa belle-mère n'était pas la place d'un homme adulte et de bonne famille. Et Johan s'était recroquevillé, sans répondre. Le fils d'Ingeborg et de Jacob n'avait jamais appris à se défendre.

Johan écrivit qu'il acceptait la cure. Il fit attention de ne pas avoir à aller au bureau, ou à se retrouver seul avec Dina.

Les derniers jours et la veille du départ, Dina et Johan restèrent étrangers l'un à l'autre. Il alla vers la porte et marmonna que les adieux seraient pour le lendemain. Anders et Mère Karen étaient désemparés. Sa décision d'accepter la cure était arrivée trop brusquement. L'air était dense.

Stine se leva et alla vers l'homme pâle, habillé de noir, prit sa main dans les deux siennes et lui fit une profonde révérence.

Johan, ému, se retourna et sortit.

Dina se leva vite et le suivit sans souhaiter bonne nuit à personne. Elle le rejoignit à la moitié de l'escalier. En un éclair, elle le retint par ses vêtements.

— Johan !

— Oui.

— J'crois bien qu'on a quelque chose à se dire.

— Ça se peut.

— Viens avec moi !

— Non, murmura-t-il en regardant les murs autour de lui, comme s'ils pouvaient l'entendre.

— Johan... appela-t-elle.
— Dina, c'était un tel péché...
Il mit un pied devant l'autre. Monta l'escalier. Une fois en haut il se retourna et la regarda. Il était trempé de sueur. Mais sauvé.
Par la suite elle resta pour lui la pécheresse sacrée. Le symbole de tous ses désirs. Elle pouvait rester à Reinsnes et tout prendre en main tandis que lui irait servir le Seigneur comme sa mère l'avait désiré. Il emmènerait avec lui son péché et ferait pénitence. Mais elle était si vulgaire dans sa sensualité, si dépravée, sans penser qu'elle aurait dû remplacer sa mère, qu'il se trouvait une excuse. Peut-être le Tout-Puissant comprenait-il que la résistance d'un homme avait ses limites.

Ils le virent partir par le vapeur le lendemain. Dina l'accompagna aussi jusqu'à la barque. Ce qui était une exception. D'une certaine façon, elle se conduisait comme s'il était un visiteur de passage.
Johan monta dans la barque et souleva son chapeau en signe d'adieu. Puis Peter, le commis de la boutique, largua les amarres.

Benjamin devait frapper quand il allait voir Dina. C'est Stine qui le lui avait dit. Les premiers soirs après que Dina eut déménagé dans sa maison, il pleurait et ne voulait pas s'endormir. Il mettait tout en œuvre et déployait tout son charme pour exploiter tour à tour les femmes qui restaient dans la maison. Commençait par Stine, qui voyait clair dans son jeu et le mettait au pas par un seul regard.
Puis il s'accrochait aux genoux de Mère Karen. Elle était sa grand-mère. Pas vrai ? Elle était seulement sa grand-mère à lui ! Pas celle d'Hanna. Seulement la sienne. Ainsi il arrivait à faire pleurer Hanna, parce que Mère Karen était sa propriété privée. Avec la poignée en argent de sa canne, son chignon, son col de dentelle, sa broche et tout. Et Hanna comprenait une fois de plus

que sa position dans la maison dépendait du bon vouloir des autres, qui ne devaient pas se poser trop de questions sur qui elle était et quels droits elle avait.

Mère Karen gronda Benjamin, mais convint qu'elle était la grand-mère d'Hanna seulement pour rire.

Enfin venait le tour d'Oline. Elle ne se laissait pas manipuler par des histoires de liens familiaux, mais elle se laissait charmer jusqu'à en oublier ses bonnes intentions. Le résultat était que l'on pouvait rester à la cuisine à boire du thé au miel, bien après l'heure où l'on aurait dû être au lit. Si on se déplaçait silencieusement et nu-pieds, et si, en écoutant à la porte, on s'était assuré qu'Oline était seule, on avait le champ libre n'importe quand.

Tomas offrait aussi des possibilités. Mais cela devait coïncider avec l'heure où il donnait à manger aux bêtes. Car Tomas était un peu partout et n'était pas facile à atteindre. Il lui arrivait de regarder Tomas avec de grands yeux graves et de lui demander gentiment de monter sur le cheval pendant qu'on l'attelait ou qu'on l'emmenait aux champs. Si ce n'était pas encore suffisant, il pouvait toujours rester en glissant sa main dans la grosse patte de Tomas.

Benjamin avait pris l'habitude de monter sur une chaise et d'ouvrir la fenêtre qui donnait sur l'annexe. Grimpé sur le rebord, il restait là à contempler les fenêtres de Dina.

Stine finissait toujours par arriver, le faisait descendre sur le plancher et refermait la fenêtre. Sans un mot.

— J'voulais seulement parler un peu à la Dina, disait-il misérablement en voulant regrimper.

— La Dina n'parle pas aux enfants quand il est si tard, disait Stine en le mettant au lit.

Et finalement il se sentait trop fatigué pour se mettre en colère. Il pleurnichait seulement un peu et restait tranquille pendant qu'elle disait la prière du soir et le bordait.

Et la nuit n'était que lumière et cris de mouettes. Et il restait seul avec les lutins et les gnomes. Il devait se forcer à entrer dans le sommeil pour leur échapper.

6

> Sur ma couche, pendant les nuits, j'ai cherché celui que mon cœur aime ; je l'ai cherché et je ne l'ai point trouvé...
> Je me lèverai, et je ferai le tour de la ville, dans les rues et sur les places ; je chercherai celui que mon cœur aime...
> Je l'ai cherché et je ne l'ai point trouvé.
> (Cantique des Cantiques, 3, 1-2)

La lumière gênait Dina plus que d'habitude cette année-là. On l'entendait aller et venir. Comme un animal.

Cela commença après le départ de Léo.

Un événement particulier lui fit comprendre que Léo ne reviendrait pas cet été-là. Un chalutier russe avait mouillé au large de Sundet. Le patron et le capitaine étaient allés à terre avec quelques marchandises. Ils avaient avec eux des caisses et des tonneaux que l'on croyait être destinés à la vente ou au troc. Or, c'étaient des cadeaux envoyés par un ami anonyme.

Pour Dina, l'expéditeur ne faisait aucun doute, et il envoyait des cadeaux parce qu'il ne venait pas.

Il y avait de beaux cordages pour Anders et une grosse caisse de livres en allemand pour Mère Karen. Pour Oline, un col d'élégante dentelle française. Dans un rouleau de cuir portant le nom de Dina il y avait des cahiers de musique pour violoncelle et piano. Des chansons folkloriques russes, et du Beethoven.

Dina s'enferma et abandonna les marins russes à Mère Karen et à Anders.

Mais les Russes se plaisaient tant qu'ils restèrent. Le capitaine parlait une sorte de norvégien, racontait des histoires et posait des questions.

Il était au courant de la politique et du commerce dans le Nord et dans l'Est. Il y avait des problèmes entre la Russie et l'Angleterre. Et la Turquie donc ? Il y avait du reste depuis longtemps des incidents avec ces Turcs. Mais il ne pouvait pas expliquer de quoi il s'agissait.

Anders avait entendu dire que le tzar russe était tyrannique vis-à-vis des Turcs.

— On peut quand même pas faire c'qu'on veut, même si on est tzar, affirma-t-il.

Le deuxième soir, Dina vint manger avec eux. Elle leur joua au piano quelques-uns des morceaux. Les Russes chantaient à tue-tête. Et le punch se laissait boire facilement.

Le capitaine avait un puissant visage barbu et des yeux vifs. Il n'était plus très jeune, mais vigoureux. Il avait des oreilles étonnamment grandes, qui débordaient inévitablement du fouillis de cheveux et de barbe. Ses mains se servaient des couverts et des verres comme d'un service de poupée.

Ce fut en fin de compte une soirée fort animée. La fumée de cigare remplissait le salon longtemps après que Mère Karen fut allée se coucher.

Les mouettes criaient à travers les fenêtres ouvertes. Et la lumière se posait, légère comme des plumes, sur le drap grossier des vareuses. Révélait la peau tannée des marins, jouait sur les joues dorées de Stine et ses yeux noirs. Sautait sur les mains de Dina quand elles couraient sur les touches. Et caressait l'anneau d'or de Jacob que Dina portait au médius gauche.

Les eiders de Stine écoutaient les voix et le bruit des verres venant de l'intérieur, la tête penchée, les yeux brillants et le duvet frémissant. C'était en mai et le ciel d'été venait de naître.

Dina essaya de faire parler les Russes pour savoir d'où les cadeaux de Léo avaient été embarqués. Mais aucun d'eux ne semblait comprendre. Elle essaya plusieurs fois.

Finalement, le capitaine raconta que les cadeaux étaient venus à bord à Hammerfest. Venant d'un autre chalutier qui s'en allait vers l'est. Personne ne pouvait dire qui en était l'expéditeur. Mais on leur avait bien expliqué où les marchandises devaient être débarquées. Et on leur avait assuré qu'ils seraient royalement reçus !

Le nouveau gérant de la boutique approuvait avec enthousiasme. C'était un homme maigre et légèrement chauve, d'environ trente ans. Un peu voûté et le regard fixé sur deux choses différentes en même temps. Il portait un monocle et une chaîne de montre sans montre. Maintenant, après un bon repas et trois punchs, le polisson se montrait sous un jour inconnu. Il riait !

Et il se mit tout à coup à raconter l'histoire d'un commerçant de Brême qui avait remarqué que les Russes emportaient avec eux de grandes quantités de crucifix, faits de bois ordinaire coloré et dont le Christ était de laiton formé au tour. Ils les apportaient quand ils venaient avec leurs chalutiers.

L'année suivante, il avait dans sa boutique un coffre rempli de crucifix semblables, espérant faire de bonnes affaires. Mais les Russes n'en voulurent pas. Quand il en demanda la raison, on lui expliqua que le Christ penchait la tête vers la gauche et était imberbe comme un enfant ! Les Russes n'acceptaient pas ce Christ blasphématoire venant d'Allemagne. Il ne pouvait être d'aucune aide à un marin russe. Le commerçant avait cependant plusieurs tours dans son sac. Il s'adressa immédiatement aux gens du Nordland qui crurent faire une très bonne affaire quand il leur proposa les crucifix à moitié prix. Ils étaient assez bons luthériens pour ne pas avoir besoin d'un Christ barbu. Et très vite, ces crucifix se retrouvèrent dans chaque maison le long de la côte.

Tout le monde rit de bon cœur. Anders croyait en

avoir observé un ou deux au passage. L'histoire pouvait donc être vraie.

Le capitaine russe avait une autre expérience du commerce avec les gens du Nordland. Toute barbe mise à part.

On porta un toast aux relations commerciales et à l'hospitalité. Ensuite ils portèrent un toast à l'orge qui pousse sur la presqu'île de Kola, qui est d'une qualité spéciale et mûrit plus vite qu'ailleurs.

Petit à petit, la compagnie se mit en route pour aller voir le soleil de minuit. Il était coincé dans le précipice — là où Jacob avait perdu la vie.

Dina essaya encore une fois de questionner le capitaine qui parlait un peu norvégien sur Léo.

Mais l'homme secouait la tête pour s'excuser.

Elle donna un coup de pied dans une pierre, au passage, lissa sa jupe d'un mouvement irrité et lui demanda de saluer Léo et de lui dire qu'on l'attendait avant Noël. S'il ne venait pas, ses cadeaux n'avaient aucune valeur.

Le capitaine s'arrêta et lui prit la main.

— Patience, Dina de Reinsnes. Patience !

Sur ce, Dina souhaita bonne nuit. Elle alla à l'écurie détacher Lucifer. Il était de mauvaise humeur.

Elle trouva un morceau de ficelle pour attacher ses jupes, sauta sur le cheval et monta lentement vers le bois de bouleaux. Elle se servit de la pointe de sa botte sur le flanc de l'animal. Lucifer tendit le col et se mit à hennir. Puis sa crinière se déploya au vent de printemps. Ils volaient.

Debout sur les rochers nus de l'embarcadère, les marins russes regardaient la maîtresse de Reinsnes. Elle était plus russe que leurs femmes russes, prétendait le capitaine en se lissant la barbe. Elle est un peu trop hommasse, pensait le patron. Elle fume le cigare et se tient comme un gars !

— Mais elle a de jolis ongles roses, dit l'officier en second avec un rot sonore.

Puis ils entrèrent dans leur barque et ramèrent vers le lourd chalutier. Il était là, à se rengorger sur une mer d'huile.

Les chants à plusieurs voix remplissaient l'air et portaient loin. Rythmés, plaintifs et étranges. Presque tendres. Comme s'ils s'adressaient à un enfant.

Tout fut décidé pendant cette nuit de mai. Elle irait à Bergen avec le caboteur. Une fois cette décision prise, la nuit pouvait servir à dormir.

Elle fit faire demi-tour au cheval et rentra.

Les tourbières se préparaient à fleurir. Les feuilles en oreilles de souris avaient éclos sur les bouleaux le long du torrent.

Une mince fumée montait du côté de la cuisine dans la grande maison. Oline était donc sur pied et préparait le petit déjeuner pour les journaliers.

Jacob se montra quand elle était en train de retirer ses bottes. Se souvenant du voyage qu'ils avaient fait ensemble à Bergen. De la chevauchée dans le lit à Helgeland, au retour.

Mais Jacob était anxieux de ce voyage. Car il y avait des hommes à Bergen. Des hommes tout le long de la côte. Des hommes et toujours des hommes.

Quand l'armement du caboteur fut terminé, Dina déclara qu'elle partait avec eux.

Mère Karen exprima son effarement à cette nouvelle, juste trois jours avant le départ.

— C'est imprudent de tout laisser comme ça subitement, chère Dina ! Le gérant de la boutique n'a pas assez d'expérience pour prendre la responsabilité de la comptabilité et des marchandises. Qui va surveiller la fenaison et l'étable, quand Tomas sera parti ?

— Un homme qui peut traverser les montagnes chaque samedi pour aller voir son père, et revenir chaque dimanche, par tous les temps, est capable d'être responsable de choses inanimées sur les étagères et dans les placards. Quant au Tomas... il sera pas du voyage.

— Mais Dina, il ne parle que de ça ces derniers temps.

— Ce s'ra comme j'ai dit. Si je pars, on a d'autant plus besoin d'Tomas ici. Il reste !

— Mais pourquoi tant de hâte à aller à Bergen ? Pourquoi ne l'as-tu pas dit avant ?

— Tout m'étouffe ! dit Dina irritée, voulant s'en aller.

Dina avait été appelée chez Mère Karen. La vieille dame était assise près de la fenêtre dans la douce lumière du soir. Mais elle ne semblait pas en être influencée.

— Tu as eu trop à faire. Tu as besoin de journées plus tranquilles. Cela je le comprends... Mais un voyage à Bergen n'est pas un voyage de plaisance. Tu le sais bien.

— J'peux pas rester à pourrir à Reinsnes ! Année après année ! Il faut que j'voie autre chose !

Les mots sortaient comme des cris saccadés. Comme si elle venait juste de se rendre compte de sa situation.

— J'ai bien vu que quelque chose n'allait pas... mais à un tel point... je ne savais pas.

Dina hésitait à prendre la porte. Restait là, comme sur des charbons ardents.

— Tu as beaucoup voyagé dans ta jeunesse, Mère Karen ?

— Oui.

— Est-ce que c'est juste que j'sois condamnée à rester là toute ma vie ? Faut que j'suive ma volonté, autrement j'deviendrai dangereuse. Tu le comprends ?

— Je comprends que tu trouves que la vie ne t'apporte pas grand-chose. Peut-être devrais-tu te trouver un mari ? Aller un peu plus souvent en visite à Strandstedet ? Chez le commissaire ? Chez des relations à Tjeldsund ?

— Y a pas grand-chose à trouver là. C'est pas dans les buissons de Tjeldsund ou de Kvæfjord qu'on peut trouver à ramener une bonne ébauche d'homme ! lança Dina avec sécheresse. Mère Karen elle-même est restée veuve tout le temps qu'elle a passé ici.

— Oui, mais je n'étais pas propriétaire d'une ferme, d'une auberge et de caboteurs. Je n'avais pas la responsabilité de tant de gens, de bétail et d'affaires.

— J'vais pas m'promener le long de la côte pour trouver quelqu'un avec qui m'disputer sur la manière de faire, tant qu'il y a assez de monde ici. Je pars plutôt pour m'amuser...

— Mais tu t'es décidée si brusquement, Dina...

— Faut s'lancer, avant de commencer à douter, dit-elle.

Puis elle disparut.

Tomas avait fait sa malle. Il n'était jamais sorti de la paroisse. Son corps était aiguillonné par toutes les impatiences. C'était comme d'être couché sur un buisson de genévrier.

Il avait parlé de son voyage aux gens qui venaient à la boutique. Il était allé chez lui à Helle et avait reçu la bénédiction de ses parents et un trousseau de ses sœurs. Oline et Stine, chacune de leur côté, avaient fait en sorte que sa malle fût pleine de bonnes choses. Il était en train d'étriller les chevaux et d'instruire le garçon d'écurie des habitudes et des consignes.

C'est alors que Dina fit son entrée dans l'écurie.

Elle resta un moment à regarder, puis dit avec amabilité :

— Quand t'auras terminé, tu pourras venir sur la véranda prendre un verre de sirop de framboise, Tomas.

— Bien, merci ! dit Tomas en laissant tomber l'étrille.

Le garçon d'écurie clignait des yeux vers lui. Plein de respect à l'idée qu'on puisse être invité sur la véranda vitrée de Dina.

Tomas allait au-devant de ce qu'il croyait être une

approbation. Un rendez-vous. Mais qui se résuma en quelques phrases brèves lui enjoignant de ne pas partir, parce qu'on avait besoin de lui ici.

— Mais Dina ! Comment ça peut s'faire, maintenant que tout est organisé, que j'ai distribué les tâches et engagé un nouveau garçon qui servira à l'écurie et à l'étable ? Et mon père qui va v'nir aider aux foins, et le Karl Olsa qui vient d'la métairie de Nesset avec ses deux fils et fait bien plus que ce qu'il doit. J'comprends pas !

— Y a rien à comprendre ! coupa-t-elle. C'est moi qui vais partir. Alors faut que tu restes !

Tomas était assis sur une chaise près des portes grandes ouvertes de la véranda, un verre de sirop de framboise à moitié bu sur la table devant lui.

Le soleil le frappait en plein visage. Il sentait la sueur couler sous sa grossière chemise.

Alors il se leva. Prit son bonnet et repoussa le verre au milieu de la table.

— Ah bon, la Dina va partir en voyage ! Et c'est pour ça que l'Tomas peut pas partir ? Depuis quand l'est indispensable, le Tomas ? Si c'est permis de demander ?

— L'Tomas est loin d'être indispensable, dit Dina tout bas.

Elle se leva aussi. Le dépassant d'une tête.

— Qu'est-ce que tu veux dire ? Alors pourquoi...

— C'est seulement ceux qui font ce qu'ils doivent, qui sont indispensables ! dit-elle avec force.

Tomas lui tourna le dos. Il partit. Passa la porte. Descendit les marches du perron. En se tenant à la rampe peinte en blanc, avec des barreaux jaune ocre. Comme si c'était un ennemi qu'il voulait supprimer. Puis il alla droit vers les communs, s'assit sur son lit et réfléchit à la situation. Il voulait prendre son sac, sa malle et tout le bataclan et aller à Strandstedet trouver du travail. Mais qui voudrait d'un homme qui avait fui Reinsnes sans aucune raison ?

Il alla faire une courte visite dans la cuisine d'Oline. Elle était déjà au courant. Elle ne posa aucune question.

Lui prépara seulement un grog corsé au beau milieu de la journée. L'homme aux yeux pairs n'avait pas bonne mine.

Après qu'il fut resté le temps qu'il fallait pour mélanger une pâte à brioche, sans avoir prononcé un mot, Oline finit par dire :

— Pour un rouquin, j'dois dire que t'es quelqu'un de patient et de sage.

Il leva les yeux vers elle. Pleins de désespoir. Malgré cela il se mit à rire. Un rire amer venant du plus profond de ses entrailles.

— La Dina, elle a tout d'un coup trouvé bon d'partir à Bergen, et alors j'peux pas être du voyage ! Oline l'a entendu dire ?

— Oui, Oline a entendu dire beaucoup d'choses ces temps-ci...

— Tu peux m'dire c'qui se passe ? dit-il sombrement.

— La Dina a entrepris d's'attaquer au Tomas, maintenant que l'Niels n'est plus là.

Tomas pâlit brusquement. La cuisine devenait un endroit intenable. Il remercia et partit. Mais pas pour Strandstedet.

Tomas était au bois le jour où le caboteur leva l'ancre.

7

J'ai ouvert à mon bien-aimé ; mais mon bien-aimé s'en est allé, il avait disparu. J'étais hors de moi, quand il me parlait. Je l'ai cherché, et je ne l'ai point trouvé ; je l'ai appelé, et il ne m'a point répondu.
(Cantique des Cantiques, 5, 6)

Tout le monde parlait de la guerre. Elle était tout à coup venue jusqu'aux pétrins. La mer Blanche était bloquée cet été-là et les chalutiers russes n'apportaient plus de farine. Le bruit avait couru que la situation étant à ce point grave, les commerçants de Tromsø envisageaient d'aller eux-mêmes chercher la farine à l'est. On ne pouvait, avec la meilleure volonté du monde, comprendre qu'une guerre se passant en Crimée ait des répercussions jusque dans le Nordland.

Entre-temps, le caboteur *Mère Karen* était prêt à partir pour Bergen. Il avait coûté à Jacob trois mille écus de six livres. Il l'avait acheté l'année où il avait vu Dina jouer du violoncelle à Fagernesset.

Il avait vingt-quatre aunes de quille et portait ses quatre mille tonneaux de poisson.

Jacob avait trouvé qu'il avait fait une bonne affaire, et avait été enchanté.

L'équipage était habituellement de dix.

Les années avaient passé. Sa couleur était devenue plus foncée, mais il pouvait toujours, en pleine charge, embarquer les dernières boîtes de provisions, les malles et les passagers. Il était bien construit pour tenir son chargement par tous les temps. La coque large bordée à clins, et aux solides rivets de fer.

Sa poupe tronquée portait une cabine peinte en blanc avec des hublots ronds. Jacob avait demandé à une de ses connaissances de la décorer d'ornements rococo, à l'ancienne mode. Car Jacob n'aimait pas cette idée moderne de hublots carrés. Le carré n'a rien à voir avec un bateau, affirmait-il. Cela allait à l'encontre de la foi et de la superstition.

Anders n'avait pas protesté. Il avait été plus occupé par la voilure, le gouvernail et la capacité de charge. Il en était toujours de même. Dans la cabine, il y avait deux couchettes et une table. Les couchettes étaient munies de rideaux, et on pouvait à la rigueur y coucher à deux.

C'était là que Dina et Anders allaient s'installer. Presque sans préavis, le capitaine avait dû déménager en proue, dans la cabine étroite de l'équipage. Le capitaine Anton l'avait bien pris.

Au-dessus de la cabine, il y avait un pont avec une petite plage arrière. Autrement, le bateau était ouvert, construit pour transporter des marchandises plutôt que pour le confort des passagers et de l'équipage.

Il était maintenant soigneusement chargé par des gars qui n'étaient pas des novices dans leur métier.

Au fond, les lourds tonneaux d'huile de foie de morue et les balles de peaux. Le poisson séché était entassé le long du mât. Il dépassait le bastingage et était recouvert pour être protégé contre l'humidité et les embruns.

Une solide virure le long du plat-bord, entre la cabine et le pont, protégeait le chargement contre les vagues et le mauvais temps.

Le mât avait été la fierté de Jacob. En une seule pièce, il s'élevait haut au-dessus de la rambarde. Il avait été lui-même à Namsos pour le choisir. Il était consolidé par des haubans de toutes sortes. Le mât descendait jusque dans la carlingue où il était fixé à un gros bloc de bois.

La voile carrée avait douze mètres de large et seize mètres de haut. Si c'était nécessaire, on amenait les bonnettes, selon les besoins. Par gros temps, il fallait en sacrifier jusqu'à quatre.

Mais en cas de besoin, on pouvait aussi hisser la voile de flèche. Il fallait alors que tout l'équipage s'y mette.

Au mât d'artimon flottait encore le pavillon danois portant le lion norvégien. C'était en l'honneur de Mère Karen. Elle n'avait jamais pu se faire au roi suédois Oscar. Il ne pesait pas lourd, prétendait-elle, sans aller plus loin dans ses explications. Elle avait eu plusieurs discussions à ce sujet avec Anders. Mais le « danebrog » resta hissé sur le *Mère Karen*, bien que cela fît sourire tout le monde le long de la côte sud vers Bergen. On respectait son désir, car être en désaccord avec la marraine pouvait porter malheur.

Le capitaine s'appelait Anton Dons. Un homme court et trapu, en possession de beaucoup de bon sens et d'encore plus d'humour. Cependant personne n'osait le provoquer. Car il pouvait être difficile. Et une explosion annuelle avait lieu au cours du voyage à Bergen. Surtout si l'un des hommes jouait un mauvais tour.

L'alcool en mer était formellement banni. Si nécessaire, il flanquait lui-même une volée à la crapule. N'attendait jamais que le malheureux ait retrouvé assez d'esprit pour se défendre. Ainsi, un lendemain de cuite sur le *Mère Karen* sous le commandement d'Anton Dons équivalait à sept lendemains de cuite à terre, auprès de son cheval et de sa bonne femme.

Il n'était pas toujours facile de trouver un capitaine aussi capable, il fallait donc soigner Anton Dons. Il connaissait la côte comme le doyen connaissait la Bible, avait-on coutume de dire.

Il tenait bon contre les coups de vent, mais par tempête il s'alliait aux bonnes comme aux mauvaises puissances.

On racontait qu'une fois dans sa jeunesse il avait échoué sur un écueil et y était resté trois jours avant qu'on le retrouve. Cela lui suffisait pour le restant de ses jours.

La grande embarcation, avec sa forme lourde et son gréement, n'était pas facile à manœuvrer. Surtout par grand vent, quand les voiles pressaient violemment. Il ne s'agissait pas seulement de virer lof pour lof, il fallait un capitaine expérimenté. Un qui connaissait les récifs et les écueils et savait interpréter la direction du vent.

On disait qu'Anton avait conduit un caboteur en six jours de Bergen à Tromsø. Pour y arriver il fallait un peu plus que du vent en poupe, plaisantait Anders.

Benjamin était à la fenêtre de l'annexe et regardait les préparatifs autour du *Mère Karen*. Il était furieux et inconsolable.

La malle de Dina avait déjà été transportée à bord et déposée dans la cabine. Elle allait partir loin en mer, jusqu'à Bergen ! C'était insupportable.

La place de Dina était à Reinsnes. Ou alors, tout était sens dessus dessous.

Il avait essayé sur elle toutes sortes de tactiques. Les pleurs et les jurons. Depuis qu'il avait appris son prochain départ, tout le corps du petit garçon n'était que protestation.

Sa fureur ne la faisait pas rire. Elle se contentait de prendre avec force sa nuque dans la main droite, et de la presser, sans dire un mot.

Il ne savait pas ce que cela signifiait, tout d'abord. Puis il comprit que c'était une forme de consolation.

Elle ne dit pas qu'elle allait lui acheter des choses, ni qu'elle reviendrait vite. Ni qu'il fallait qu'elle parte.

Et quand il lança qu'aucune femme ne partait à Bergen, elle répondit simplement :

— Non, Benjamin, aucune femme ne part à Bergen.

— Mais alors pourquoi la Dina doit-elle partir ?

— Parce qu'elle l'a décidé, Benjamin. Tu peux habiter dans ma maison, et garder les violoncelles et tout le reste, pendant que j'suis pas là.

— Non, y a des morts dans la maison de Dina.

— Qui dit ça ?
— L'Oline.
— Tu pourras dire à l'Oline de ma part qu'il y a pas plus de morts qu'elle peut en mettre dans son dé.
— Le Niels s'est pendu à la poutre du salon !
— Oui.
— Alors y a un mort, non ?
— Non. On l'a décroché et on l'a mis dans un cercueil et on l'a emmené au cimetière.
— C'est sûr ?
— Oui. Tu t'en souviens bien.
— Comment elle sait, Dina, que les morts reviennent pas ?
— Elle habite là et voit la poutre jour et nuit.
— Mais tu dis que l'Jacob est toujours là, même s'il est mort...
— C'est aut'chose.
— C'est quoi ?
— L'Jacob, c'est ton père, mon garçon. Il peut pas compter seulement sur les anges pour te garder, toi qu'es si turbulent.
— J'veux pas du Jacob ici ! C'est un mort lui aussi. Dis-lui d'partir avec toi à Bergen.
— Ça va pas être pratique. Mais j'vais l'faire — pour toi. J'l'emmène !
Le gamin essuya ses larmes et sa morve avec la manche de sa chemise propre — ne se souvenant pas que Dina ne se laissait pas irriter pour autant. C'était Stine que cela fâchait.
— Mais la Dina peut changer d'avis et rester à la maison ! hurla-t-il quand il s'aperçut que la conversation avait pris un tour inattendu.
— Non.
— Alors j'vais aller dire au commissaire que tu pars ! lança-t-il.
— L'commissaire s'intéresse pas à ça. Remonte tes manches et aide-moi à porter ce carton à chapeaux, Benjamin.
— J'vais l'jeter dans la mer.

— Je ne le conseille pas.
— J'vais l'faire !
— J'ai entendu.

Il attrapa le carton à chapeaux à deux mains et se mit à le traîner sur le plancher et vers la porte avec une fureur contenue.

— J's'rai pas là quand tu r'viendras, dit-il, triomphant.
— Où tu s'ras alors ?
— J'le dirai pas !
— Alors ça s'ra difficile de t'trouver.
— J's'rai peut-être mort et disparu !
— En voilà une vie courte.
— J'm'en fous.
— Personne ne se fout de sa vie.
— Si, moi ! Et j'ferai l'revenant ! Dis-toi bien ça !
— J'espère bien, comme ça j'te perdrai pas complètement.

Il ravala le reste de ses larmes tandis qu'ils descendaient vers le débarcadère et les entrepôts.

Une fois tout près du groupe de ceux qui attendaient pour dire adieu, il dit plaintivement :

— Et quand tu reviens, Dina ?

Elle se baissa vers lui et le prit de nouveau par la nuque, tout en lui ébouriffant les cheveux de sa main libre.

— Avant la fin du mois d'août, si tu pries pour que le vent nous soit favorable, dit-elle avec douceur.

— J'veux pas rester à faire des signes d'adieu à la Dina !

— Non, ce serait trop demander, dit Dina avec sérieux en tournant son visage vers le sien. Va plutôt jeter des pierres, ça soulage.

C'est ainsi qu'ils se quittèrent. Il ne l'embrassa pas. Il grimpa seulement la montée en courant. Les pans de sa chemise comme des ailes.

Il ne voulut pas voir Hanna ce jour-là.

Le soir, il devint impossible et se cacha, et ils durent aller à sa recherche. Il attira sur lui beaucoup de gronderies et l'attention de tout le monde. Finalement, il se laissa consoler sur les genoux de Stine.

— La Dina, c'est une merde ! J'me fous complètement d'elle ! grognait-il avant de s'endormir.

Le *Mère Karen* de Reinsnes avait déjà pris la mer plus tôt dans la saison. Anders était allé aux Lofoten assister à la pêche. Il avait armé des gens de Salten et de Helgeland.

Il avait fourni vingt équipes de pêche, et rapporté un grand chargement de poissons, de foies de morue et de laitances. Il avait aussi loué une ou deux équipes et de cette façon avait eu sa part du lot.

Dina lui avait donné une bourrade de satisfaction à son retour. Ils se comprenaient sans mots.

Anders faisait attention à ce que l'affréteur ait un solide contrat pour les marchandises transportées. S'il n'avait pas de place, il garantissait le transport des marchandises en demandant à un autre armateur d'effectuer le transport.

Avec l'aide de Dina, on faisait aussi attention à ce que l'affréteur respecte son contrat, et n'aille pas proposer ses marchandises ailleurs.

Une fois, Dina avait exigé une amende en compensation de marchandises promises. Un affréteur de Strandstedet avait roulé Anders, et était allé chercher un bateau à Kvæfjord pour transporter son stockfisch.

Le bruit avait couru qu'il était facile à la fille du commissaire de faire infliger une amende.

Ils formèrent tout un convoi de caboteurs qui mettaient le cap sur Bergen. Deux venaient du nord et les rattrapèrent parce qu'ils avaient eu bon vent. Trois autres les rejoignirent dans le Vestfjord. Le temps était convenable, le vent soufflait du nord-est.

L'atmosphère était bonne. Chacun avait sa tâche, et la responsabilité d'une partie du chargement. Les nuits claires faisaient qu'ils n'étaient pas obligés de naviguer seulement de jour. L'équipage prenait le quart de jour et de nuit.

Toute la récolte de Reinsnes pesait sur les claies. Dix bons tonneaux de plumes et de duvet. Nettoyés et emballés par Stine. Cinq bidons de mûres jaunes, ramassées par les gens de la ferme et sucrées par Oline. Qui les avait surveillées tout l'hiver dans la cave. Il ne devait y avoir aucune moisissure. Cinquante peaux de renne et deux bidons de viande de renne, échangés ou achetés aux Lapons de passage qui voulaient des provisions. Tomas envoyait des perdrix des neiges et des peaux de renard. Il y avait soixante-quinze tonneaux d'huile de foie de morue et plus de trois tonnes de stockfisch.

Dina était souvent sur le pont à regarder passer les montagnes et les îles. Elle était métamorphosée. Le vent lui était bénéfique et tout ce qui l'avait irritée et mise en colère à Reinsnes était d'un seul coup balayé.

— Tout le monde devrait vivre comme toi, Anders ! Ça, c'est vraiment la vie ! criait-elle de la porte de la cabine, au moment où le Vestfjord s'ouvrait dans la mer.

Anders se retourna et la considéra en plissant les yeux dans la forte lumière du soleil. Son menton volontaire pointait en avant. Puis il continua ce qu'il était en train de faire.

Ils partageaient la même cabine et la même table, et ils vidaient quelques verres ensemble. Il régnait entre eux une atmosphère d'aisance affectée. Curieusement, d'avoir une femme dans sa cabine ne semblait pas le gêner. Il n'en faisait pas une histoire. Mais il avait un respect inné des habitudes féminines. Il frappait toujours et attendait une réponse avant d'entrer. Et il faisait attention d'accrocher son ciré dehors sur le pont.

La première fois que Dina était partie avec Anders, il avait été obligé de partager la cabine de l'équipage. Jacob et elle s'étaient vautrés dans la cabine tout au long du voyage. Si bien qu'ils n'avaient même pas remarqué le vent qui soufflait dans le Vestfjord. Maintenant Jacob était relégué sur le pont. Tandis que Dina observait le prognathisme têtu d'Anders et la douceur de sa bouche, avec les sens d'une louve en éveil.

8

> Mais Dieu sauve le malheureux dans sa misère, et c'est par la souffrance qu'Il l'avertit.
> (Livre de Job, 36, 15)

La brume coiffait les sept sommets comme des bonnets en peau de mouton. Le capitaine savait à quel quai il fallait accoster. Les odeurs et les images allaient au-devant d'eux, bien connues et séduisantes. Ils avaient dû les laisser en attente quelques mois. Elles se pressaient maintenant. Un flot de vieilles espérances — à nouveau.

Les gars faisaient leur travail tout en jouissant de la vue de la terre promise. Les quais ! La ville ! Les caboteurs et les navires étaient serrés les uns contre les autres. De joyeux commandements et le roulement des voitures sur le pavé traversaient la baie.

Les palans gémissaient au-dessus des portes ouvertes des entrepôts. Ils étaient alignés côte à côte. Majestueusement et évidents comme un vieux paysage, ils s'appuyaient les uns aux autres tout au long de la baie. La forteresse grise de Bergenhus était un géant qui s'était installé là pour le restant de ses jours. Au beau milieu du reste. En parent immuable de la montagne.

Avant même qu'il ne trouve un poste à quai, de petites embarcations se glissaient le long du caboteur.

De joyeuses et effrontées commères venaient proposer leurs bretzels. On les aidait à grimper à bord avec force cris et plaisanteries.

Elles tenaient solidement leurs paniers. Et elles semblaient résolues à se jeter à l'eau plutôt que de donner un bretzel en trop. Mais une fois le marché conclu, ce n'était que larges sourires sous les fichus et les bonnets. Et on ne lésinait plus sur le flirt et quelques bretzels en plus.

Une toute jeune fille enjamba le bastingage. En bonnet de soie bleu vif, parée d'un boa de plumes rouges sur une robe de serge vert pomme. Elle faisait honte à toutes les élégantes de Bergen.

Dina frémit à cette vue. Et elle échangea avec Anders un regard amusé, quand Anton fit des frais autour de la fille et de ses bretzels.

Le soleil était comme une pièce neuve dans une bourse aux couleurs criardes. Les hommes s'étaient changés et avaient mis des chemises blanches. Les cheveux peignés à l'eau et sans bonnet pour la circonstance.

C'était fête d'être arrivés.

Dina était habillée d'un costume de voyage vert, avec un chapeau à large bord. Pour une fois, elle avait remonté ses cheveux. Ils retombaient un peu par hasard en lourdes mèches sous le chapeau.

Anders la taquina sur son costume et sa coiffure.

— Maintenant t'as l'air d'une vraie veuve de patron ! dit-il, admiratif, quand elle sortit sur le pont. Tu vas faire monter le prix de notre cargaison, ajouta-t-il.

Elle le regarda, les yeux brillants, et sauta à terre par la passerelle posée sur le bateau voisin. Mais pendant leur promenade le long des quais, elle le tint solidement, la main enfouie sous son bras.

Des odeurs étranges chatouillaient le nez. Même la mer avait une autre odeur ici. Mêlée à la pestilence des pourritures et des caniveaux, à l'odeur de goudron des bateaux et du poisson. Tout ceci composait cette indéfinissable puanteur de la ville.

Devant un atelier, qui visiblement vendait et réparait

des voitures, un monsieur élégamment habillé se tenait en pleine canicule.

Il s'appuyait sur un parapluie fermé tandis qu'il engueulait le patron. Montrait du doigt, furieux, le cheval dételé, qui, le mufle dans son sac, mâchait son foin. Il accusait l'artisan de lui avoir fourni des pièces d'attelage pourries.

Dina tira Anders par le bras et s'arrêta pour écouter la dispute. L'artisan se mettait à répondre. Mais il n'avait pas l'habileté de l'autre.

Tout à coup Dina s'approcha.

— Faudrait employer du saule pour les pièces d'attelage, interrompit-elle.

Les hommes levèrent la tête comme sur commande et la fixèrent. Le monsieur fut tellement décontenancé qu'il en oublia où il en était dans son réquisitoire.

L'artisan, au contraire, se racla la gorge et s'inclina, disant qu'en effet...

— C'est résistant. Le saule, continua Dina en allant vers les limons pour étudier les pièces d'attelage.

Les hommes la regardaient. Mais ne trouvaient rien à dire. L'engueulade s'était évaporée au soleil.

— La cheville est brisée sur un nœud, dit-elle.

Ramassa les morceaux et les tendit.

L'artisan les prit dans une poigne imprégnée de goudron. Dina salua de la tête, se dirigeant vers Anders, sans se retourner.

Il se fit un silence derrière elle.

Les débits de bière se touchaient. Il en était de même des auberges et des hôtels.

Un veilleur allait et venait en criant qu'il savait où il fallait habiter. Il nomma quelques noms, d'une voix profonde et impérative, accompagnée de grands gestes. Il était clair qu'il était payé pour cela.

Le marché aux poissons était une véritable fourmilière. Là, l'odeur était plus forte que devant la fosse à purin, quand on en ouvrait les portes au soleil de printemps. Les poissonnières criaient leurs prix. Des voix aiguës et des visages rougis. De fortes poitrines sur lesquelles un châle était croisé malgré la chaleur.

La différence de condition sociale était plus visible ici qu'à l'église le dimanche au pays. Les costumes bigarrés des poissonnières et des filles de joie avaient le dessus. Ici et là, on pouvait cependant voir une robe de dentelle blanche sous un large chapeau de paille. Décorée de nœuds, de rosettes et autres fioritures. De petits souliers de soie ou de cuir se mêlant au claquement des sabots.

Une voix répétait sans arrêt qu'il fallait servir du saumon fumé et de la langue pour le dîner.

Un peu plus sur la hauteur, ils atteignirent les allées qui menaient aux belles villas. Aux larges entrées et aux haies bien taillées.

Dina avait une expression de dédain envers quelque chose d'indéfinissable pendant qu'ils marchaient. Anders n'arrivait pas à saisir envers quoi. Mais il était embarrassé quand ils rencontraient quelqu'un.

Elle se mit subitement à raconter en riant la fois où Jacob et elle avaient habité un hôtel qu'on disait être de première classe.

Là, ils s'étaient amusés à se plaindre de la cuvette qui n'était pas plus grande qu'un plat à pommes de terre ! Et de la crème que l'on versait dans le café avec une cuillère, au lieu de la servir dans un pot.

En plus, le patron n'avait jamais entendu parler de coquetiers.

À cause de toutes ces plaintes, faites avec politesse mais hautainement, le bruit avait couru à la cuisine qu'ils étaient anglais.

Mais Jacob, ne voulant pas garder cette étiquette, alla se présenter à la cuisinière.

Tout le personnel de l'hôtel devint immédiatement plus aimable. Et le dernier jour, on leur servit la crème dans un pot.

Au beau milieu de cette histoire, un cocher arrêta sa voiture et leur proposa de les conduire à destination moyennant une certaine somme. Elle secoua la tête, et Anders refusa en remerciant.

Ils grimpèrent les ruelles raides, qui se rétrécissaient au fur et à mesure. Les chaussures de Dina étaient dures et tenaient chaud, si bien que, trouvant un banc à l'ombre d'un arbre, ils s'y installèrent. Ils avaient vue sur la ville. Anders expliquait en pointant le doigt. La forteresse de Bergenhus avec le palais royal et la tour. Le port avec tous les caboteurs réunis les uns aux autres par des passerelles. Une quantité de bateaux avaient mouillé au large. Deux vapeurs avançaient au moyen de leurs roues à aubes, jetant de la fumée noire sur le ciel clair. Un caboteur arrivait, toutes voiles baissées, et glissait silencieusement à sa place.

Lentement, ils commencèrent à descendre et trouvèrent une voiture pour les ramener sur les quais. Ils devaient faire attention à l'heure. Ils étaient invités dans l'arrière-boutique du marchand. C'était un geste qu'il ne fallait pas négliger.

— Il s'agit de respecter l'étiquette, dit Anders.

Quand ils arrivèrent sur les quais, Anders montra du doigt les caboteurs de Kjerringøy, Husby et Grøttøy.

Juste derrière les quais, il y avait une église au profil dentelé sur le ciel, avec deux tours.

— C'est Sainte-Marie, dit-il.

Leurs regards se croisèrent. Comme s'ils ne s'étaient jamais vus.

— J'ai jamais voyagé en compagnie ! s'écria-t-il, décontenancé.

— Tu veux dire qu't'as jamais voyagé en compagnie d'une femme ?

— Oui. C'est différent.

— Comment ?

— J'vois des choses que j'pensais être sans importance. J'savais pas que j'pouvais répondre à tes questions.

— T'es un drôle de type ! remarqua-t-elle. Le Niels avait bien d'la chance de t'avoir pour frère.

Les marchands et les aubergistes servaient d'intermédiaires entre les grands négociants de Bergen et les affréteurs.

Les prix à Bergen étaient rarement en baisse ou en hausse dramatique, mais on était toujours anxieux des pourcentages à rapporter. Pour les affréteurs, c'était un avantage de ne pas avoir à marchander les prix.

Il était arrivé plus d'une fois qu'un pêcheur ait été roulé, à la fois sur les prix et la quantité.

Le marchand et le patron du caboteur, au contraire, connaissaient les combines. Ils avaient assez de temps et d'expérience pour attendre la meilleure proposition. Et ils savaient avec quels bourgeois de Bergen il était préférable de négocier.

Les responsables des cargaisons étaient servis dans l'arrière-boutique. Une bouillie de céréales avec de la mélasse. On leur offrait aussi des pipes en terre, et la conversation allait bon train.

Le marchand était ventru et affublé d'un menton en plus de celui que le Seigneur lui avait donné. Il ballottait par-dessus le jabot de dentelle quand il gesticulait ou se mettait à rire.

Dina se souvenait de lui, depuis son voyage avec Jacob. On parlait souvent de lui à Reinsnes. M. Rasch ! Pendant des années, elle avait comptabilisé ses factures.

La dernière fois que Dina l'avait vu, il avait à ses côtés une mémère imposante et de forte poitrine.

Elle était morte d'une maladie bizarre dont personne n'avait jamais entendu parler, raconta-t-il. Elle s'était simplement ratatinée comme une pomme oubliée. Certains disaient que la nervosité et les maladies mentales étaient une tare familiale. Mais le marchand n'avait jamais rien remarqué, et prétendait que c'étaient des ragots qui avaient amené les gens à de pareilles conclusions... En tout cas, il était maintenant veuf, et cela depuis quatre ans. Son épouse avait eu des parents aisés dans le Hardanger, dont elle avait eu un bel héritage. Mais le marchand assurait qu'il ne fallait rien exagérer.

Dina, Anton et Anders n'avaient jamais entendu parler de cet héritage, mais prêtaient attention aux racontars auxquels un malheureux citoyen de Bergen pouvait être exposé de nos jours.

On n'avait plus de respect pour rien, dans ce monde. On bavassait sur les chagrins et les malheurs des gens, comme si cela ne comptait pas ! C'était une mauvaise habitude !

Le visage du marchand rosit pendant ce long monologue. Le menton en surplus s'étalait tristement sur le jabot. Tantôt ici, tantôt là.

Dina le regardait sans vergogne. Mais il semblait qu'elle avait décidé qu'il lui plaisait.

Lui, de son côté, se souvenait de la jeune Mme Grønelv.

— Ce n'était pas difficile ! susurrait-il avec un air de flirt.

Au fur et à mesure que la soirée s'avançait, Anders, Anton et Dina, contrairement au reste de la compagnie, furent invités dans son « salon privé », comme l'appelait M. Rasch.

Comme Anders l'avait prévu, on mit immédiatement le punch sur la table. Le marchand demanda qu'on apporte du madère pour la dame, mais Dina refusa. Elle voulait un petit punch et une pipe.

Le marchand fut abasourdi, mais le cacha bien. Il lui bourra lui-même une pipe, tout en parlant d'une noble danoise qu'il avait rencontrée dans sa jeunesse. Elle fumait la pipe et portait des chapeaux d'homme.

— Sans comparaison, du reste, s'adressant aimablement à Dina. Et celui-ci n'a probablement pas été acheté dans le Nord ? demanda-t-il.

— Non, il a été fait sur commande à Brême. On achète nos chapeaux et nos poêles à Brême, et nos livres et nos partitions à Hambourg. Et nos tableaux à Paris.

À cause des goûts de Mère Karen ! ajouta-t-elle en souriant.

Anders lui lança un regard inquiet. Mais elle se collait au marchand et lui glissait familièrement le bras sous le sien.

Après quelques secondes d'hésitation, il sourit en lui allumant sa pipe. Puis il leur demanda de prendre place dans le salon, afin de discuter « des choses temporelles », comme il disait.

Dina suivait avec attention Anders, qui se mettait d'accord sur les prix et les mesures. Il présentait les quantités et les qualités du poisson et des laitances, des peaux et du duvet.

Mais elle ne se mêlait pas à la conversation.

Les yeux d'Anders étaient si honnêtes qu'ils pouvaient rendre n'importe quel marchand soupçonneux. Mais il était évident que ces deux-là avaient déjà fait des affaires ensemble.

Le visage d'Anders était lisse comme un clair de lune quand il proposait un prix. Et aussi regrettablement honnête quand il secouait la tête parce que le prix offert était trop bas. Aussi poli que s'il s'adressait au pasteur. Avec autant de fermeté que s'il s'adressait à l'équipage.

Le marchand soupirait et disait qu'ils allaient attendre... que les prix indicatifs soient fixés. C'était le même rite. Chaque année. Cela avait toujours été ainsi. Le marchand donna une bourrade à Anders, s'inclina devant Dina et dit avec bonne humeur :

— Peut-être bien que Dina Grønelv de Reinsnes est la plus riche de nous deux, tout compte fait.

— Il est pas question de richesse, mais d'un marché, lui rappela Dina.

Anders recommença à se tortiller d'inquiétude.

— La richesse peut être beaucoup de choses. Il s'en trouve même à qui on donne de l'amour pour rien, dit-elle en regardant le marchand dans les yeux.

Il baissa les yeux. L'homme ne savait absolument pas comment prendre la situation. Il n'avait pas l'habitude des femmes dans les affaires. Mais cela avait un côté qu'il ne pouvait pas s'empêcher de trouver agréable. Il n'arrivait pas à comprendre cette veuve du Nordland. Il avait la sensation désagréable qu'elle se payait sa tête. Sans pour cela en avoir des preuves. Mais ce furent de bonnes affaires, surtout pour le stockfisch. Exactement comme l'avait prévu Anders.

On commanda la machine à coudre pour Stine par l'intermédiaire du marchand, en obtenant un rabais important.

En compensation, on apporta à terre un tonneau de mûres jaunes pour la consommation personnelle du marchand, « franco de port et d'emballage », comme disait Anders.

Dina se promenait seule en ville, en attendant qu'on finisse de décharger et de charger.

Elle voulait voir l'hôpital des lépreux, dont Mère Karen avait souvent parlé.

Elle alla trois fois devant la porte. Pour faire un effort.

Pour pouvoir raconter à Mère Karen qu'elle avait tenu sa promesse, et envoyé à Dieu une prière pour les malades.

Mais quant aux prières, il valait mieux ne pas en parler.

Je suis Dina. Dans le livre de Hjertrud, on dit que Job s'étonnait que Dieu puisse être si sévère avec les humains, qui ont une vie si courte et si difficile. Job a eu tant de malheurs. Il ne comprend pas que Dieu punisse les justes et laisse passer les incroyants. Job emploie beaucoup de temps à se poser des questions sur son destin. Ici, ils tournent en rond avec leurs plaies. Ils ne font pas tous autant d'histoires que Job.

Il y avait un seau devant chaque maison à Bergen. À

la fin, Dina demanda à une vendeuse dans une boutique à quoi cela correspondait.

C'est à cause de l'incendie de cette année, fut la réponse. Tout le monde avait peur du feu.

— Vous n'êtes pas de Bergen ? ajouta la jeune fille.

Dina sourit. Non, elle n'était pas d'ici.

— Mais grands dieux, z'êtes bien naïfs de croire que quelques gouttes d'eau dans un tonneau peuvent vous sauver si ça brûle.

La femme pinça les lèvres, mais ne répondit rien.

Dina emporta de l'extra-fort, des dentelles et des boutons, et ce que Stine avait mis sur sa liste.

Dina loua une voiture pour passer devant les terrains incendiés. Le 30 mai, cent vingt maisons étaient parties en fumée. Il n'y avait plus rien, mais c'était excitant.

Les terrains étaient là, comme des plaies de lépreux, au milieu de la ville palpitante de santé tout autour. Des mendiants y traînaient, à la recherche de quelque trésor. Ils marchaient en ligne, se baissaient et fouillaient rapidement avec un bâton. De temps en temps, ils se redressaient et fourraient quelque chose dans leurs ballots.

— Ici, c'est plein de gens pauvres et de miséreux ! En plus des lépreux ! dit Dina à Anders quand ils se retrouvèrent le soir dans la cabine. Et de prostituées ! ajouta-t-elle. Elles tournent autour des hommes qui vont à terre, ou elles grimpent à bord.

— Ça doit pas être un métier drôle. Pas d'quoi s'engraisser, à ce qu'il semble, dit Anders.

— Job a en tout cas pas eu besoin de s'prostituer ! dit Dina.

Anders la regarda avec étonnement.

— Où t'as été aujourd'hui ? demanda-t-il.

Elle lui raconta les prières devant l'hôpital des lépreux et les terrains incendiés.

— Tu devrais pas t'promener sur ces terrains. Ça peut être dangereux, dit-il.

— Dangereux pour qui ?

— Pour les femmes seules, répondit-il.
— Pas pour les hommes ?
— Pour les hommes aussi, dit-il avec douceur.
— Qui sont-ils ? entama-t-elle.
— Qui ?
— Ceux qui vont avec les prostituées.
Anders leva timidement la tête.
— C'est des types qu'ont pas c'qui leur faut, pour une raison ou pour une autre, dit-il avec lenteur.
Comme s'il n'y avait jamais pensé avant.
— Tu veux dire qu'c'est plus facile pour celui qui a personne d'en avoir plusieurs ?
— Oui, dit-il, gêné.
— Et autrement ? Ils sont à la recherche de quoi, les hommes ?
Il se frottait la nuque et tirait sur ses cheveux.
— Différentes choses, dit-il enfin.
— Et toi, t'es à la recherche de quoi ?
Il la regarda. Comme il regardait le marchand de Bergen. Transparent d'honnêteté.
— J'suis à la recherche de rien du tout ! dit-il tranquillement.
— Jamais ?
Il rougit lentement sous son regard.
— Qu'est-ce que tu veux ?
— J'sais pas, Anders. J'crois que j'veux savoir de quoi sont faits les gars... ce qu'ils pensent...
Il ne répondit pas. La contempla seulement.
— Tu vas chez les prostituées ? demanda-t-elle.
La question lui brûla le visage. Mais il ne s'esquiva pas.
— C'est arrivé, dit-il finalement.
— Comment c'était ?
— Pas de quoi en faire un plat, dit-il tout bas. Au vrai, j'suis pas comme ça, dit-il encore plus bas.
Anton frappa à la porte car il voulait parler à Anders. La bruine caressait le toit. Dina avait encore une question restée en suspens.

Le chargement s'était bien passé, et le prix du stockfisch n'avait jamais été aussi élevé ces dernières années. Le plus gros du lot avait été vendu comme produit de première qualité.

L'équipage était satisfait et le bavardage allait bon train quand ils revinrent à bord. La dernière nuit, Dina, Anton et Anders revinrent coucher sur le bateau. Les autres jours, ils avaient loué des chambres. Juste pour s'offrir le luxe d'habiter en ville, disait Anders.

Les bruits de la ville étaient différents sur le bateau. Avec le clapotis des vagues et le grincement des bateaux à l'ancre, en plus de tout le reste. Cela devenait une obsession. Comme une fièvre latente qui resurgissait chaque fois que l'on revenait dans le port.

9

> Je lève mes yeux vers les montagnes... D'où me viendra le secours ?
> (Psaumes, 121, 1)

Ils eurent le vent en poupe pour le retour vers le nord. Tout était calme et la bonne entente régnait à bord.

Le « timonier », la fierté et l'ornement du bateau, se tenait au sommet de la barre, en grande tenue et avec son panache, le regard méditatif « fixé » sur l'horizon. Et le « danebrog » flottait en direction du nord-ouest comme une nappe empesée.

Juste quand ils eurent passé le cap de Stadtlander, Dina lâcha sa bombe. Elle voulait passer par Trondheim. Anton et Anders se tenaient sous le pont arrière quand elle leur fit cette déclaration.

— Trondheim ! cria Anton, avec un regard incrédule. Et qu'est-ce qu'on va aller faire à Trondheim ? !

Elle avait quelque chose à y faire, répliqua Dina. Et du reste, elle voulait voir la cathédrale. Oui, elle avait l'intention d'aller y faire un tour.

Anton et Anders parlaient à la fois. Anton de plus en plus fort. Anders avec une voix grave et pressante. Savait-elle à quoi elle les exposait ? Traverser dans toute sa longueur ce maudit fjord de Trondheim alors que tous les autres caboteurs profitaient du vent favorable pour rentrer ? Être aux prises avec les remous à l'intérieur du fjord, sans le moindre vent pour s'en sortir ! Avait-elle envisagé que cela demanderait dix jours en plus, au moins ?

— Et nous sommes déjà à la fin d'août ! dit Anders.

— Non, j'ai pas compté les jours. Mais rien ne presse. On rentrera toujours à temps !

Anton en oublia qu'il était ordinairement de bonne composition. Il écumait. Le vent avait prise dans ses moustaches passées à la cire et menaçait de les arracher.

Anders était plus calme. Il avait vu Dina casser des branches plus résistantes qu'Anton.

— On met le cap sur Trondheim ! dit tout simplement Dina.

Elle ramassa ses jupes et regrimpa dans la cabine.

Toute la nuit, Anton resta à la barre, fou de colère. Il était tellement furieux qu'il accepta tout juste qu'Anders vienne prendre le quart pour qu'il aille dormir.

— C'est pas nécessaire qu'on perde la tête, tous autant que nous sommes ! dit Anders d'un ton sec.

— C'est encore une de tes sacrées bonnes idées d'emmener une bonne femme à bord ! cria Anton contre le vent.

Il était tête nue, en vareuse de drap bleu marine achetée à Bergen. Les boutons de métal doré brillaient au soleil levant. Le col était remonté et les épaules rembourrées larges comme une armoire.

— On appartient à la Dina, nous et le bateau, coupa Anders en prenant la barre.

Les jurons sortaient d'Anton, crépitant comme de l'eau sur une enclume chaude. Mais il alla se coucher et ronfla toute la matinée, à en faire craquer la cabine de l'équipage dans ses assemblages.

La première nouvelle qui les attendait à Trondheim était l'attaque de la base navale russe par les bateaux de guerre français et anglais, à Bomarsund sur les îles d'Åland. Les chantiers navals et les entrepôts de bois sur la côte finlandaise étaient en flammes.

Les Finlandais restaient loyalement du côté des

Russes, disait-on. Ils défendaient comme des lions leurs propres intérêts et ceux des Russes. Les gens bien informés prétendaient que le roi voulait y mêler la Suède et la Norvège.

Les Finlandais préoccupaient Anders. Il avait de la famille dans le nord de la Finlande. Il disait que ce n'était pas parce que les Finlandais sympathisaient spécialement avec les Russes. Mais parce qu'ils en voulaient à la marine étrangère de démolir leurs côtes et de confisquer leurs bateaux.

— Qui ne se défendrait pas quand des imbéciles viennent foutre le feu dans l'escalier de ta maison ? disait-il, furieux.

Dina ne comprenait pas ce que les Anglais et les Français venaient faire dans la Baltique.

Anton s'était repris et était redevenu communicatif. Mais l'affaire ne l'engageait pas outre mesure. Il se contentait de parler de ce qu'il connaissait, disait-il. Ce n'était pas l'affaire des bonnes femmes et des marins de discuter la politique mondiale. Mieux valait terminer ce qu'on avait à faire et rentrer.

— Léo disait quelque chose, dit Dina pensivement sans prêter attention à Anton. Il disait que les Français et les Anglais prenaient parti pour les Turcs dans cette guerre interminable entre la Russie et la Turquie, et que c'était dangereux... Il disait que les Finlandais ne seraient jamais du côté des Suédois, de toute manière. Que le roi était bête de ne pas comprendre ça. Il disait aussi que le tzar Nicolas n'avait pas inventé la poudre lui non plus. Que la guerre avait commencé par une dispute idiote entre deux moines. L'un orthodoxe et l'autre catholique.

— Sur quoi ils s'disputaient ? demanda Anders.

— Ils s'disputaient pour savoir qui possédait les Lieux saints dans le pays des Juifs, dit Dina en riant.

— Mais quel rapport avec la guerre ? dit Anton avec irritation.

— La sainteté a toujours quelque chose à faire avec une guerre quelconque, dit tranquillement Dina. La

Bible, le Christ, la Sainte Vierge, les Lieux saints chez les Juifs...

Tout à coup, elle se recroquevilla, comme si elle avait reçu un coup dans le ventre.

— T'es malade ? demanda Anders.

— Non, coupa-t-elle.

— Mais qu'ils arrivent à entraîner le roi et le tzar dans cette histoire ? continua-t-elle en se redressant.

— Y en a toujours qui s'contentent de regarder et de recevoir de beaux cadeaux, ou bien de s'débarrasser de leurs ordures, quand y a la guerre, dit Anton.

— D'où il l'avait prise, Léo, cette histoire sur qui avait commencé la guerre ? demanda Dina en s'adressant à Anders.

— Il voyage beaucoup. Il entend tellement d'choses.

Dina passa à l'arrière-plan. Et la guerre fut plus proche qu'on ne l'aurait souhaité.

Entre Kongensgate et Erling Skakkesgate, sur un terrain cédé par le roi, il y avait de cela longtemps, on rassemblait toutes les existences misérables qui autrement auraient erré dans les ruelles ou dans les cours.

C'étaient les lépreux, les indigents, les fous, les vieillards et les orphelins. De solides bourgeois de la ville de Trondheim avaient légué de quoi mettre de l'ordre dans toute cette misère.

Des constructions rassurantes, en pierre et en bois. De nombreux bâtiments remplis de déchets humains et de misère. Cela avait l'air fort convenable. Vu de l'extérieur.

Dina trouva le poste de garde dont la façade s'ouvrait sur Vollgate. Avec des arcades et un imposant mur crépi. Il y avait une large cour entre le poste de garde et la prison. Mais les clôtures étaient hautes et l'entrée était gardée.

On la laissa passer quand elle expliqua sa démarche. C'était un monde à part. Caché au reste du monde.

Caché pour tous ceux qui n'étaient pas, pour une raison ou pour une autre, obligés d'y venir.

Des maisons de bois à étages. Quelques bâtiments en pierre par-ci, par-là. Des toitures de tuiles rouges imposaient à ces bâtiments une sorte de destin uniforme.

« L'asile des criminels », encore appelé « l'esclavage », était un grand bâtiment à étage aux cadres de fenêtres et de portes de style Empire.

On fit entrer Dina dans une salle ovale au rez-de-chaussée. Des bruits divers venaient des pièces attenantes. Elle avait la respiration haletante, comme si elle s'attendait à quelque chose, ou était inquiète.

La première personne qu'elle vit, à part le gardien, fut un être énorme ressemblant à un homme, en train de tripoter des chiffons dans une caisse. Il montrait le mur du doigt, tout le temps, et se parlait à lui-même, discutait la question de savoir s'il était nécessaire d'aller en ville ou non. Il faisait les questions et les réponses avec deux voix différentes. Comme s'il jouait deux rôles. L'une était tremblante d'indignation et grossière, l'autre douce et traînante. De temps à autre il faisait un mouvement de la main et disait : « Paf ! Paf ! » comme pour souligner qu'il venait de donner un coup de poing.

Il avait la tête rasée, comme s'il sortait de l'épouillage. Mais une barbe de plusieurs jours recouvrait ses joues creuses.

Dina resta plantée. Une sorte d'épouvante l'envahit. Elle se raidit, se préparant à ce qui pouvait arriver quand l'homme aurait mis les yeux sur elle. Mais rien ne se passa.

Le gardien revint et dit que le directeur était sur le point de sortir, mais qu'il pourrait lui parler ici. Il allait venir à l'instant. On rejetait clairement sa requête. Il ne savait pas qui était Dina Grønelv. Et il n'appréciait guère qu'elle ait demandé quand Léo Zjukovskij arriverait.

Elle posa des questions sur la prison en attendant. Le gardien racontait volontiers. Il y avait un atelier, un réfectoire et une chapelle au rez-de-chaussée. « Ceux-là », autrement dit « les pensionnaires », étaient à l'étage dans des cellules. Certaines étaient complètement sombres, lui dit-on.

— Le cachot est noir comme dans une tombe, dit le gardien en découvrant, par un sourire sans méchanceté, une denture plutôt éparse. Ceux qui sont au grenier, on peut pas grand-chose pour eux ! dit-il. Mais chacun a son poêle en fonte, faut pas croire !

Les bruits leur tombaient sur la tête. Des grattements, des coups et une voix forte et furieuse.

— Tout c'qui vient d'en haut n'est pas toujours le meilleur, plaisanta-t-il.

Le malheureux aux chiffons continuait son monologue sans faire attention à eux. Le gardien suivit son regard et dit :

— Le Bendik, il est claqué aujourd'hui. Mais il est pas dangereux, claqué ou pas.

— Qu'est-ce qu'il fait ici ?

— Dingue ! Mais il est pas dangereux. On parle d'une sale histoire dans le Nordland. Qué'que chose avec une bonne femme qu'est morte de brûlures. C'est là qu'ça a commencé. Il a jamais fait d'mal à une mouche chez nous. Il suit son idée, seulement. C'est aut'chose avec ceux du grenier. Ceux-là, j'voudrais pas m'retrouver seul à seul avec !

Dina cherchait quelque chose dans son réticule. Il était noir, profond et insondable comme une tourbière.

— Ce doit être une affaire importante pour amener Madame dans un tel lieu ! Et du Nordland encore !

Dina se redressa. Et raconta avec dignité qu'elle était en voyage, de retour de Bergen, avec son caboteur. Il était donc facile de faire un détour par Trondheim.

— Madame est propriétaire d'un caboteur, dit-il, ravi, en la considérant avec respect.

Eh bien, pour sa part, il avait connu une dame qui était propriétaire d'un vapeur à aubes. Il lui lança un regard en biais, inquisiteur.

Voyant que Dina ne faisait aucun commentaire, il ajouta :

— Elle est aussi la plus riche veuve de la ville !

Dina regarda les murs en faisant comprendre qu'elle n'avait nullement l'intention de parler de riches veuves et de leurs bateaux à vapeur. À la place, elle demanda d'un ton sec :

— Quel est votre rôle ici ?

— Je surveille les crapules, pour qu'ils se sauvent pas ! répondit-il vivement.

— Et ils sont accusés de quoi ? Ceux qui sont là ?

— Meurtre et incendie, folie et vol, dit-il comme s'il récitait un verset par cœur.

— D'où ils viennent ?

— Surtout du quartier sud en ville. Autrement, de partout !

Juste à ce moment, le malheureux arriva sur eux en traînant ses chiffons.

C'était arrivé si vite. Avant que le gardien puisse l'en empêcher, il avait attrapé Dina par le bras et la regardait. Le gardien lui fit lâcher prise. Le géant restait les mains tendues. Dans ses yeux passaient des nuages gris. Et au fond, Dina pouvait voir se refléter son image.

Elle eut l'air d'avoir tout à coup une idée. Leva sa main gantée et la posa sur l'épaule de l'homme.

Il s'illumina, comme s'il venait de trouver quelque chose d'important. Son visage s'éclaira, et il lui adressa un sourire édenté. Le dos puissant était courbé sous le poids d'un fardeau invisible, qu'il devait porter depuis des années.

— Elle est — elle est enfin venue... marmonna-t-il en essayant de la saisir à nouveau.

Rapide comme l'éclair.

Le gardien bouscula l'homme en lui parlant durement.

Dina restait debout. La mâchoire serrée, elle devint lentement toute blanche. Elle se libéra de la poigne de l'homme, mais pas de son regard.

Le gardien entraîna le fou dans la cour avec lui.

Je suis Dina. Il y a un poêle avec dessus une lessi-

veuse bouillante ! Je suis dans la vapeur. C'est pourquoi je transpire. On racle ma peau tout le temps. On me lave jusqu'à me dissoudre. Tandis que Hjertrud crie sans arrêt.

Le directeur apparut tout à coup. Comme s'il avait pris forme à ce moment même. Traversa dignement la pièce et lui tendit la main.

Un grand homme maigre, qui portait une barbe sévère soigneusement taillée. Elle semblait avoir été collée sur lui.

Il ne souriait pas et ne donnait aucun signe d'amabilité. Sa poignée de main était sèche et correcte, comme le reste de sa personne.

Une épaisse chevelure noire était peignée avec soin autour de sa tête ronde comme une bille.

Il courba la tête galamment et reprit sa canne dans la main droite. Que pouvait-il faire pour elle ? Il fit s'évanouir les restes de vapeur qui entouraient Dina. Sa voix était calme et profonde.

Les yeux gris de Dina laissèrent passer quelques éclairs d'antipathie. Il ne lui avait rien fait. À part l'avoir sortie de la vapeur.

Elle expliqua ce qui l'amenait. Le paquet avec le livre de Pouchkine et la lettre pour Léo était cacheté à la cire. Mais elle hésitait à le sortir.

Le directeur montra un étonnement un peu trop rapide. Il ignorait l'existence d'un Léo Zjukovskij, qui serait à leur solde pour transporter des prisonniers. Absolument. De tels transports avaient eu lieu seulement une ou deux fois depuis qu'il était là. Et un Russe ? Non !

Dina ne prêta aucune attention à sa réponse et lui demanda depuis combien de temps il était directeur de « cet endroit ».

— Trois mois, répondit-il sans se troubler.

— C'est pas très long...

L'homme toussota, comme s'il était pris en train de tricher.

— Léo Zjukovskij n'a pas l'air d'un Russe, dit-elle. Il parle le norvégien !

Sa voix resta figée dans la pièce.

Je suis Dina. Les grands bouleaux à l'extérieur bruissent désagréablement. Ils serrent leurs branches autour de ma tête et m'empêchent de penser. Des cloches sonnent à toute volée. Tout près. Je compte toutes les portes qui donnent sur cette pièce. Mais le chiffre disparaît dans tout le vacarme qui vient des cellules. Un directeur de maison de fous, est-ce un être humain ? Pourquoi dit-il ne pas connaître Léo ?

Le directeur pensait qu'elle devait demander à la prison, ou au directeur de la maison de correction. Il pouvait l'y conduire, si elle le désirait. C'était tout près. Mais il valait mieux qu'il l'accompagne pour traverser la cour.

Dina partit avec l'homme. Une promenade inutile à travers de lourdes portes sinistres. Passant devant des gardiens au regard vide. Cela ne la rapprocha pas de Léo. Personne ne connaissait un Russe du nom de Léo Zjukovskij, qui parlait le norvégien et accompagnait des prisonniers à Vardø.

Quand ils se retrouvèrent dans la pièce ovale, elle sortit son paquet. Le pressa dans la main molle du directeur, qui fut finalement forcé de le prendre.

Elle le regarda, comme s'il était un des garçons de ferme à Reinsnes. D'un ton ferme, elle donnait ses ordres. Auxquels il ne pouvait qu'obéir sans risquer d'être parfaitement impoli envers une dame.

— Quand M. Léo Zjukovskij viendra, on lui donnera ce paquet. Il est cacheté à la cire, comme on peut le voir...

Le directeur secoua la tête, mais resserra les doigts sur le paquet pour qu'il ne tombe pas par terre.

Elle redressa son chapeau, remonta son réticule sur

son bras. Tira sur son gant droit et remercia. Puis elle prit congé et se dirigea vers la sortie.

Un peu plus haut dans la rue, la voiture dépassa un bâtiment en forme de croix, avec de grandes fenêtres et un grand toit de tuile. Le portail d'entrée était imposant. Et le corps de bâtiment principal avait deux étages avec une grande lucarne en demi-lune en haut.

Dina se pencha en avant pour demander au cocher ce que c'était.

— Tronka, l'hôpital des fous, répondit-il d'un ton indifférent.

— Pourquoi « Tronka » ?

— On dit que ça a un rapport avec un tronc pour les oboles qui se trouvait à la porte. « Tronc », c'est un mot français, qu'ils disent.

Le cocher se réveillait en parlant.

— Et pourquoi l'hôpital avait un tronc français ?

— Les gens d'aujourd'hui aiment les mots distingués. Ce tronc a probablement été fait à Trondheim. Et de toute façon, français ou pas, derrière les murs, y a que des dingues et de la racaille !

Il claqua de la langue pour activer le cheval qui avait ralenti. Il y avait des bourdonnements intenses quelque part. Le cocher se retourna une ou deux fois. Car la femme était devenue silencieuse. Elle était recroquevillée sur elle-même et se balançait légèrement d'avant en arrière.

Au bout de quelques instants, il arrêta la voiture et demanda si elle était malade.

Elle répondit, les yeux vides. Mais elle paya largement quand elle descendit.

Suis-je Dina ? Les cauchemars sont-ils réels ? Bendik le forgeron ? Pourquoi est-ce que je trouve tout, sauf Léo ? Suis-je Dina ? Qui m'arrache une partie du cœur et le remet entre les mains d'un directeur d'asile de fous ? Pourquoi suis-je ici quand j'ai une blessure qui ne veut pas saigner ? Où est Hjertrud maintenant ?

Dina ne sortit pas de la cabine le reste de la journée.
La nuit suivante, Anders fut réveillé plusieurs fois par les gémissements que poussait Dina derrière son rideau. Il essaya de lui parler.
Mais elle ne répondait pas.

Le matin, elle était grise, le visage fermé.
Mais ils louèrent une voiture pour aller à la fabrique au bord de la rivière acheter une cloche pour le grenier.
La vieille cloche était fêlée depuis longtemps. Pendant la fenaison, la moitié de la cloche était tombée et avait endommagé sérieusement la toiture.
Ils en trouvèrent une de taille appropriée et de belle sonorité, portant la date de sa fabrication.
Le propriétaire de la fabrique avait été un ami de Jacob, dans le temps.
Dina avait annoncé sa visite à l'avance. De ce fait, la réception fut parfaite, on leur servit quelque chose et on leur fit faire une visite guidée. Huitfeldt déplora l'absence de son associé, M. l'ingénieur, qui, étant en Angleterre, ne pouvait présenter ses respects.
Il ignora complètement Anders. Il était évident que les règles de politesse des marchands de Bergen n'avaient pas cours dans la bourgeoisie de Trondheim.
Anders fit bonne contenance. Il connaissait cette sorte de gens. Qui ne comprenaient pas qu'il était impossible d'amener avec soi son bateau pour montrer qu'on était quelqu'un.
Le propriétaire de la fabrique ne leur épargna rien, décrivant l'expansion extraordinaire de l'entreprise dans la fabrication des poêles, des cloches de fermes et de pièces de machines.
Les temps modernes lui étaient favorables, dit-il en riant. Et pour couronner le tout, on lui avait confié la lourde responsabilité de couler les pièces des machines du vapeur à aubes *Nidelven.*

Anders et Dina échangèrent un regard quand ils regagnèrent la voiture.

— J'sais pas si ça vaut la peine d'en parler. Mais les gens de Trondheim sont d'une race à part.

— Mis à part que tous les gens, à Trondheim, ne sont pas de Trondheim, dit Dina.

Ils se mirent à rire.

Dina lui donna un coup de pied de la pointe de sa chaussure.

— Pourquoi tu t'laisses impressionner par une pareille folie des grandeurs ?

— Ben, j'sais pas... Ça vaut probablement mieux. À la longue.

— En vérité, t'es un commerçant, Anders ?

— P't'être bien... En tout cas sans capital.

— T'aurais aimé en avoir ? Du capital ?

— Non, tu vois bien comment ils sont. Ceux qu'ont du capital.

— Et moi, j'suis aussi comme ça ? demanda-t-elle subitement.

— Non. Mais t'as certains côtés. Puisque tu veux le savoir, dit-il avec honnêteté.

— Quels côtés ? Avare ?

— Non, mais regardante. Et têtue. Vois un peu ce détour par Trondheim !

Elle ne répondit rien.

Les roues cognaient sur les pavés. Les bruits de la ville les entouraient.

— T'es partie t'promener toute seule hier... On peut savoir où ?

— J'ai fait un saut jusqu'à la prison.

Anders se retourna vers elle, pas seulement le visage, mais de tout le corps :

— Tu plaisantes ! Qu'est-ce que t'allais faire là ?

— Déposer un paquet pour Léo. Un livre qu'il avait oublié... Il a l'habitude d'oublier des livres...

— Mais il était là ?

— Non, mais il viendra bien.

— Comment tu l'sais ?

— Parce qu'ils ont dit qu'il viendrait pas... dit-elle pensivement.

— Ils ont dit qu'il viendra pas... et c'est pour ça que tu crois qu'il viendra ? Mais qu'est-ce que tu veux dire, Dina ?

— Y a quelque chose qui cloche. L'directeur a pas aimé ma visite. Que j'sache qu'il allait venir.

— T'es devenue un peu bizarre pendant c'voyage.

— Tu t'souviens que Léo, il disait qu'il allait accompagner un prisonnier à la forteresse de Vardø ?

— Oui... Quand j'y pense... Mais c'était juste quelque chose qu'il disait.

— N'importe, il va à la prison quand il est à Trondheim.

— Comment tu l'sais ?

— Je l'sais, coupa-t-elle.

Ils restèrent silencieux, pendant que le cocher discutait avec un cortège qui ne voulait pas laisser la place.

Anders suivit un moment tout ce qui se passait autour d'eux. Puis il dit :

— La Dina s'est décidée pour le Russe ?

— T'y vas pas par quatre chemins quand tu poses des questions, mon cher Anders !

— Non. Et qu'est-ce que tu réponds ?

— Que mes décisions s'ront pas annoncées sur la place publique.

— Mais c'est lui qu'tu veux. Ça, j'l'ai bien vu.

— Si tu l'as vu, t'as pas besoin de l'demander, répondit-elle.

Il croisa les bras sur la poitrine et ne dit plus rien.

— On parlait de capital... dit-elle au bout d'un moment.

— Oui, dit Anders avec bonne volonté.

— Tu sais ce qu'il a fait, ton frère ?

— L'Niels ? Tu veux dire comment... il a terminé ?

Il la regarda avec surprise.

— Et toi et moi, on sait comment il a terminé, dit-elle avec autorité. C'est aut'chose que j'voulais dire.

— Et quoi, alors ?

— Il a détourné des fonds pendant des années, ton frère !

Elle regardait droit devant elle.

— Qu'est... qu'est-ce que tu dis ?

Il la regardait, les yeux écarquillés.

Elle ne répondit rien.

Au bout de quelque temps, il attrapa ses deux mains. L'artère battait sur son cou, son visage était blême.

— Pourquoi tu dis des choses pareilles, Dina ?

— Parce que c'est vrai, dit-elle brièvement.

Et elle raconta à Anders la cachette sous les planches.

Les mains d'Anders s'accrochaient aux siennes en les serrant.

— Combien c'était ? dit-il d'une voix enrouée.

— Assez pour aller en Amérique.

— Et où est-il maintenant ? L'argent ?

— À la banque.

— Mais, nom de Dieu, pourquoi a-t-il... ?

— Il voulait avoir un capital.

Anders la fixait.

— C'est à ne pas croire !

— Il avait en quelque sorte une raison, continua-t-elle.

Les mots vinrent d'eux-mêmes.

— Raison ?

— La honte était sur lui. À cause de la petite Hanna.

— Mais Seigneur !

— Il fallait qu'il s'en aille. Très loin. Voulait pas s'en aller comme un miséreux. Léo avait dit qu'il voulait aller en Amérique. Stine avait trouvé une carte... C'était bien pour ça. Il pouvait pas aller en prison. Hjertrud l'aurait pas permis...

— Hjertrud ? Mais ma pauvre... Pourquoi il est pas parti ? Pourquoi ?

— Il s'est pendu parce qu'il savait que j'savais.

— Que tu savais ?

— J'lui avais donné un délai pour rendre l'argent.

— Tu veux dire qu'il s'est suicidé parce que...

— Il avait honte.

— Il croyait que t'allais l'dénoncer ?
— Y avait pas d'raison de croire autre chose.
— Dina ! Tu l'as poussé ?
Il s'arrêta. Ses mains serraient de plus en plus fort. Ses ongles s'enfonçaient dans la peau.
Elle s'appuya sur le dossier. Comme si elle se rendait.
— J'sais plus, dit-elle avec colère en fermant les yeux.
Il l'entoura alors de ses bras et la serra contre lui.
— Pardonne-moi ! supplia-t-il. Bien sûr que ce n'est pas d'ta faute ! Ceux qui font quelque chose de honteux en sont eux-mêmes responsables, je sais bien. Mais que le Niels... qu'il ait pu faire ça ! Sans m'en dire un mot...
Il soupira. Mais ne la lâcha pas.
Deux enfants frappés d'un même malheur ancien.
Pendant longtemps ils restèrent dans leurs pensées.

— Les rues à Trondheim sont plus larges qu'à Bergen, lança Dina en l'air.
— Ça rend le chargement encore plus difficile, et la sortie et l'entrée du fjord sont de vrais cauchemars.
Anders était reconnaissant de l'interruption.
— Le port est pas assez profond ! ajouta-t-il avec insistance.
Ils regardaient tous les deux la fumée épaisse sortant du vapeur qui arrivait.
Ils entrèrent dans une ruelle étroite bordée de petites maisons misérables. Un matelot chancelait devant les chevaux, et une femme hystérique criait à un gros monsieur au veston trop étroit qu'il fallait se dépêcher, car le vapeur était déjà en marche. Il respirait comme un soufflet de forge et perdait un carton à chapeaux. Ils couraient devant les chevaux, comme s'ils demandaient à être renversés.
La voiture s'arrêta, et ils payèrent le cocher. Ils firent à pied le reste du chemin.
Sur les quais, le couple en train de se chamailler reparut. La femme força un passeur à les amener au vapeur. Ils trébuchèrent sur les bancs. À un certain moment, il

sembla qu'ils allaient renverser la mince embarcation. Tout en continuant à se disputer et à crier.

Le quai long de trente aunes, avec les locaux d'expédition, était noir de monde. Au fur et à mesure, il y en avait d'autres qui demandaient à être transportés jusqu'au bateau. Le vapeur n'avait pas l'autorisation d'accoster au quai à cause des risques d'incendie, disait-on.

Anders était soulagé de pouvoir passer son désespoir sur quelque chose.

— Ce port est grand comme une soucoupe ! grondait-il, sans que personne ne lui ait rien demandé.

Dina le regardait de côté sans rien dire.

Un homme courait nu-pieds sur les planches du quai, brandissant un couteau de boucher, derrière un jeune garçon qui tenait une bouteille de rhum serrée contre lui. La police arriva et s'empara d'eux après force cris. Les gens faisaient le vide pour ne pas être mêlés à l'histoire. Certains étaient tellement pressés sur les bords qu'ils risquaient de tomber à l'eau.

Anders était en deuil. Les blessures de Dina ne voulaient pas saigner. Le ciel couvert avait de larges ouvertures, mais il n'y avait pas de soleil. Les pensées tombaient comme de la pluie.

Ils levèrent l'ancre le lendemain matin.

Le vent était favorable. Mais Anton n'était pas en forme.

— J'ai de la tempête coincée dans la hanche, dit-il.

Il se tenait au gouvernail comme un taureau blessé.

Ils le laissèrent faire la tête, sans plus d'histoires.

Anders et Dina avaient d'autres soucis. Une tension s'était installée entre eux, pour le meilleur et pour le pire.

C'était nouveau. La conversation dans le fiacre avait tourné court. Avait mis en route quelque chose qui rendait difficile la vie en commun dans la cabine.

Les yeux d'Anders étaient un texte biblique grossi à

la loupe. Il disait : Nous sommes frère et sœur ! Quelque chose est venu troubler nos rôles. Nous devrions pouvoir compter l'un sur l'autre.

Il s'avouait certaines choses. Que, pendant des années, il avait rêvé que Dina lui fasse des confidences. Lui demande des conseils.

Maintenant, elle lui avait confié que Niels avait été une fripouille. Il était décontenancé et honteux du fait que la confidence de Dina comptait plus pour lui que les derniers jours de Niels.

Dina était comme un hibou assis dans son arbre, évitant la lumière du jour.

10

> L'Éternel répondit à Job du milieu de la tempête et dit : qui est celui qui obscurcit Mes desseins par des discours sans intelligence ? Où étais-tu quand Je fondais la terre ? Dis-le, si tu as de l'intelligence. Qui en a fixé les dimensions, le sais-tu ? Ou qui a étendu sur elle le cordeau ? Sur quoi ses bases sont-elles appuyées ? Ou qui en a posé la pierre angulaire, alors que les étoiles du matin éclataient en chant d'allégresse, et que tous les fils de Dieu poussaient des cris de joie ? Qui a fermé la mer avec des portes, quand elle s'élança du sein maternel ; quand Je fis de la nuée son vêtement, et de l'obscurité ses langes ; quand Je lui imposai Ma loi, et que Je lui mis des barrières et des portes, quand Je lui dis : tu viendras jusqu'ici, tu n'iras pas au-delà ; ici s'arrêtera l'orgueil de tes flots ! Depuis que tu existes, as-tu commandé au matin ? As-tu montré sa place à l'aurore ?...
> (Livre de Job, 38, 1-2 et 4-12)

Ils sortirent du fjord de Trondheim et mirent le cap vers le nord. Anders vit la pluie et la tempête se préparer devant eux. C'était presque un soulagement.

Quand ils ne purent plus voir à droite la côte plate d'Ørland ni sur la gauche le phare d'Agdenes et furent livrés à eux-mêmes, il y avait encore une légère brume et grand vent.

Cela n'avait pas l'air de vouloir s'arrêter. Cela arrivait du nord-ouest avec la pluie par paquets gris de plomb.

Le *Mère Karen* se faisait rincer l'étrave. Et le large navire était jeté au fond des vagues comme une tasse sans anse à la dérive.

Le précieux chargement fut arrimé encore une fois et recouvert autant qu'il était possible.

Un gamin d'une des métairies de Reinsnes était déjà couché. Le malheureux avait vomi dans ses couvertures. Au grand scandale ponctué d'engueulades de la part de celui qui partageait sa couchette. Mais personne ne s'en mêlait. Chacun avait suffisamment à faire.

Ça grinçait et bringuebalait dans le ventre du solide bateau. Des plaintes et des pleurs venaient de la voilure et du gréement.

Les heures passaient, plutôt sous l'eau que par-dessus. Mais malgré cela, Anton ne voulait pas chercher un havre. Il pressait le navire sur la mer, comme s'il s'agissait d'une épreuve de force.

C'est alors que tout commença.

Dans la cabine, Dina était seule, cramponnée au rebord de la table.

Les murs changeaient de direction continuellement.

Elle se fourra une taie d'oreiller entre les cuisses quand elle vit le sang qui s'égouttait sur le plancher. Puis elle retomba au plus vite sur le bord de la table.

Une mare de sang cherchait son chemin sur les planches mouvantes. Coulant vers l'est ou l'ouest, le nord ou le sud selon les mouvements du bateau. Elle devint petit à petit comme un ruisseau brunâtre et gluant entre les fentes du plancher.

Suis-je Dina ? Qui hier soir était un orgue. Avec des milliers de coraux en train de quitter son corps ! Parce que je l'ai voulu ! Aujourd'hui des couteaux m'arrachent morceau par morceau. Je suis une rivière qui ne sait pas où va son cours. Il n'y a là même pas de cris. Je flotte tellement tranquillement ! Où est Hjertrud maintenant ?

La figure de proue du *Mère Karen*, une femme à forte poitrine, à la chevelure retenue par un nœud souple, disparaissait dans la fureur des vagues.

Mais elle se redressait avec fierté. Secouait l'écume dégoulinante. Encore et encore. Les yeux avaient été finement sculptés au couteau par un artiste local de Vefsn. Ils fixaient d'un regard vide soit le fond de l'abîme, soit le ciel.

C'était la mer de Folda sous son implacable et véritable jour. Au moins deux mois trop tôt.

Anton donna l'ordre de faire amener les bonnettes et de réduire la voile. Anders montait la garde au milieu des rafales, comme un faucon.

C'était un temps sans merci. Il n'était pas question de se diriger vers la terre. Ils étaient entourés d'écueils et de paquets d'eau.

Anton se préparait à naviguer en pleine mer. Il n'y avait rien d'autre à faire.

Le vent était variable et capricieux, mais dut se rendre parce que Anton et Anders, depuis des années, avaient appris à lui tenir tête.

Chaque fois qu'ils relevaient le bateau, et qu'Anders sentait qu'ils avaient le dessus, il ressentait comme une morsure sur la nuque. Dina ! Lui mordait la nuque.

Chaque fois, cette lutte contre les bourrasques le remplissait de bonheur. Cela dura pendant des heures. Ils maîtrisaient les lames, maîtrisaient le vent. Le bateau, et la voile.

Il n'avait jamais vécu une telle remontée de vent. Sa lèvre inférieure avançait. Ses sourcils s'embroussaillaient de sel. Extérieurement, il était trempé comme une soupe, mais intérieurement, il était de fer. Parce que, tout compte fait, il savait manœuvrer une voile !

Dina était couchée derrière le rideau et ne voyait rien à travers les hublots couverts d'embruns.

Tout ce qui n'était pas attaché dansait librement. Elle

avait mis un imperméable sous elle dans la couchette, et se cramponnait à deux mains entre les douleurs.

Alexandre Pouchkine apparut à la fenêtre et lui parla de la mort. Quand elle touchait une malheureuse dans ses entrailles ! Il avait avec lui son livre de poésies. Un cadeau de Léo. Il riait à en faire vibrer toute la coque du bateau. Puis il poussa avec force le livre sur son ventre. Sortait et entrait par le hublot rond de la cabine et apportait chaque fois un nouveau livre. Ils pesèrent de plus en plus lourd et leurs coins étaient de plus en plus coupants.

À la fin son ventre ne fut plus qu'une masse sanglante qui pendait en lambeaux par-dessus le bord de la couchette.

Elle essayait de les rassembler, mais n'y arrivait pas. Il était si rapide cet homme brun avec ses livres qui blessaient.

Il criait sa haine des femmes à voix haute et désespérée, ou bien l'appelait, les dents serrées, « putain du cavalier de bronze » et « ma chère Natacha ».

Il avait la voix de Léo, et sortait directement des bourrasques à grand bruit. Comme s'il employait un porte-voix. Il faisait éclater sa tête en mille morceaux.

C'était un spectre marin ! Avec les mains du forgeron et la cicatrice de Léo sur le visage. À la fin il sortit le fusil lapon de Tomas de son manteau et la visa. Pan !

Mais c'est sur Hjertrud qu'il avait tiré ! Hjertrud était dans un coin, le visage comme un grand trou ! Comment cela était-il arrivé ?

Ça coulait chaud entre les cuisses de Dina. Une chaleur qui se transformait petit à petit en linceul de glace.

Le vent s'était un peu calmé.

Dina s'était levée et avait rassemblé le drap entre ses jambes. Puis elle était allée, vacillante, jusqu'à la porte et avait crié le nom d'Anders. Le cœur battant dans la gorge. Ses cris étaient comme ceux des sorcières allant au Diable. Portant à travers les embruns et le vent.

Il n'y avait pas de doute. Il se passait quelque chose.

Anders était gelé, épuisé et avait les yeux brûlants. Mais il trouva quelqu'un pour le remplacer. Et se fraya un chemin vers la cabine où Dina hurlait son nom avec fureur.

Une fois à l'intérieur, il reprit sa respiration. Les gouttes coulaient de son ciré à un rythme régulier.

Son suroît s'était envolé dans la bourrasque il y avait de cela plusieurs heures. De véritables ruisseaux venant des cheveux clairs et raides de sel lui coulaient sur le visage et sur le cou. Sa chevelure collée au crâne le faisait ressembler à un phoque en colère. Il avançait le menton plus que de coutume.

Il fixait la femme sur la couchette. Tout d'abord incrédule.

La lumière du jour forçait les embruns sur la vitre et découvrait les cuisses nues de Dina. Le drap blanc imbibé de sang. Ses gémissements étaient ceux de mâts détachés de leur gréement par grande tempête. Elle tendit les bras vers lui. Les yeux suppliants.

— Mon Dieu !

Il glissa sur les genoux devant elle.

— Aide-moi, Anders !

Elle n'essayait pas de se couvrir. Il la saisit, en plein délire, tout en émettant des grognements désespérés.

— J'suis à bout. Tout est déchiré là-dedans... murmura-t-elle en refermant les yeux.

Anders se remit debout, se précipitant vers la porte pour aller chercher de l'aide. Parce que cela dépassait son entendement.

Elle ouvrit alors les yeux, et, le regard dur, elle siffla entre ses dents :

— Tais-toi ! Dis rien ! Pas un mot ! Aide-moi !

Il se retourna, la regardant d'un air désarçonné. Puis il comprit le message. Une ou deux histoires lui revinrent à l'esprit. Des histoires de femmes. Leurs tourments. Leur destinée. Leur honte.

Cela le rendit muet un long moment. Et, pâle, il fit oui d'un mouvement de tête. Ouvrit la porte de la cabine, racla de sa gorge six heures de tempête et hurla ses ordres à Anton.

— La Dina, elle est malade. L'Tollef prend ma place ! Demande au gamin d'faire chauffer de l'eau !

Anton était furieux, en bas, en pleine bourrasque. Les bonnes femmes à bord, qu'elles aillent au diable ! Elles ne savaient qu'être malades et vomir, mais faire escale à Trondheim, ça elles le pouvaient ! Tonnerre de Dieu !

Le gamin qui avait le mal de mer arriva avec de l'eau fumante dans un récipient en bois, mais il en avait renversé la moitié en route. Anders le reçut à la porte. Ils étaient tous deux tremblants et pâles. Pour des raisons différentes.

Anders ne le laissa pas entrer, et il avait tiré le rideau devant la couchette de Dina. Ayant enlevé son ciré, et torse nu, il prit l'eau tant bien que mal. Ordonna brièvement d'apporter encore de l'eau.

Le garçon était épuisé. Mal en point après le mal de mer, effrayé et las. Sur son visage, on lisait comme la souffrance d'une main nue sur une barre de fer en plein gel.

— Grouille-toi, salopard ! cria Anders.

Cela lui ressemblait si peu que le garçon sortit en courant.

Elle était calme maintenant. Le laissant la rouler sur le côté pour enlever les draps pleins de sang. Ça avait tout transpercé, pensait-il.

Une odeur douceâtre et fade émanait de tout ça. Il eut mal au cœur un instant. Mais se reprit.

« Qui, nom de Dieu, avait bien pu planter ça ? Qui donc ? Le Russe ? »

Les pensées tournaient dans le crâne d'Anders pendant qu'il la lavait et s'occupait d'elle. Il n'avait jamais été si près d'une femme. Pas de cette façon... Il était maladroit, gêné, et en fureur.

Il mit un vieux ciré sous le drap propre qu'il avait trouvé dans la malle de Dina, et la fit basculer dessus. Elle était lourde et inanimée. N'ouvrant plus les yeux, elle se contentait de respirer lourdement et de lui serrer les poignets. Il dut se libérer pour pouvoir l'aider.

Le sang ne coulait plus aussi fort. Mais il continuait en flot régulier. Il repoussa de sa botte les draps souillés dans un coin.

Tout à coup, il remarqua quelque chose de bleuté, comme une membrane au milieu de tout ce rouge. Il frissonna. À qui, nom de Dieu, devaient-ils ça ? Il serra les dents pour ne pas crier.

Elle avait déjà perdu connaissance. Elle avait dû saigner longtemps. Il ne manquerait plus qu'elle... Il n'alla pas jusqu'au bout de sa pensée. Se contenta d'avancer sa lèvre inférieure et de presser un gros chandail entre ses jambes. La laine aspirait tout. Il continua à le presser, disant toutes les prières qu'il avait apprises.

Elle reprenait connaissance de temps à autre et plantait sur lui un regard vitreux. L'horreur s'installait sournoisement entre eux.

Alors il baissa la voix pour dire ses prières.

Le vent tombait et le bateau avançait, flanquant des coups aux grosses lames.

Anders se rendit compte qu'ils arrivaient à manœuvrer les voiles sans lui. Cela fut un soulagement. Mais elle continuait à saigner.

Ils voulaient entrer. Les uns après les autres, les hommes de l'équipage. Mais il les recevait à la porte. Commandait seulement de la soupe chaude et de l'eau chaude.

À la fin, Anton lui cria qu'il n'avait qu'à faire monter la dame de Reinsnes sur le pont, pour qu'elle vomisse dans la mer comme tout le monde.

Anders ouvrit la porte et lui montra le poing. Puis il claqua la porte si bien que le grand nez du capitaine avait risqué un instant d'y rester pris.

Le calme revint dehors. Le bateau labourait les vagues. Le bidon de soupe arriva. L'eau aussi. Les gars venaient seuls à bout des difficultés. Ils commençaient à comprendre que c'était plus grave que le mal de mer. Ils s'enfonçaient dans la routine à nouveau.

Les heures passaient. Le soleil apparut sur le ciel, et le vent avait tourné vers le sud.

Dans la cabine, Dina somnolait continuellement. L'hémorragie s'était enfin arrêtée.

Anders, qui avait abandonné tout espoir de la tenir au sec, put enfin la mettre sur le côté et nettoyer le vieux ciré. Elle le tenait par le cou pendant qu'il la soulevait. Il surveillait en même temps que l'hémorragie ne reprenne pas.

Elle n'essayait même pas de se cacher. Après tant d'heures dans la même mare, ce n'était plus la peine.

Dina ne semblait pas en faire une question de dignité. Elle se reposait entièrement sur l'homme. De temps à autre elle s'évanouissait. Puis elle revenait à elle et l'appelait tout bas. Une fois elle marmonna quelque chose qu'il ne put entendre. Elle semblait faire appel au brigand de la Bible. En effet, Barabbas !

Il lui fit prendre un peu de soupe. Elle buvait de l'eau avidement, à grosses gorgées. Cela coulait au coin des lèvres et laissait des taches humides sur sa chemise. Ses cheveux étaient collés par la sueur. Mais ne sachant pas comment s'y prendre, il les laissa ainsi.

De temps en temps, il la secouait doucement pour voir si elle était en vie. Et quand il s'aperçut que la lumière la gênait, il tira les rideaux sur les fenêtres. Dans la pénombre il pouvait quand même voir son teint jaunâtre. Elle avait des cernes noirs autour des yeux, qui lui mangeaient la moitié des joues. Son nez pointait. Têtu, les narines blanches.

Anders n'était pas guérisseur. Il ne savait pas très bien prier non plus. Mais dans cette matinée de dimanche, dans une odeur de sang, il pria pour la vie de Dina.

Pendant ce temps-là, l'équipage remettait le chargement en place et le caboteur *Mère Karen* dépassait Vega sur sa route de retour.

Que ce soit grâce aux prières ou non, sa respiration se fit plus régulière. Ses longs doigts blancs reposaient sur la couverture. Il pouvait voir les veines se diviser en réseau, jusqu'aux ongles roses.

Il toucha légèrement ses sourcils pour voir si les paupières bougeaient. Elle ouvrit alors les yeux et le regarda. De très, très près. Comme si elle sortait du brouillard.

Il crut qu'elle allait se mettre à pleurer. Mais elle aspira seulement profondément, dans un énorme soupir, et ferma les yeux.

Il se demanda quand elle serait capable de pleurer, si ce n'était maintenant.

Il y avait quelque chose d'horrible dans cette initiation à la vie des femmes. Mais il lui était en quelque sorte reconnaissant de ne pas pleurer.

— Qu'est-ce que c'était que cette maladie de merde dans la cabine ? demanda Anton.

Il s'était calmé au fur et à mesure que le vent tombait. Maintenant il voulait avoir des nouvelles.

Anders referma la porte et sortit sur le pont avec lui.

— Elle est malade. Sérieusement. A vomi et perdu beaucoup trop de sang. C'est l'estomac. Quelque chose... qui s'est mis dans l'estomac. Elle est complètement épuisée. La pauvre...

Anton se racla la gorge et s'excusa, disant qu'il n'avait pas compris que c'était si grave. Mais il avait toujours dit : Les femmes à bord...

— Elle aurait pu y passer ! dit Anders en donnant un coup de pied à un tonneau qui roulait. Occupe-toi de mettre le gamin à tout attacher, pour que ça ne parte pas à la mer. Ravale ta bile ! S'agit pas de toi !

— J'savais pas que c'était si grave... Que c'était si...

— Maintenant tu l'sais !

Anders rentra dans la cabine. Comme si, jamais plus, il ne lui viendrait à l'idée de prendre le quart.

Anders était arrivé à se débarrasser des draps en les jetant par-dessus bord. Il avait attendu que la tempête se calme, pour éviter que tout le monde soit sur le pont à surveiller le chargement. Il profita d'un moment où personne ne pouvait voir ce qu'il faisait.

Dentelles et broderies. Il jeta tout à l'eau. Le tas gélatineux et bleuté fut enfoui à jamais.

Ils n'en avaient pas dit un mot, entre eux. Mais ils l'avaient vu tous les deux.

Elle le fixait de ses yeux d'eau claire. Il s'assit près d'elle. Le rebord de la couchette était haut. Il était mal assis. Les gréements gémissaient au-dessus de leurs têtes.

Il avait ouvert l'un des hublots pour qu'un peu d'air frais lui parvienne.

La sueur perlait à la racine de ses cheveux bruns et le long de son cou. Elle avait des cernes bruns autour des yeux, ses pupilles vacillaient.

Une tache rouge vif apparaissait sur le haut de chacune de ses joues cireuses. Ce n'était pas bon signe.

Anders en avait vu pas mal. Du scorbut, de la vérole et de la lèpre. Il savait que pareilles taches étaient signes de fièvre. Mais il ne dit rien. Il se contenta de tremper un gant dans de l'eau et de le lui passer sur le visage et le cou.

Une expression qui pouvait être de la reconnaissance passa un instant dans ses yeux. Mais il n'en était pas sûr. Avec Dina, on n'était jamais sûr de rien. Cependant, il osa lui prendre la main.

— Tu poses pas d'questions ? murmura-t-elle.

— Non. C'est pas exactement l'moment, répondit-il en évitant de la regarder.

— Mais t'es pas assez bête pour pas comprendre ?

— Non, j'suis pas assez bête...

— Qu'est-ce que tu vas faire avec c'que tu sais, quand on arrivera ?

— Transporter la Dina à terre, et m'assurer qu'on s'occupe des marchandises et du bateau.

Il donna de l'assurance à sa voix.

— Et après ?

— Quoi, après ?

— Quand ils vont demander ce qu'elle a, la Dina ?

— Alors j'leur dirai qu'elle a une maladie dans l'estomac, qu'elle a rendu plein de sang. Que le sang coulait par les deux côtés. Mais que c'est fini maintenant, et que j'suis sûr qu'c'est pas contagieux !

Il toussota après ce long discours, et lui prit l'autre main aussi.

Toute la couchette fut secouée par un tremblement. Qui le gagna lui aussi. Immense et chaleureux. On aurait dit qu'elle pleurait. Pas des yeux mais de tout son corps. Comme un animal. Silencieusement.

Pour Anders c'était comme d'aller communier. Comme si l'on venait de lui faire un cadeau.

Pendant des années, il avait habité la même maison que quelqu'un qui n'avait jamais exprimé autre chose que colère et obstination. N'avait jamais montré de tendresse. Il lui apparut qu'ils en avaient tellement l'habitude qu'ils ne s'étonnaient même pas de si peu la connaître.

Il la tenait dans ses bras, et se ressaisissait. Cela lui donnait de la force.

Il pouvait maintenant naviguer sur toutes les mers, par n'importe quel temps qu'il plairait au Seigneur. Car il avait vu quelque chose qui en valait la peine.

Il eut envie de pleurer sur ses parents morts. Sur Niels. Sur sa propre obstination. Qui avait fait de lui le patron du caboteur de Reinsnes. Bien qu'il haïsse ce damné océan. Qui avait englouti ses parents et lui avait donné des cauchemars toute sa vie sur la grande vague qui les emporterait tous à la fin. Il eut envie de pleurer sur Dieu qui restait assis sur chaque coque de navire renversée, et ne sauvait que lui-même.

Mais il la tint dans ses bras jusqu'à ce que le tremblement cesse. Les bruits du pont venaient jusqu'à eux comme un écho lointain dépourvu de sens. Les mouettes étaient tranquilles au soleil d'août, dont les rayons bas atteignaient enfin le toit de la cabine.

— Tu m'évites le chemin de Canossa dans l'église, et des explications devant une commission, dit-elle amèrement.

— Oh, t'as mené ton combat toute seule.

— La Stine y a tout juste échappé. Parce que c'était la deuxième fois.

— Qui c'est qui compte les fois ? Tu peux m'dire, Seigneur, qui est assez pur pour compter les fois ? dit Anders.

— L'Niels a nié. Alors ils pouvaient rien trouver contre lui.

— L'Niels est mort maintenant, Dina.

— La Stine vit avec sa honte !

— Personne s'en souvient, maintenant. Pense pas à ça. C'est fini maintenant.

— Y en a qui vont en prison aussi, continua-t-elle.

— Plus maintenant.

— Si. La Kirsten Nilsdatter Gram, elle a eu trois ans de prison à Trondheim pour avoir tondu dix-neuf moutons du voisin, et s'être servie de viande salée et de farine... L'Niels avait caché une fortune... et laissait la honte à la Stine...

Anders comprit qu'elle n'avait pas les idées très claires.

— Niels était le seul que j'avais... murmura-t-il plutôt pour lui-même.

Elle reprit tout à coup ses esprits.

— Maintenant, c'est moi que tu as, dit-elle en serrant sa main avec une force inattendue. T'auras pas à regretter... rien, Anders !

Ils échangèrent un regard. Concluant un pacte.

Jusqu'à Tjeldsund, personne n'avait osé les déranger. Il était arrivé à leur faire comprendre que la mort avait fait son apparition. Mais s'en était retournée.

Et le cuisinier, qui était le seul autorisé à monter avec le bidon de soupe et l'eau, assurait bien volontiers que Dina était si malade qu'elle ne parlait à personne.

Les hommes passaient sur la pointe des pieds quand ils étaient aux alentours de la cabine. Les bavardages grossiers et la joie de se retrouver dans leur pays étaient sensiblement modérés. Ils discutaient sur la façon de transporter leur maîtresse à terre.

Anders l'avait aidée à s'asseoir sur la couchette, pour qu'elle puisse apercevoir un lambeau de terre.

Le paysage d'automne éclatait de fécondité. Dina était vide de toute fertilité.

Un entrepôt apparut tout à coup, se balançant sur ses pilotis, quelque part sur la mer.

— C'est la boutique et le quai du marchand Christensen. Il a expédié un paquet de construction démontable à l'Exposition universelle à Paris ! Il est pas fou, le gars ! « Maison d'hiver du 68,5 degré nord », il a mis sur l'étiquette, raconta Anders.

Dina sourit faiblement.

Quand ils s'approchèrent de Sandtorv, Anders voulut aller à terre pour chercher le médecin. Mais Dina gronda.

— Il a tellement à faire qu'il a à peine le temps d'constater la maladie, dit-elle.

— Mais si tu en meurs, Dina ? Si tu as une nouvelle hémorragie ?

— Alors c'est le destin, dit-elle.

— Tu dis des blasphèmes ! Il a pas l'droit de parler, lui qui est docteur, à c'que j'sais !

— Les gens disent plein de choses, qu'ils en aient le droit ou non.

— T'es dure, Dina ! Tu penses pas à ta santé ? T'as pas peur de la mort ?

— C'est une question plutôt idiote à c't'heure, Anders...

Il était au milieu de la cabine et la regarda un moment. Au cas où elle changerait d'avis. Mais elle n'ouvrit même pas les yeux. À la fin, il sortit et referma la porte derrière lui.

Elle allait mieux quand ils traversèrent le Vågsfjord. Elle voulait rester assise. Mais les taches de fièvre ne disparaissaient pas. Et ses yeux étaient vitreux.

Les collines couvertes de bouleaux étaient encerclées de plages roussies par le soleil. Les îlots et les montagnes glissaient tranquillement. De petites vagues léchaient la coque.

Elle s'assoupit une fois ou deux. Mais la tête de Hjertrud avec son grand cri montait la garde, et la vapeur, épaisse et écœurante, enveloppait sa couchette, quand elle revenait à elle. Aussi essayait-elle de rester éveillée.

Je suis Dina, qui vois les nervures d'une feuille de bouleau nouvellement éclose. Mais c'est l'automne. Oline fait des conserves de mon sang, et le met en bouteilles. Elle les cachette bien avec de la cire et dit qu'il faut les descendre à la cave pour l'hiver. Les bouteilles vertes sont lourdes et pleines. Les servantes n'arrivent pas à en porter plus d'une à la fois.

L'équipage était de bonne humeur. Il faisait un beau temps de retrouvailles. Chacun était perdu dans ses pensées. La mer frisottait et le ciel était parsemé de taches de crème épaisse. La crème enrobait les montagnes sans pour cela empêcher un seul rayon de soleil de passer. Le long des criques et des pointes il y avait la forêt. D'un vert brillant après la pluie. Strandstedet, autour du cap Larsnesset, s'étirait paresseusement, et l'église était un géant blanc et familier dans tout ce vert et ce bleu.

Le drapeau flottait fièrement quand ils passèrent la pointe et aperçurent Reinsnes. On avait monté la garde et on les avait vus entrer dans le détroit.

Anders avait aidé Dina à se peigner les cheveux. Mais il avait dû abandonner. Ils les cachèrent sous le chapeau.

Les hommes voulaient la mettre sur une palette servant à transporter le poisson. Mais elle refusa.

Quand on la vit sortir chancelante de la cabine, le bras lourdement accroché au cou d'Anders, ils comprirent que cela avait été sérieux. Car personne n'avait vu Dina dans cet état.

Elle avait l'air d'un oiseau des mers qui venait de se libérer, après avoir été pris dans un filet — pendant longtemps. Son chapeau était de travers. Beaucoup trop grand et élégant pour supporter l'humiliation, quand sa propriétaire allait pour ainsi dire être portée dans la barque et déposée à terre comme un objet.

Il était évident qu'elle essayait de conserver toute sa dignité. Mais elle finit par défaillir. Les hommes se retournaient pour lui rendre les choses plus faciles.

Anders l'aida à passer les pierres glissantes recouvertes d'algues. Elle s'arrêta un instant au milieu de tous les gens silencieux qui la regardaient. Têtue comme une chèvre qui vient d'apercevoir trois brins d'herbe verte plus haut dans la caillasse. Puis elle continua à marcher.

Mère Karen lui faisait signe, d'un banc dans le jardin. Stine avait le visage tourné vers le soleil. Les mains brunes de Benjamin trouvèrent les plis de sa jupe. Anders était à ses côtés.

Mais Tomas resta dans l'écurie.

L'équipage alla à terre. Les cris de bienvenue fusaient par-dessus le bastingage. Mais quelque chose assombrissait l'atmosphère. Tous les regards étaient tournés vers Dina.

Qu'est-ce qui s'était passé ?

Anders donnait des explications. Sûr de lui. Comme s'il s'était exercé tout au long du chenal qui menait dans la baie. Les muscles de ses bras qui entouraient Dina tremblaient.

Alors on lui tendit les bras pour la recevoir. Stine. Les servantes. Ce fut comme si cela la rendait plus faible. Ses jambes ne voulaient plus la porter. Le varech qui couvrait les pierres poussa de légers soupirs quand elle tomba.

Elle était revenue chez elle.

Dina fut mise au lit sous la surveillance de Stine. Les hommes pouvaient enfin se détendre.

Anders sentit un poids glisser de ses épaules. Il avait été pesant. Il avait déjà traversé des tempêtes, et il avait sauvé des gens de la noyade et de la mort. Mais il n'avait jamais vécu pareille traversée.

Anders ne racontait jamais ses propres exploits, aussi cela ne lui coûta guère de taire celui-là. Au lieu de cela, il s'installa dans le rôle de commerçant et de patron de caboteur, à la place de Dina. Parce qu'elle en était empêchée, couchée comme elle était, dans l'annexe.

Il fit monter du débarcadère des cadeaux somptueux. Arrivés à bon port à travers la tempête. De Bergen et de Trondheim. Des paquets et des coffres.

La machine à coudre de Stine fut admirée. En fonte décorée, avec la marque *Willcox & Gibbs* et sur un plateau en fin noyer. Telle qu'elle l'avait vue dans une annonce, pour un prix de quatorze écus.

Stine était folle de joie. Traversait les pièces en battant des mains. Le visage enflammé, elle alla quatre fois chez Dina pour la remercier, disant que c'était beaucoup trop.

Les salons de Reinsnes étaient remplis d'un joyeux bourdonnement de bienvenue. De tintements de verres qui luisaient. De froissements de papier de soie, de déclics de serrures et de bruissements de fines étoffes.

Mélasse et café furent soigneusement goûtés. Foulards et châles à longues franges et roses rouges furent essayés, admirés et caressés. Anneaux et broches furent fixés, enlevés, et changés de place.

Le garçon de la métairie, qui avait fait son premier voyage, fut taquiné, parce qu'il avait pris de la barbe au menton pendant qu'il était à Bergen. Il rougit et voulut se sauver, mais les servantes le retenaient, essayant de fouiller ses poches pour trouver des bretzels.

Hanna serrait contre elle une poupée au visage blanc et triste. Elle avait une robe de velours rouge, une cape et un béguin. La tête et les membres en bois étaient mobiles. Ils cliquetaient gaiement sous les vêtements de poupée quand Hanna se déplaçait.

Le cadeau de Benjamin était une machine à vapeur fixée sur une planche de bois. Elle crachait la vapeur et la fumée dans la pièce sous la conduite d'Anders. Mais Benjamin n'était pas intéressé par une machine que Dina ne faisait pas marcher.

La boîte de bretzels fit plusieurs tours, jusqu'à ce qu'elle soit vide. Dehors, dans la cour, on ouvrit la caisse qui contenait la cloche, et on la plaça sur la meule à aiguiser, juste pour en tester le son.

Benjamin la fit sonner à toute volée. Plusieurs fois. Tout le monde autour souriait. Mère Karen comme une nappe de dentelle à la fenêtre du salon. Flottant légèrement au-dessus de tout.

— Elle a le ton aigre, dit Oline pour montrer son scepticisme envers la cloche.

Anders prétendit que le son serait différent quand elle serait en place sur le toit du grenier.

— Elle sonne mieux quand elle est accrochée à une poutre en bois, dit-il.

Il jeta à ce moment-là un regard vers la chambre de Dina. La fenêtre était ouverte et tirait avec hésitation sur un rideau de dentelle blanche. Il s'accrocha aux planches rugueuses de l'extérieur, et semblait avoir du mal à se libérer.

Une curieuse pensée lui traversa l'esprit, que ce serait dommage pour le rideau si le vent le déchirait...

Ce jour-là, Tomas resta invisible. Il s'était préparé pendant des semaines. Cela ne lui faisait plus rien. En fait, ça avait toujours été la même chose pour lui, chaque fois que le caboteur revenait d'un long voyage.

Une grande ferme avait besoin d'hommes pendant la récolte, alors que certains autres s'en allaient. À Bergen et à Trondheim. Fallait voir comme ils plastronnaient, quand ils revenaient !

Tomas se trouva des occupations urgentes à l'étable

et à l'écurie. Il ne raconta pas comment allait la ferme avant qu'on le lui demande. Et cela prit du temps.

Il l'avait vue au moment où elle rentrait dans sa maison. Tellement étrangère. Sans visage et sans regard. Un tas recroquevillé. Des griffes de fer et des hameçons s'agrippèrent à lui.

Tout le temps, pendant la cérémonie des retrouvailles, Tomas trouva des prétextes pour aller voir Stine. Pour lui demander comment ça allait. Qu'est-ce qui s'était passé. Si c'était vrai qu'elle avait eu le mal de mer et s'était déchiré l'estomac en vomissant.

Et Stine opinait du bonnet. C'était bien vrai. Le pire était passé. Elle allait donner à Dina des infusions de racines qu'elle venait de ramasser. Ça allait bien se cicatriser... petit à petit.

Ses yeux noirs et humides le transperçaient, sans le voir. Gardaient tout ce qu'elle pensait au plus profond d'elle-même.

11

> Voici, le juste reçoit sur la terre une rétribution ; combien plus le méchant et le pécheur !
> (Proverbes, 11, 31)

Les journées suivantes furent occupées à transporter les marchandises à terre, les distribuer à leurs destinataires, à entasser et ranger.

Anton resta quelques jours pour aider. Il devait du reste participer à la mise en cale sèche. Le caboteur ne servirait plus avant la pêche aux Lofoten. Mieux valait le mettre au sec tant qu'on avait assez d'hommes pour aider. Il n'était pas de bonne tradition de laisser le caboteur sur l'eau. Un bateau gorgé d'eau attirait vite la vermine. Et de toute façon, il n'était pas recommandé de laisser un caboteur à tous les vents qui ne le ménageraient certainement pas.

La mise en cale sèche prit deux jours cet automne-là. Avec l'aide de tous les hommes présents, et aussi d'eau-de-vie. Que le patron du caboteur ait droit à une plus grosse ration que les autres pendant un travail aussi important avait été décidé par feu le préfet Knagenhielm dès 1778. Mais Anders partageait tout ce qu'on lui donnait, fraternellement.

Il n'y eut pas de marée pour les aider, mais ils y arrivèrent quand même. En halant, en jurant et en s'encourageant. Aussi, bien sûr, à l'aide de certaines installations pratiques comme des palans, des cordages et des cabestans. Pas à pas.

Oline, de son côté, assurait la bonne chère. Elle ne les laissait pas dépérir en leur servant les biscuits du bateau ou les bretzels de plus en plus desséchés. Elle mit des casseroles de viande salée sur le feu et alluma le four dans la buanderie, pour faire du pain et aussi pour qu'ils puissent se laver.

Elle savait que la viande salée donnerait soif aux hommes. Mais ce n'était pas son rayon. Elle était généreuse avec la mélasse et le café.

Ils venaient à la rame, à cheval ou à pied. Tous ceux qui avaient expédié des marchandises à Bergen, ou qui, d'une manière ou d'une autre, pensaient qu'il était bon de donner une journée de travail à Reinsnes.

Cela pouvait être bien utile dans l'avenir. Et on risquait plutôt un jour ou l'autre de se repentir d'avoir été absent sans raison. C'était la coutume. De simples règles vieilles comme le monde.

Mais là n'était pas la question. C'était aussi une fête. On dansait sur le quai d'Andreas quand tout était fini.

Et puis les bons repas ! Les rires. Le chahut.

Les servantes à Reinsnes étaient particulières. Elles étaient mieux surveillées que d'autres. Mais douces et fondantes comme du beurre au soleil. Disait-on.

Anders allait et venait et était le chef d'équipe. Dina était couchée dans son lit de veuve nouvellement acheté.

Il régna une curieuse atmosphère quand il fut clair pour tout le monde qu'elle n'y participerait pas. Elle ne ferait pas de musique, ne lancerait pas de commandements pour tirer les poulies, elle ne froncerait pas les sourcils comme un vieux savetier quand un cordage craquerait.

C'était justement une des choses extraordinaires qu'on pouvait raconter quand on rencontrait des gens d'autres régions. Que cette grande femme, les poings sur les hanches, participait à tout. C'était ce qui faisait la différence entre cette ferme et toutes les autres.

La maladie de Dina avait beaucoup frappé Mère Karen. Chaque jour, elle traversait péniblement la cour, s'asseyait à son chevet, lui faisait la lecture à haute voix et la conversation pendant deux bonnes heures.

Dina s'y résignait avec une lueur de gaieté dans les yeux. Elle se plaignit à Mère Karen et à Stine de ne plus supporter le vin. Cela la rendait malade.

Stine prétendit que le seul fait d'y penser était déjà le signe qu'elle allait mieux. Mais Mère Karen dit que c'était un blasphème de se plaindre de cela, elle qui avait été tellement mal.

Oline la gavait de foie, de crème et de myrtilles fraîchement cueillies. Cela devait faire tomber la fièvre et lui donner du sang.

Mère Karen voulait faire venir le docteur, mais Dina refusait en riant. Elle avait maintenant surmonté la crise. Il suffisait d'avoir de la patience.

Stine l'aidait à se brosser les cheveux deux fois par jour, comme elle le faisait pour Mère Karen. Elle en savait plus sur la maladie de Dina que ce qu'elle voulait bien en dire. C'était comme si le seul fait de prononcer certains mots signifiait une sentence. La pièce, toutes les choses, avaient des oreilles.

Stine savait à qui elle devait d'être restée à Reinsnes. Elle jetait vers Dina des coups d'œil sous ses cils noirs et épais. Des coups d'œil comme des mûres jaunes à point sur les tourbières de septembre. Jaune ambre. Moelleuses.

Quand Dina lui demanda de lui apporter la collection de savonnettes conservées après les voyages en ville de Jacob, Stine alla chercher le carton et enleva le couvercle.

L'odeur du savon se répandit dans la pièce comme un champ de fleurs, et Stine arrangea les coussins et alla chercher du sirop de myrtille dans l'ancien pichet en cristal.

Elle demanda à Oline de décorer le plateau avec des framboises sauvages confites. Et elle envoya Hanna dans l'enclos aux chevaux cueillir des fraises des bois. Qui furent enfilées sur une paille et qu'on lui présenta sur une assiette à filet d'or, accompagnées d'une serviette blanche et d'un verre de madère.

Dina avait découvert une servante au marché et l'avait ramenée avec elle, à cause de sa voix magnifique. Elle était restée pour aider Dina dans l'annexe.

Maintenant, la fille était soumise à la discipline d'Oline. Instinctivement, Stine avait compris que la présence d'une jeune femme robuste et saine serait difficile à supporter. Les odeurs de la fille, sa manière de se déplacer et sa lourde féminité emplissaient la pièce. C'était ce qu'il fallait éviter, quand Dina était dans cet état. Stine aérait la pièce après le passage de la fille.

Il ne restait dans la chambre que l'odeur des savonnettes de Jacob et l'odeur familière de Stine. Stine sentait la bruyère et les draps séchés à l'air, le savon noir et toutes sortes d'herbes aromatiques. Une sorte d'odeur que l'on remarque seulement quand elle a disparu.

Au bout de quelques jours, Dina fit venir Anders. Il entra en chaussettes dans sa chambre, et semblait tout à fait étranger. C'était comme s'il ne l'avait jamais vue autrement qu'installée dans le grand lit, aux rideaux et couvre-lit de dentelle allemande. Comme s'il ne l'avait jamais libérée d'un seul caillot de sang, ou n'avait jamais essayé de la nettoyer après le déluge, pendant leur voyage de retour.

Il se tenait tête nue, les mains derrière le dos, pas très à son aise.

— Ça commence à aller mieux, la santé ? demanda-t-il.

— Ça va bien, dit-elle en lui faisant signe d'approcher du lit. Assieds-toi, Anders ! M'faut parler affaires avec toi.

Ses épaules retombèrent, de soulagement, il se dépêcha d'attraper une chaise, et s'assit, à distance convenable du lit. Puis il soupira et eut un large sourire.

— J'ai pas pu vérifier les comptes de la boutique depuis le voyage à Bergen.

Il secoua la tête énergiquement, compréhensif.

— Tu peux y jeter un coup d'œil pour m'aider ? J'suis pas bonne à grand-chose encore, tu sais.

Il opina du bonnet à nouveau. Ressemblant à l'automate du baromètre de Mère Karen, qui surgissait et secouait la tête de tout son corps pour annoncer le mauvais temps.

— J'serai bientôt sur pied pour reprendre tout en main. Mais faut faire des commandes pour l'hiver, et faut envoyer des avertissements à ceux qui doivent payer d'avance. Y en a pas tellement. Mais tu sais bien...

Elle s'appuya sur ses coussins et lui lança un regard scrutateur, droit dans les yeux.

— Tu laisseras les métayers tranquilles, ou bien ils peuvent rembourser par des heures de travail pendant l'coup d'feu de Noël...

Sa bouche trembla et ses yeux papillotèrent un instant. Elle tendit la main.

Il resta assis sans bouger, comme s'il n'était pas sûr de la situation. Puis il approcha sa chaise et lui prit la main.

— Anders ? murmura-t-elle tout à coup.

— Oui, murmura-t-il en retour.

— J'ai besoin de toi, Anders !

Il avala sa salive et détourna son regard. Comme un petit garçon au menton têtu, la mâchoire en avant, et aux graves yeux bleus. Qui pour la première fois découvrait l'autel paré de tous ses candélabres allumés.

— J'suis là, dit-il en serrant sa main entre les deux siennes.

— Faut qu'tu fasses venir le commissaire. J'veux faire mon testament.

— Mais Dina, à quoi tu penses ? Tu penses quand même pas à... Tu vas guérir maintenant, tu sais.

— La mort a jamais choisi selon l'âge et la position dans ces régions, dit-elle.

— Dis pas des choses impies.

— Sois tranquille. J'veux seulement mettre sur le papier c'qui faut faire de mes biens.

— Bon, bon...

— Tu auras le *Mère Karen*, Anders. Le caboteur est à toi ! Il nous survivra, et toi, et moi.

Il aspira profondément plusieurs fois.

— C'est vraiment ta volonté ? finit-il par dire après un long moment.

— C'est clair, puisque je l'dis.

La lumière tombait sur la cuvette et voilait d'une brume légère le bord de roses peintes. Elle grimpait dans la chevelure blonde et raide d'Anders. Et révélait des cheveux blancs sur les tempes.

Il n'était plus l'automate prédisant le mauvais temps du baromètre de Mère Karen. Il était le chérubin à la torche sur le signet de Mère Karen !

— T'as rien entendu dire ? demanda-t-elle après une longue pause.

— Entendu dire ? Quoi donc ?

— Y en a-t-il qui s'posent des questions ? dit-elle. Des questions sur la maladie de Dina ?

Il retroussa sa lèvre inférieure.

— Non. Personne ! J'ai dit comment c'est venu. Comment ça s'est passé. Et combien de temps ça a duré.

— Et si quand même ça devait passer en justice ? murmura-t-elle en retenant son regard.

— Alors Anders apporterait son témoignage sous serment, dit-il résolument.

Elle s'assit tout à coup avec grande énergie. Puis elle se pencha en avant et prit sa tête de ses deux mains. Le tint serré contre elle, comme dans un étau, en le regardant dans les yeux.

Pendant un fol instant, tout vibra entre eux. Pour la deuxième fois, ils concluaient un pacte. Se comprenaient.

Puis tout rentra dans l'ordre.

Il remit ses snow-boots dans l'entrée et sortit dans le crépuscule.

Sa lèvre inférieure était pleine de douceur aujourd'hui. Il s'était rasé la barbe, comme il le faisait toujours après un long voyage. Et la partie de son visage qui n'était pas aussi tannée que le reste rougissait facilement.

Il tenait le dos remarquablement droit en traversant la cour.

12

La main des diligents dominera, mais la main lâche sera tributaire.
(Proverbes, 12, 24)

À la fin octobre, il n'y avait plus une seule feuille sur les bouleaux. La neige était balayée dans la mer avant même de se poser, et le gel s'installa sur le grand baquet devant la buanderie. On allumait les poêles dès le matin, et on les entretenait jusqu'au moment d'aller se coucher. La saison pour la chasse était gâchée, et les airelles avaient gelé.

Mais Dina fut enfin remise sur pied.

Mère Karen reçut une lettre de Johan. Une lettre misérable. Johan ne se plaisait pas dans le Helgeland. Le presbytère était en mauvais état. La toiture fuyait, et il lui manquait le strict nécessaire. On n'arrivait pas à trouver de servantes, à moins de payer une fortune. Et les paroissiens étaient avares et peu engageants. Si Mère Karen pouvait lui prêter une somme, quelle qu'elle soit, en plus des rentes annuelles qu'il touchait venant de l'héritage de sa mère, afin qu'il puisse acheter une nouvelle chasuble et quelques draps.

Mère Karen alla voir Dina et lut la lettre à haute voix d'un air lamentable. Elle se tordit les mains et s'assit près du poêle de faïence blanche, le châle sur les épaules.

— Mère Karen est en train de perdre son chignon, remarqua Dina avec calme, en s'asseyant elle aussi.

Désemparée, Mère Karen essaya de mettre de l'ordre dans son chignon.

Les flammes léchaient l'intérieur du poêle, dont les portes étaient ouvertes. Toujours à l'affût de quelque chose à consumer.

— Il n'a pas eu de chance avec cette cure, dit Mère Karen tristement, implorant Dina du regard.

— Ça c'est sûr, dit Dina. Et maintenant il veut une partie des rentes de Mère Karen ? ajouta-t-elle en regardant de côté la vieille dame.

— Je n'ai pas grand-chose à donner, dit-elle honteusement. Je lui ai donné presque tout quand il faisait ses études. C'était tellement cher à Copenhague. Si incroyablement cher...

Elle se balançait d'avant en arrière et soupirait.

— Le savoir est certainement facile à porter, mais il est chèrement payé, ajouta-t-elle.

— Peut-être que Johan désire toucher encore une partie de son héritage, répliqua Dina, débonnaire.

— Oui, ce serait le mieux, dit Mère Karen, soulagée que Dina aille droit au fait et lui évite de mendier au nom de Johan.

— J'vais en parler au commissaire pour qu'il dresse un contrat en présence de témoins.

— Est-ce bien nécessaire de faire les choses de manière si détaillée ?

— Oui. On n'a jamais assez de détails quand il s'agit d'affaires d'héritage, Mère Karen. Il y a plusieurs héritiers à Reinsnes.

Mère Karen lui jeta un regard rapide et dit avec incertitude :

— Je pensais qu'il était possible de lui donner un petit coup de main... sans faire de comptes.

Dina l'épingla du regard et poussa la vieille dame dans ses derniers retranchements.

— C'est-il la volonté de Mère Karen que le Benjamin donne une partie de son héritage à son demi-frère qu'est adulte et ordonné prêtre ? dit-elle d'une voix basse, mais très articulée.

Mère Karen s'affaissa. Le chignon blanc pointait doucement vers le haut. Des boucles argentées tremblaient sur les oreilles.

Elle tripotait la croix qu'elle portait toujours au cou.

— Non, non, ce n'est pas ce que je voulais dire, dit-elle en soupirant.

— C'est bien c'que j'pensais, on s'est seulement mal comprises, dit Dina avec légèreté. Alors je vais demander au commissaire de s'occuper des témoins et des signatures, pour qu'il ait un acompte sur son héritage, en plus de ce qu'il a eu jusqu'à présent.

— Ce ne lui sera pas facile de morceler ainsi son patrimoine, dit la vieille dame tristement.

— C'est jamais facile de vivre au-dessus de ses moyens. En tout cas, pas après coup, coupa Dina.

— Mais chère Dina, Johan n'a pas...

— C'est justement c'qu'il a fait ! coupa Dina. Il a touché une rente fixe pendant qu'il étudiait, et en plus tu lui as offert toute ta rente viagère !

Le silence se fit. La vieille dame restait assise comme si on l'avait battue. Elle levait les mains vers Dina. Pour se protéger. Puis elle les laissa retomber sur ses genoux. Elles tremblaient quand elle essaya de les croiser.

— Chère, chère Dina, dit-elle d'une voix enrouée.

— Chère, chère Mère Karen ! répondit Dina. Le Johan, il est temps qu'il se mette au travail, j'le dis carrément, même si j'l'aime bien.

— Mais il a son travail de pasteur...

— Et moi, j'avais la responsabilité de Reinsnes pendant qu'il se promenait ici et se concentrait sur ses voix intérieures et sur son appétit ! Sans même lever le petit doigt !

— Tu es devenue dure, Dina. Tu n'es plus la même qu'avant.

— Avant quoi ?

— Du temps où tu étais nouvelle mariée et préférais dormir toute la matinée, et ne faisais rien.

— Y a beau temps de cela !

Mère Karen se leva tout à coup de son fauteuil et fit quelques pas chancelants vers la chaise de Dina. Se pencha sur elle, et lui caressa la tête.

— Tu as trop de soucis, Dina. Trop de responsabilités. C'est vrai, c'est bien vrai. Je devrais le savoir mieux que d'autres, moi qui t'ai connue autrefois... Tu devrais te remarier. Ce n'est pas bon de rester seule comme tu le fais. Tu es encore jeune...

Dina rit fort, mais ne se retira pas.

— Tu connais peut-être un homme qui f'rait l'affaire ? dit-elle en regardant en biais.

— Le voyageur russe ferait l'affaire, dit la vieille dame.

Dina rougit violemment.

— Qu'est-ce qui fait dire ça à Mère Karen ?

— Parce que je t'ai vue courir sur le monticule pour scruter l'horizon, comme si tu attendais quelqu'un. Et parce que j'ai vu que le Russe faisait briller les yeux de Dina comme un arbre de Noël allumé. Parce que j'ai vu que tu es devenue méchante, s'il m'est permis de le dire carrément, dès que le Russe a disparu au printemps.

Dina se mit à trembler.

— Mais oui... mais oui, murmura Mère Karen en continuant à lui caresser les cheveux. L'amour est une pure folie. Cela l'a toujours été. Il ne passe jamais. Il ne passe même pas quand il est mis à l'épreuve du quotidien et de la tempête. Il fait mal. Parfois...

Elle semblait se parler à elle-même, ou au poêle de faïence. Ses yeux faisaient le tour de la pièce, tandis qu'elle faisait passer son poids sur un pied, pour essayer de reposer l'autre.

À la fin, elle s'écroula sur l'accoudoir.

Dina l'entoura alors de ses bras et l'attira dans son giron, tout en la berçant.

La vieille dame resta assise comme une petite fille sur les genoux généreux.

Elles se berçaient mutuellement. Tandis que leurs

ombres dansaient sur le mur et que le feu s'éteignait lentement.

Mère Karen avait l'impression d'être jeune à nouveau, assise dans la chaloupe pour rejoindre le ketch qui allait l'amener pour la première fois en Allemagne avec son cher époux. Elle sentait l'odeur de la mer et des embruns, transportée à nouveau dans le fjord de Trondheim, en béguin et en tailleur de voyage.

— Il avait une bouche si sensible, mon époux, dit-elle rêveusement en se laissant bercer.

Elle avait les yeux fermés et les jambes pendantes.

— Il avait des boucles si blondes, ajouta-t-elle en souriant aux veines de l'intérieur de ses paupières.

Elles donnaient à ses rêves des pulsions rouges.

— La première fois que je suis allée à Hambourg, j'étais enceinte de deux mois. Mais je n'avais rien dit à personne, de peur qu'on m'empêche de partir. On a pris les symptômes pour du mal de mer, dit-elle, débordante de souvenirs et de rires.

Dina se nicha dans le cou de Mère Karen. La remonta sur ses genoux, et la berça en cadence de ses robustes bras.

— Raconte, Mère Karen ! Raconte ! dit-elle.

Il y eut une forte bourrasque autour de la maison. L'hiver était déjà là. L'ombre des deux silhouettes dans le fauteuil s'était lentement fondue dans l'obscurité du mur. Jacob attendait patiemment, mais ne semait pas la discorde.

Pendant que l'amour était en constante recherche sur les routes russes, dans les forêts russes et les grandes villes.

— Mais j'peux quand même pas me déclarer, Mère Karen ! dit-elle tout à coup, désespérée, au milieu de l'histoire de leur arrivée à Hambourg et de la découverte de sa grossesse, et le père de Jacob l'avait lancée en l'air comme un sac de foin, et l'avait rattrapée comme une pièce de verre fin.

Mère Karen était perdue dans son monde à elle et cligna des yeux plusieurs fois.

— Te déclarer ?
— Oui, si Léo revient !
— Mais bien sûr que la veuve de Jacob peut se déclarer à celui avec qui elle veut partager sa vie. Il ne manquerait plus que ça ! Bien sûr qu'elle le peut !
Cette déclaration inquiéta Jacob qui se retira dans le mur.
— Mais s'il dit non ?
— Il ne dira pas non !
— Mais s'il le fait quand même ?
— Alors, cet homme a de bonnes raisons que je ne connais pas, dit-elle.
Dina pencha sa tête vers elle.
— Tu penses qu'il faut que je l'trouve ?
— Oui, on ne peut pas laisser l'amour se perdre sans lever un doigt.
— Mais je l'ai cherché.
— Où ? Je croyais que tu attendais un signe de vie. Que c'était pour cela que tu étais comme un lion en cage.
— Je l'ai cherché et à Bergen et à Trondheim... dit Dina misérablement.
— Tu aurais eu de la chance, si tu l'avais rencontré.
— Oui...
— Sais-tu où il peut être ?
— Peut-être à la forteresse de Vardø, ou bien encore plus à l'est...
— Qu'est-ce qu'il fait là ?
— J'en sais rien.
Il y eut un silence. Puis Mère Karen dit d'une voix ferme :
— Le Russe à la belle voix et au visage abîmé va revenir ! Je me demande d'où vient cette cicatrice.

Johan reçut une assez grosse somme. Un acompte sur son héritage. Soigneusement noté en présence de témoins.
Mère Karen écrivait des lettres. Dans le plus profond

secret. Pour, si possible, trouver Léo Zjukovskij. Mais il était totalement introuvable.

Ce genre de travail de détective pour Dina et pour Reinsnes lui donnait l'impression d'être en bonne santé et d'avoir de l'importance. Elle se chargea même d'enseigner la lecture et l'écriture à Benjamin et à Hanna, et demanda à Dina de les suivre en calcul.

Ainsi se passa l'hiver, à travers les congères et les bougies allumées, les préparatifs de Noël et l'armement pour la pêche aux Lofoten.

Dina alla un jour dans l'écurie. Elle cherchait Tomas.

— Tu peux prendre du temps libre et partir aux Lofoten avec l'Anders cette année, dit-elle d'une manière inattendue.

Le givre recouvrait les fenêtres. La porte de l'écurie portait une dentelle de glace vers l'intérieur. Le vent soufflait sur les rondins des murs.

Mais Tomas ne voulait aller nulle part. Il planta un œil bleu et un œil brun dans ceux de Dina et donna à manger aux chevaux.

— Tomas ! dit-elle avec douceur, comme si elle était Mère Karen, tu peux pas gâcher ta vie à rester comme ça à Reinsnes !

— Dina pense comme ça que j'gâche ma vie ?

— Tu vas nulle part. Tu vois rien...

— J'devais aller à Bergen l'été passé. Ça s'est pas fait...

— Et c'est pour ça que t'iras pas aux Lofoten ?

— J'suis pas du genre à partir aux Lofoten.

— Qui dit ça ?

— Moi !

— Combien de temps vas-tu rester en colère parce que t'es pas parti à Bergen ?

— J'suis pas en colère. Tout c'que j'veux, c'est pas être expédié quand tu m'trouves trop encombrant ! murmura-t-il, à peine audible.

Elle sortit de l'écurie, le front ridé.

Dina était agitée quand Anders partit pour les Lofoten cette année-là. Elle déambulait, inquiète, dans l'annexe, n'ayant personne avec qui partager une carafe de vin et la fumée d'un cigare.

Elle se mit à se lever à l'aube pour travailler. Ou encore elle s'asseyait sous une lampe avec le livre de Hjertrud. Elle le lisait par à-coups. Comme on chasse les moutons pour les faire rentrer de la montagne en automne, ou comme on grimpe une montée raide, pour en avoir plus tôt fini.

Hjertrud venait rarement. Et quand elle venait, c'était avec son grand cri. Le vent traversait la chambre. Les rideaux étaient à l'horizontale et les vitres tremblaient. Alors, Dina s'habillait et descendait au quai d'Andreas pour consoler et se faire consoler.

Elle emportait avec elle le petit coquillage nacré. Le faisait lentement glisser entre ses doigts, tandis que la lanterne encerclait Hjertrud dans le coin à l'est. Là, pendaient des filets serrés côte à côte. Immuables comme des pensées sombres. Les vagues se soulevaient et léchaient le plancher en cadence.

Quelquefois elle s'installait sur la véranda vitrée et buvait du vin. Jusqu'à en tituber, à la pleine lune.

Quand le jour revint, Johan revint aussi. Il préférait être à Reinsnes et enseigner aux enfants, plutôt que se geler parmi des étrangers sans éducation et sans foi, disait-il. Mais sa bouche tremblait et il guettait Dina du regard.

Mère Karen fut effarée qu'il ait quitté son poste sans façons.

Johan prétendait qu'il en avait le droit. Il était malade. Avait toussé plusieurs mois et ne pouvait pas continuer à habiter ce presbytère plein de courants d'air. Il y avait seulement un poêle qui marchait, il était à la cuisine. Devait-il se tenir à la cuisine avec les servantes pour écrire ses sermons ou faire son courrier ?

Mère Karen fut compréhensive. Elle écrivit à ce propos une lettre à l'évêque, que Johan signa.

Benjamin s'éloignait des adultes. Il prenait des airs menaçants. Il avait l'omniscience maussade, ce qui irritait Johan au-delà de toute limite. Mais il apprenait facilement et avait l'esprit éveillé quand il le voulait bien. Seulement trois personnes avaient droit à ses bonnes grâces. Stine, Oline et Hanna. Elles représentaient trois générations bonnes à différents usages, mais qui se complétaient.

Un jour, Stine le trouva, le souffle court, en train d'examiner certaines parties du corps d'Hanna avec intensité, tandis qu'Hanna était allongée, les yeux fermés, sur leur lit commun.

Il fut immédiatement décidé que Benjamin dormirait dans sa propre chambre. Il pleura amèrement sur cette séparation qu'on lui infligeait, bien plus que sur la honte qu'il aurait dû ressentir.

Stine ne donna aucune explication. Mais elle tint bon. Benjamin devrait dormir seul.

Dina ne fit visiblement pas attention à l'histoire et laissa Stine décider.

Tard, dans la même soirée, Dina rentrait du bureau. Au clair de lune, elle vit le gamin debout tout nu derrière le châssis de la fenêtre à l'étage.

La fenêtre était ouverte et les rideaux voltigeaient autour de lui comme des bannières. Elle monta dans sa chambre, se mit derrière lui et l'appela par son nom. Il ne voulait pas se coucher. Ni être consolé. Ni qu'on lui parle. Et pour une fois, il ne pleurait pas de rage, comme il en avait l'habitude.

Il avait arraché les semelles de ses meilleures chaussures, et découpé les étoiles et les feuilles de roses du couvre-lit au crochet.

— Pourquoi es-tu si furieux, Benjamin ?

— J'veux dormir chez l'Hanna. J'l'ai toujours fait.

— Mais tu lui fais des choses, à Hanna.

— Quelles choses ?

— Tu la déshabilles.

— Faut bien la déshabiller quand elle va s'coucher. J'l'ai toujours fait. Elle est si p'tite !

— Mais elle est trop grande pour ça maintenant.

— Non !

— Benjamin, tu es trop grand pour dormir avec Hanna. Les gars n'ont pas l'habitude de dormir avec les bonnes femmes.

— Le Johan a bien dormi chez la Dina !

Dina recula.

— Qu'est-ce que tu dis ? fit-elle, la voix rauque.

— Je l'sais bien. Il aime pas être seul, lui non plus.

— Tu dis des bêtises ! fit-elle sévèrement.

Et le tira par les cheveux les plus sensibles, sur la nuque, pour le faire descendre de la fenêtre.

— Non ! J'l'ai bien vu !

— Tais-toi ! Et va au lit avant que je te fiche une trempe !

Au son de sa voix, il resta debout, terrifié, au milieu de la pièce en la regardant. Il avait en un éclair levé ses deux bras au-dessus de sa tête, comme s'il s'attendait à un coup.

Elle le lâcha et quitta la pièce rapidement.

Il resta planté sans bouger à regarder l'annexe, derrière le châssis de la fenêtre, pendant toute la soirée.

À la fin, elle remonta. Tira le corps tremblant de la fenêtre et le mit au lit. Puis elle ramassa ses jupes et s'allongea tranquillement près de lui.

Le lit pouvait servir à deux si nécessaire. Il devait paraître horriblement grand alors qu'il avait l'habitude de s'endormir à la chaleur du corps d'Hanna.

C'était la première fois depuis des années que Dina voyait Benjamin s'endormir. Elle caressa son front moite et se glissa hors de la chambre, dans l'escalier, dans la cour et rentra chez elle.

Hjertrud avait besoin d'elle cette nuit-là, si bien qu'elle déambula sur le plancher jusqu'à ce que le matin tire un voile gris sur la fenêtre.

13

> Poussez des cris de guerre, peuples ! Et vous serez brisés ; prêtez l'oreille, vous tous qui habitez au loin ! Préparez-vous au combat, et vous serez brisés.
> (Isaïe, 8, 9)

La guerre de Crimée fut une période de conjoncture favorable pour la navigation, la marine marchande et la pêche. Mais elle fut la cause d'une rupture des relations commerciales ordinaires avec les Russes. La mer Blanche était restée bloquée la plus grande partie de l'été passé. Et il semblait bien que cela allait se répéter cette année-là aussi. Les bateaux russes n'arrivaient pas à sortir.

L'automne précédent, les bateaux de Tromsø avaient dû aller jusqu'à Arkhangelsk pour chercher du blé.

Anders aurait dû en réalité aller aussi vers l'est l'automne où Dina et lui étaient revenus de Bergen. Mais il dut s'occuper de l'armement pour la pêche aux Lofoten, et « faire ce qu'il était fait pour faire », comme il disait.

Dina suivit les événements dans les journaux, pendant tout le printemps, afin de savoir si la guerre obligerait à nouveau les bateaux de Tromsø à aller chercher du blé. Elle essaya d'entrer en relation avec des patrons de Tromsø qui accepteraient de fournir des provisions. Mais cela était aussi facile que de dépouiller une anguille vivante.

— Je devrais y aller moi-même pour obtenir un

contrat ! dit-elle un jour où Tomas et elle discutaient du problème avec Mère Karen.

Même si la dernière récolte avait donné vingt à vingt-cinq fois la semence, en plusieurs endroits dans la paroisse, ce qui était un record, ce n'était pas suffisant.

À Reinsnes on ne cultivait pas de blé. On avait seulement un petit bout de champ, parce que Mère Karen prétendait qu'il le fallait. Tomas trouvait que ça donnait plus de mal que de rendement. Il tempêtait chaque année en son for intérieur sur le champ de blé de Mère Karen.

Mais quand la bonne récolte arriva, cela donna à Mère Karen une bonne raison pour convaincre les autres d'agrandir le champ. Surtout quand la menace de blocus fut une réalité.

Ce jour-là, elle lut d'une voix triomphante pour Dina et Tomas ce que le préfet Motzfeldt écrivait dans le journal : que la guerre avait été un réveil salutaire, rappelant aux gens qu'il ne suffisait pas de miser uniquement sur la mer. Il exhortait les gens à se passer des sacs de farine russe, et rappelait la nécessité de rationner le pain, et d'utiliser le plus possible le blé que l'on cultivait à la sueur de son front.

— C'est ce que j'ai toujours dit. Nous devrions semer plus de blé, dit Mère Karen.

— Reinsnes n'est pas le meilleur endroit pour cultiver le blé, rétorqua Tomas calmement.

— Mais on doit produire, autant que possible, suffisamment pour sa propre consommation. C'est ce que dit le préfet.

Oline était venue à la porte. Elle cligna des yeux sur le journal et dit :

— L'Motzfeldt, il a pas besoin d'trimer pour la bouffe comme nous à Reinsnes !

— Personne ici n'a l'habitude de cultiver le blé, dit Dina, mais on peut toujours demander des conseils à la coopérative agricole, si vraiment Mère Karen pense qu'il faut agrandir nos champs. C'est à nous de décider.

Mais alors faudra exiger plus de travail des métayers. Est-ce que Mère Karen trouve ça juste ?

— On peut payer les gens ? répondit Mère Karen, qui n'avait pas pensé au côté pratique.

— Faut penser à c'qui est profitable. On peut pas en même temps avoir assez de fourrage pour les bêtes et cultiver du blé. On sait que c'est seulement de temps en temps qu'on a une bonne récolte de blé ici dans le Nord. C'qui n'empêche pas qu'on pourrait bien sûr avoir un champ un peu plus grand. On pourrait défricher au sud, bien que ce soit un peu trop exposé au vent de la mer.

— Ça demande beaucoup d'travail si on veut que la terre soit rentable au-delà du bois de bouleaux, dit Tomas avec résignation.

— Reinsnes est un comptoir commercial. Tous les chiffres montrent que c'est ça qui est rentable, dit Dina. Mère Karen a de bonnes intentions, mais elle a jamais cultivé le blé, même s'il lui est arrivé une fois de rencontrer le préfet et de le trouver sympathique.

— L'préfet comprend pas qu'on peut pas toujours compter sur un gel tardif ! dit Oline.

Mère Karen ne sut que répondre, sans se fâcher pour autant.

Quand Anders revint des Lofoten avec son équipage et ses prises, à la fois dans la barque à cinq rameurs et dans le caboteur, Dina s'était trouvé une raison d'affaires pour partir à Tromsø.

Cette guerre semblant ne jamais finir, il fallait bien aller chercher la farine à Arkhangelsk, déclara-t-elle.

On n'allait pas, comme l'année auparavant, payer à prix d'or les marchands de Tromsø pour la farine russe qu'ils allaient chercher. Cette année, elle irait directement chercher l'ours dans sa tanière, et allait essayer d'en tirer sa part elle aussi.

Elle ne voulait pas encore un hiver être obligée de payer de quatre à six écus pour le seigle et trois à six écus pour l'orge. Anders était du même avis.

Ils passèrent en revue leurs relations d'affaires à Bergen et calculèrent les bénéfices que la pêche leur rapporterait. Finalement ils calculèrent combien de farine d'Arkhangelsk il était raisonnable d'acheter. Ils avaient largement la place de stocker.

Dina avait pour projet d'acheter plus de farine qu'il n'en était besoin pour l'armement des bateaux et la vente dans la boutique. Elle allait essayer de constituer une réserve pour la période maigre du printemps. L'abondance n'était garantie ni à Strandstedet ni le long de Tjeldsund.

Anders pensait que si elle pouvait fournir des capitaux au moment même où les marchands de Tromsø en avaient besoin pour armer leurs bateaux, il serait plus facile de discuter du prix de la farine.

Il y en avait plusieurs qui transportaient du blé d'Arkhangelsk, avec succès. On pouvait commencer par les vieilles relations d'affaires. Il suffisait de prendre contact.

Il était sûr que Dina réussirait mieux que lui. Il fallait seulement qu'elle fasse attention à sa langue acerbe. Les marchands de Tromsø avaient plus de facilité à la comprendre que ceux de Bergen. Il fallait qu'elle s'en souvienne.

Cette mission arrivait à point. Elle ne disait mot de ses projets d'aller jusqu'à la forteresse de Vardø. Seule Mère Karen le savait. Comment elle irait de Hammerfest jusqu'à Vardø, elle n'en avait aucune idée. Mais elle trouverait bien un bateau allant vers l'est.

Le fait que Dina donnait à Anders un pourcentage sur le cabotage vers Bergen, et en plus lui laissait le commerce du flottage du bois à Namsos, était l'objet de nombreuses spéculations et de beaucoup d'envie.

Y avait-il quelque chose entre eux qu'on ignorait ? Et qui ne supportait pas le grand jour ?

Les rumeurs augmentèrent. Surtout après qu'Anders eut été roulé par un marchand de Namsos, et que Dina eut payé la note. Il avait payé des rondins qu'il avait rapportés le printemps auparavant, sans savoir que le vendeur avait fait faillite et vendait des rondins qui ne lui appartenaient plus. Anders reçut la facture du nouveau propriétaire. Étant donné qu'il n'avait aucun témoin, il n'y avait rien d'autre à faire que de payer une seconde fois.

Cette histoire était comme une bouse de vache au printemps. Les mouches bourdonnaient autour. Les gens y mettaient toute la fantaisie dont ils étaient capables.

Il devait y avoir quelque chose de bien spécial pour que Dina Grønelv, qui était si regardante en affaires, encaisse les pertes du patron de son caboteur. Et ce n'était pas tout : dans son testament, elle lui laissait son meilleur bateau.

Les rumeurs vinrent aux oreilles de Mère Karen. La vieille dame fit appeler Dina, se tordit les mains et lui demanda ce que cela signifiait.

— Et si cela était ? Qu'il y ait quelque chose de spécial. Qui est-ce que ça regarde ?

Mais Mère Karen n'était pas satisfaite.

— Est-ce vrai que Dina a l'intention d'épouser Anders ?

Dina sursauta visiblement.

— Est-ce que Mère Karen veut que j'me marie avec deux hommes ? Tu m'as bien donné ta bénédiction pour partir chercher Léo ?

— Tu dois comprendre que les ragots ne sont pas agréables, c'est pour cela que je demande.

— Faut laisser les gens parler, quand ils n'ont rien de mieux à faire.

Mais la pensée avait été formulée. Anders comme maître de Reinsnes.

Dina alla sous la poutre où Niels s'était pendu et évoqua son esprit.

Il était accommodant et plein d'explications. Mais elle ne les accepta pas. Elle le remit à sa place et lui donna une bourrade pour qu'il pende comme un balancier sans pendule.

Lui rappela qu'il ne devait être sûr de rien, même s'il ne vivait plus à Reinsnes. Car elle tenait sa renommée entre ses mains. Elle lui fit comprendre avant d'aller au lit que, s'il n'arrêtait pas immédiatement toutes ces rumeurs, elle le prendrait au mot. Se marierait avec Anders. Officiellement et en grande pompe.

Et Niels devint tout flasque et indifférent, et disparut complètement avec toutes ses histoires.

Même si Anders avait entendu les rumeurs, cela ne semblait pas le déranger, et il avait l'air aussi innocent qu'une belle journée ensoleillée.

Il lui donnait des conseils sur qui elle devait aller voir pour acheter de la farine, en y ajoutant le nom de ceux avec qui elle ne devait absolument pas faire d'affaires. Se penchait avec elle sur les listes de marchandises et les colonnes de chiffres. Frôlait sa main, sans y prêter attention.

Ils discutaient jusqu'où ils pouvaient aller pour la farine russe, sans être obligés de prendre un prix exorbitant dans la boutique pour couvrir les pertes. Ou bien quelle quantité il fallait avoir en réserve pour le printemps.

Ses mains s'enfouissaient dans son épaisse chevelure châtaine et il hochait la tête énergiquement de temps à autre pour donner plus de force à ce qu'il disait. Ses yeux étaient brillants et largement ouverts. Il avait l'air de revenir de la messe et d'avoir obtenu le bon Dieu sans confession.

Quand ils eurent terminé, et qu'elle leur versait une goutte de rhum à chacun, Dina demanda carrément s'il était au courant des ragots.

Il sourit largement.

— J'ai entendu dire que les gens de Strandstedet et des métairies essaient de marier le vieux garçon de Reinsnes. Mais c'est pas nouveau.

— Et qu'est-ce que tu en dis ?

— J'fais attention d'n'avoir rien à en dire.

— Tu laisses faire, comme ça ? répliqua-t-elle.

Il la regarda avec étonnement. Puis il ferma le registre sans rien dire.

— Tu trouves ça drôle, ces ragots ? demanda-t-elle au bout d'un moment.

— Non, dit-il finalement. Mais c'est pas triste non plus.

Il la regardait, taquin. Alors elle ne put s'en empêcher. Ils se mirent à rire. Trinquèrent avec leurs verres de rhum et rirent. Mais il fut difficile ensuite de faire comme si cette conversation n'avait pas eu lieu.

— Le *Prinds Gustav* a l'air d'une bonne femme, déclara Benjamin pour lui-même, les mains sur ses bretelles, comme il avait vu Anders le faire.

— C'est seulement une figure de proue et pas le vrai prince Gustav, déclara Hanna en tendant le cou, curieuse comme un singe et ne voulant rien perdre.

Elle désirait tenir Benjamin par la main, mais il se dégagea et courut vers Dina qui se tenait sur l'embarcadère en costume de voyage.

— Le *Prinds Gustav*, c'est une bonne femme ! Tu vas partir avec une bonne femme ? cria-t-il, furieux, à Dina en donnant un coup de pied dans une pierre qui passa juste à côté de la tête de Stine.

Dina ne dit rien.

Il n'arrêta pas, bien qu'il y eût beaucoup de monde venu lui dire au revoir.

— Tu vas revenir comme un oiseau plumé, cette fois encore ! cria-t-il amèrement.

— Tais-toi maintenant, dit-elle d'une voix basse mais d'une dangereuse amabilité.

— La dernière fois, t'es restée au lit plusieurs semaines après ton retour.

Il pleurait ouvertement maintenant.

— Ça sera différent, cette fois.

— Comment tu l'sais ?

— Parce que !

Il se jeta sur elle et se lamenta à haute voix.

— Le Benjamin, il fait beaucoup de bruit ! affirma-t-elle en le prenant par la nuque.

— Pourquoi tu pars ? criait-il. Mère Karen dit que là-bas c'est l'hiver toute l'année. Et plein de crottes de mouettes qui font du boucan, déclara-t-il triomphant.

— Parce que je le dois ! Et je le veux !

— Moi, j'veux pas !

— J'ai entendu.

Il tira sur elle, pleura et se débattit jusqu'au moment où elle monta dans la barque et Tomas les fit s'éloigner de la rive en s'appuyant d'une rame sur un rocher.

— Ce gamin n'a pas honte de se donner en spectacle, dit-elle à Tomas.

— Il veut garder sa mère à la maison, dit Tomas sans la regarder.

— C'est évident.

Dina tenait son chapeau pendant qu'il ramait à longs coups contre le vent et s'approchait du vapeur.

— Tu prends bien soin de tout ? dit-elle, aimable.

Comme s'il était une vague connaissance à qui elle était obligée de demander un service.

— On fera c'qu'on peut. Mais c'est dur quand Anders est parti pour Bergen et toi aussi t'es absente. Y a des tas de gens à placer... les foins et...

— Tu y es arrivé avant, affirma-t-elle.

— Oui, dit-il brièvement.

— Je compte sur toi. Soigne bien le cheval, ajouta-t-elle brusquement. Monte-le de temps en temps.

— L'animal s'laisse monter par personne d'autre que Dina.

Elle ne répondit pas.

— C'est pas Mère Karen à la fenêtre de la salle ? demanda-t-elle en agitant la main vers la ferme.

Le *Prinds Gustav*, bruyant et crachant la fumée, devait son nom au plus jeune fils du prince héritier Oscar. C'est pourquoi la figure de proue était affublée d'un visage poupin. Le nom du prince était peint sur les roues. D'une écriture gracieuse, surmonté d'une couronne.

Les roues se mirent en marche. À terre, les bonnets et les mouchoirs volèrent en l'air, comme sur un signal. On entendait un bourdonnement de voix venant de partout. Dina leva une main gantée de blanc.

Le grand merisier du jardin semblait se balancer çà et là, bien qu'il n'y eût pas le moindre vent.

Benjamin s'était installé là et hurlait. Hurlait et secouait l'arbre. Le maltraitait et le cassait. Piétinait des branches arrachées. Comme ça, elle le verrait et elle aurait du chagrin.

Dina ne faisait que sourire. Une faible brise du sud caressait les vaguelettes. Le vapeur mettait le cap vers le nord. Mère Karen avait donné sa bénédiction. Cela servirait-il ?

Elle alla saluer le commandant juste avant d'atteindre Havnviken. S'attendait à trouver l'homme aux énormes favoris poivre et sel que l'on appelait le commandant Lous.

Au lieu de cela, elle trouva un homme haut de taille, dont les traits et la manière de se déplacer lui rappelaient un cheval de trait. Son nez prenait une place énorme au milieu du long visage. Ses lèvres étaient comme un mufle. Charnues et toujours en mouvement, avec une fente sombre qui les séparait comme les seins d'une vieille femme. Deux yeux ronds débonnaires se cachaient derrière des sourcils en broussaille.

Il paraissait avoir de l'éducation, et s'excusa quand elle demanda à rencontrer l'ancien commandant. Il claqua des talons et lui tendit une main qui ne semblait pas appartenir au reste de sa personne. Mince et de forme élégante.

— David Christian Lysholm, se présenta-t-il en balayant un regard bleu sur toute sa personne.

Il lui fit visiter le bateau avec la mine d'un propriétaire. Il fit les louanges de la province comme si elle en était l'hôtesse.

Ici, on en était encore au bon vieux temps. Les gens distingués avaient la possibilité de voyager dans des conditions dignes de leur position. Ce n'était pas le cas sur les mauvaises routes du Sud, assurait-il.

Il caressait la rampe de cuivre astiqué et scandait ses propos de hochements de tête approbatifs. Demanda s'il était permis d'allumer une pipe en la présence de Madame.

Dina répliqua qu'elle n'avait vraiment rien contre. Elle en avait envie d'une elle-même. Il eut l'air ahuri et ne sut plus quoi dire. Dina abandonna l'idée d'aller chercher sa pipe dans la cabine. Il n'était pas nécessaire de se faire trop remarquer.

Ils se tenaient toujours du même côté de la rampe de cuivre, qui séparait les premières classes des « autres voyageurs ».

On était placé selon son rang, et non selon son portefeuille, dit-il. Lui offrant son bras avec le plus grand naturel.

À Havnviken plusieurs barques pleines de jeunes gens vinrent à leur rencontre.

Le commandant redressa le dos et salua le seul passager qui montait à bord. Le bailli. Il enjamba le bastingage avec dignité, sa serviette en peau de porc à la main.

Les hommes se saluèrent en vieilles connaissances et Dina fut présentée.

Le maître de poste se tenait près de l'échelle de corde et discutait avec un commerçant local un affranchissement insuffisant sur deux lettres. Le tarif était de quatre shillings, insistait-il.

Le carillon retentit pour la troisième fois et les aubes commencèrent à travailler. Ils glissaient sur l'eau salée. Les gens devinrent des fourmis qui rejoignirent rapidement la terre et les montagnes flottaient les unes derrière les autres.

Les voyageurs s'épiaient quand ils ne se croyaient pas observés. Certains avec une mine fermée, d'autres curieux ou intéressés. Tout le monde avait une raison ou une autre de voyager.

Qu'est-ce qui amenait le bailli vers le nord ? voulait savoir le commandant.

Il se révéla que les Russes avaient passé la frontière qui séparait la Norvège de la Laponie russe à deux ou trois endroits. Certains colons du Nord s'étaient plaints de ce que les étrangers s'étaient installés sur le territoire norvégien. Oui, ils prétendaient même que le territoire était russe. Ils étaient arrivés jusqu'à Tana. Et l'ordre de déguerpir donné par les autorités locales n'avait visiblement eu aucun effet. C'était la raison pour laquelle le bailli était en route vers le nord.

— Ils sont agressifs ou paisibles ? demanda Dina.

— Tout ce que je sais, c'est qu'ils s'accrochent comme des sangsues ! répondit le bailli.

Le maître de poste s'était joint à eux et suçait pensivement sa moustache, la casquette rejetée en arrière. Il avait de source sûre entendu dire que les Russes se conduisaient comme si le pays là-bas au nord appartenait au tzar, et qu'il y avait même pas mal de Finnmarkiens qui auraient préféré qu'il en soit ainsi. Parce que les autorités de Christiania faisaient piètre figure dans l'affaire. C'étaient des diplomates russes expérimentés qui s'occupaient de tout. Et le gouvernement ne levait pas le petit doigt. Ils n'y connaissaient rien, du reste. N'y avaient jamais mis les pieds pour voir.

Le maître de poste s'inclina trois fois devant le bailli pendant qu'il parlait. Comme s'il lui venait à l'esprit qu'il ne savait pas exactement de quel côté se trouvait le bailli, celui du gouvernement ou celui des Finnmarkiens. Mieux valait paraître poli tout en disant ce qu'on pensait.

Le commandant parut gêné. Mais pas le bailli. Il regarda le maître de poste avec bonhomie et dit :

— Il est long, ce pays. C'est difficile de se tenir au courant de tout. Le Hålogaland, et surtout le Finnmark, dépendent de leurs bonnes relations avec la Russie. Nous avons besoin de leur blé et de leurs cordes. Mais bien sûr, il y a des limites à tout. On ne peut pas se laisser envahir.

Le bailli se tourna vers Dina et demanda comment cela allait dans sa région. Et des nouvelles de la santé de son père, le commissaire.

Dina répondit brièvement.

— L'commissaire a jamais été malade un seul jour, sauf qu'il a un cœur qui d'temps en temps fait des embardées. L'printemps a été un cauchemar de mauvais temps et de tempête. Mais c'est passé maintenant.

Le bailli avait l'air amusé. Ses rides remontèrent son visage de manière seyante, et il la chargea de saluer le commissaire au cas où elle le rencontrerait avant lui.

— Et où ça en est des pirates qui ravageaient Rafsundet y a quelque temps ? demanda Dina.

— Leur affaire va passer au tribunal cet automne. Mais ils sont déjà dans les fers à Trondheim.

— C'est vrai qu'il y avait deux bonnes femmes avec eux ? voulut-elle savoir.

— Oui, il y avait deux femmes. Deux romanichelles, paraît-il.

— Comment vous arrivez à transporter des prisonniers aussi dangereux jusqu'à Trondheim ?

— Il faut des gars costauds et des fers pour de tels transports, dit-il, étonné.

Elle ne dit plus rien, et les hommes se mirent, comme d'habitude, à discuter du temps.

À part les serveuses et deux jeunes sœurs qui voyageaient en troisième, Dina était la seule femme à bord.

Elle se retira dans la cabine de première classe réservée aux dames, qu'elle avait entièrement à sa disposition pour le moment. Ouvrit son sac de voyage et choisit soigneusement son costume et ses bijoux. Elle remonta même ses cheveux et mit un corset. Mais elle laissa son chapeau. Elle tourna sur elle-même et approuva sa silhouette de la tête.

Elle arriverait bien à se faire transporter vers l'est par

le bailli ! Elle se prépara à la soirée comme à une partie d'échecs !

Il y avait deux pilotes à bord. Mais un seulement était sobre. Cela était bien suffisant, disait le commandant avec bonhomie. On avait mis l'autre à cuver son vin sous le pont. Avec un pilote sur la passerelle et un au-dessous, on se sentait en sécurité.

Il y avait une confusion de langages. On parlait allemand, anglais et danois, en plus du norvégien.

En troisième classe, les passagers s'étaient groupés autour de la cheminée noire. Ils étaient assis sur des caisses et des malles. Certains sommeillaient au soleil. D'autres avaient installé leur boîte à provisions entre eux et mangeaient gravement leur casse-croûte.

La fumée de la cheminée descendait lentement sur eux, mais ils ne semblaient pas y faire attention. Une des jeunes filles, coiffée d'un foulard, était assise en train de tricoter sagement un vêtement brun. Elle avait des cheveux roux emmêlés qui sortaient sur son front.

Sa sœur montait la garde devant une caisse de pots de fleurs qu'elle avait fait monter à bord à l'aide d'une corde au milieu de beaucoup de cris stridents et de vacarme. Des touffes d'œillets et des géraniums. Les fleurs, qui pendaient à l'extérieur de la caisse, paraissaient étonnamment vigoureuses. D'un vert criard avec des grappes de fleurs rouges. La troisième classe prenait ainsi un air de balcon fleuri.

Dina resta un moment sur la passerelle à regarder. Puis elle descendit dans la salle à manger pour trouver la table prête. Il y avait du poisson au menu. De petits plats de saumon et de hareng. Puis du jambon, du fromage, du pain et du beurre. Comme boisson, du café, du thé et de la bière.

Une sympathique bouteille d'eau-de-vie de blé était placée au milieu de la table. Ils n'en avaient jamais à Reinsnes. Dina y avait goûté à Bergen. C'était trop sucré à son goût.

Deux serveurs et une serveuse se glissaient silencieusement, remplissaient les plats et échangeaient les bouteilles vides contre des pleines.

Dina hésita à la porte, juste assez. Le commandant se leva et l'invita à se mettre à sa table.

Elle se laissa conduire. Dépassant d'une demi-tête la plupart des hommes. Ils se levèrent et restèrent au garde-à-vous jusqu'à ce qu'elle s'asseye.

Elle prit son temps. Jacob était là et lui murmurait à l'oreille ce qu'elle devait faire. Elle leur serra la main les uns après les autres, en les regardant droit dans les yeux.

Un Danois, avec trop de peau autour du visage, se présenta avec un titre de comte, et ne lâchait pas sa main. Il avait visiblement déjà goûté à la bouteille posée sur la table.

Sa pelisse était jetée nonchalamment sur la chaise à côté, et il avait des domestiques avec lui.

Dina fit remarquer qu'un vêtement d'une telle ampleur devait tenir chaud en cette saison.

Mais le Danois prétendait qu'un voyage en bateau dans le Grand Nord pouvait réserver des surprises. En un espace de temps record, il arriva à leur faire savoir qu'il était docteur ès lettres et membre de l'« Association littéraire de Copenhague ». Il trouvait les gens du Nord aimables et moins vulgaires qu'il ne l'avait craint. Mais il n'y avait pas grand monde ici avec qui on pouvait converser en anglais.

Il gesticulait avec ostentation, afin de montrer toutes ses bagues.

Le front de Dina était sillonné de rides comme un champ de pommes de terre nouvellement labouré, sans que cela inquiète l'homme qui retenait sa main.

Finalement, elle fut libérée par un homme âgé, au visage de gamin qui vient de jouer dans le froid toute la journée, parce qu'il lui tendait la main en s'inclinant.

Il était petit et carré et parlait allemand. Il avait le titre de chambellan et d'artiste, et montra de la tête le carnet d'esquisses qu'il avait posé à côté de lui. Il ne quitta pas Dina des yeux le reste de la soirée, quelle que fût la personne avec qui il conversait. Cela donnait à ce commerçant de Hambourg l'air de loucher. Il se montra par la suite plein de connaissances de toutes sortes.

Il y avait aussi un Anglais qui allait à la pêche au saumon. En réalité il était agent immobilier. Mais il raconta qu'il voyageait beaucoup.

Dina dit qu'elle croyait que les Anglais voyageaient beaucoup. Car on en rencontrait souvent le long de la côte.

Le commandant faisait l'interprète. L'agent immobilier rit à bouche close et opina du bonnet. Il avait regardé, avec un sourire en coin, les autres messieurs faire leur cour à Dina dans toutes les règles de l'art.

Le repas pouvait enfin commencer.

Je suis Dina. Je sens tous les plis de mes vêtements. Toutes les coutures. Tous les creux de mon corps. La force de mon squelette et l'élasticité de ma peau. Je sens la longueur de chacun de mes cheveux. Il y a si longtemps que je n'ai eu l'occasion de m'évader de Reinsnes ! J'attire la mer à moi. Je porte Hjertrud avec moi à travers le vent et la fumée.

Tous les hommes s'adressèrent à elle pendant une bonne partie du repas. La conversation était un peu bigarrée. Mais tout le monde faisait son possible pour ne pas perdre le fil.

Le Danois, avec tous ses titres de noblesse, abandonna vite la partie. Simplement parce qu'il s'était endormi. Le bailli demanda à Dina s'il fallait se débarrasser de l'homme.

— Un type qui dort peut faire d'mal à personne, affirma Dina.

Ces messieurs furent visiblement soulagés que la dame voie la chose sous un jour aussi libéral. Ainsi la conversation pouvait continuer sans façons.

Le commandant commença à parler de la ville de Tromsø. Elle était animée, il y en avait pour tous les goûts. La meilleure de toute la côte à son avis.

— M. Holst, le vice-consul britannique, vaut vraiment la visite ! Ce Holst n'est pas sans fortune, ajouta-t-il avec sérieux. Il possède toute la vallée de l'autre côté du détroit...

Tout le monde écoutait avec attention pour savoir qui valait la peine d'une visite une fois arrivés à Tromsø.

— Certains commerçants sont abonnés à des journaux anglais, continua-t-il en s'adressant à l'agent immobilier. Et l'hôtel Ludwigsen n'est pas sans confort, c'est certain. Il y a là une salle de billard ! ajouta-t-il en regardant les autres, qui avaient peu de chances d'accéder à la résidence du vice-consul britannique.

— Ludwigsen est également commandant de bateau et parle l'anglais, raconta-t-il en favorisant l'Anglais à nouveau.

Les autres prirent la chose poliment, mais se mirent à parler à voix basse entre eux.

Le Danois fut réveillé par un petit coup sur le bras. Il regarda autour de lui, l'air honteux, et s'excusa en disant qu'il était allé sur le pont si tôt dans la nuit. Le soleil de minuit l'avait réveillé.

Dina répliqua qu'il s'agissait peut-être du soleil matinal. Mais le Danois prétendit sérieusement qu'il y avait eu le plus merveilleux soleil de minuit. Et il n'était que quatre heures du matin, et le monde avait été incroyable, avec une mer tranquille et brillante, et des îles qui miroitaient dans l'eau. Skål !

Tout le monde leva son verre, saluant d'un léger mouvement de tête.

Je suis Dina. Cette nuit, je les ai dans mon lit. Tous en même temps. Léo le plus près. Mais Tomas se glisse sous mon bras et veut repousser les autres. Je suis couchée les cuisses ouvertes et les bras écartés. Je ne les touche pas. Ils sont faits de toile d'araignée et de cendres.

Jacob est tellement humide que je commence à avoir froid. Anders est roulé en boule et se réchauffe dans mes cheveux. Il reste tranquille. Malgré cela, je sens la pression de ses hanches dures sur mon oreille.

Johan m'a tourné le dos, mais il s'approche de plus en plus en rampant. Finalement, nous avons peau et bras en commun. Il cache sa tête chez Léo et ne veut pas me regarder.

Pendant que les autres couchent avec moi, Anders est un oiseau qui a fait son nid dans mes cheveux. Sa respiration fait un bruissement léger.

Léo est tellement agité. Il veut probablement se sauver à nouveau. Je l'attrape. Le tiens solidement par les poils de sa poitrine.

Alors il rejette les autres et se couche sur moi comme un couvercle. Le rythme de son corps se répercute dans mes veines. À travers le lit. Si fort qu'Anders tombe de mes cheveux et que les autres se fanent comme des pétales de roses dans une coupe. Ils tombent silencieusement sur le pont.

Léo émet de la musique, comme un orgue. Monte et descend. Sa voix s'incruste dans ma peau comme un vent léger. Glisse dans mes pores jusqu'au squelette. Je n'arrive pas à me défendre.

Le doyen est devant l'autel et toutes les statues en bois et les peintures m'encerclent — avec Léo. Dans l'orgue. Les cloches en airain sonnent.

Alors le soleil se lève dans la mer. Il y a une brume de gel. Et nous sommes des algues sur le rivage. Qui poussent sur les rochers et sur le mur de l'église. Envahissant les hautes fenêtres, à travers toutes les fissures.

Nous sommes encore en suspension en l'air, et en vie. Finalement, il ne reste de nous qu'une couleur. Rouge brun. De la terre et du fer.

Alors nous sommes dans les bras de Hjertrud.

14

> Les grandes eaux ne peuvent éteindre l'amour et les fleuves ne le submergeraient pas ; quand un homme offrirait tous les biens de sa maison contre l'amour, il ne s'attirerait que le mépris.
> (Cantique des Cantiques, 8, 7)

Dina fixa solidement son chapeau avec deux épingles, car il y avait pas mal de vent dans le détroit de Tromsø. Elle avait serré son corset juste assez pour pouvoir respirer librement, mais aussi juste assez pour que sa poitrine ainsi avantagée puisse, en cas de besoin, faire dévier les discussions difficiles.

Elle resta un instant devant le petit miroir de la cabine.

Puis elle monta sur le pont et prit congé des passagers et des officiers de l'équipage.

Un matelot l'accompagna à terre, portant les bagages. Elle se retourna vers lui une ou deux fois, ayant l'air de vouloir aider la grêle silhouette à porter le fardeau.

Maintenant il s'agissait de chiffres, de manipulation et de tact. Une tête calculatrice sur un corps de femme allait au-devant d'un échec si elle ne maîtrisait pas ce genre de jeu.

Les jours passés à Bergen et à Trondheim n'avaient pas été perdus. Les ruses remontaient à la surface comme des seines bien remplies. Restait à faire le tri et à les employer à bon escient.

— En affaires, faut jamais dire plus que le nécessaire. Si on a rien à dire, on laisse l'autre parler. À un moment ou à un autre, il en dira trop.

Ce furent les mots d'adieu d'Anders à Dina.

Tromsø se composait de plusieurs grappes de maisons blanches. Adroitement placées entre une quantité de ruisseaux gargouillant le long de pentes vertes. Tout en haut, il y avait un bois de bouleaux, vert et épais. Comme une image du paradis céleste.

Mais le paradis durait, ici comme ailleurs, jusqu'à ce que les humains s'y installent.

Dina loua une voiture pour s'orienter, par ce beau temps. Au sud de la ville, au bord de mer, il y avait la plage de Tromsø avec deux ou trois rangées de petites maisons. Elle posait des questions, et le jeune cocher au bonnet rouge tiré sur les oreilles répondait.

La route suivait la côte, en passant par la pointe appelée Prostneset, contournait le presbytère pour arriver à Sjøgata. Strandgata était la plus longue rue de la ville. La rue parallèle était Grønnegata. Mais elle s'arrêtait sur la place du Marché avec l'hôtel de ville, entre la pharmacie et la maison Holst.

Au sud de la pharmacie, un ruisseau traversait le pâté de maisons, et allait se jeter dans la mer en passant par la maison Pettersen. Il avait reçu le nom pompeux de « rivière de Pettersen ».

En contrebas de la pharmacie, il y avait une misérable digue. Le cocher racontait que lorsque les Pettersen donnaient un bal, les jeunes gens devaient porter de hautes bottes pour transporter les dames par-dessus la digue. Malgré cela, peut-être même justement à cause de cela, une invitation des Pettersen était très recherchée.

La digue était à sec cet été-là grâce au beau temps, et donc praticable.

Dina s'installa à l'hôtel du Nord, ou encore hôtel de

Belle-Vue, chez Ludwigsen. Il était nettement réservé à la clientèle de condition aisée.

J. H. Ludwigsen portait le haut-de-forme et avait un parapluie en guise de canne. Il se tenait toujours à sa disposition, dit-il en s'inclinant. Il avait un visage large aux favoris épais, qui inspirait confiance. Ses cheveux étaient brossés en une haute vague partant d'une raie à gauche irréprochable.

Il fit plusieurs fois remarquer que si Mme Dina Grønelv désirait quelque chose, elle n'avait qu'à le dire !

Dina fit porter un message à deux commerçants en demandant un rendez-vous. Anders lui avait recommandé de procéder ainsi.

Le lendemain, elle reçut un message sur une carte de visite, lui disant qu'on l'attendait au bureau de Pettersen. Et par une courte lettre, M. Müller lui faisait savoir qu'il l'attendait aussi.

M. Pettersen la reçut. Il se trouva qu'il était de belle humeur. Il venait d'être nommé vice-consul au Mecklembourg, et se préparait à aller assumer ses fonctions. Il emmenait son épouse avec lui, mais il avait aussi pensé faire des affaires. Il possédait des bateaux avec ses frères.

Dina le congratula, et lui posa des tas de questions sur cette nouvelle position honorifique.

L'homme était visiblement un négociant expérimenté derrière sa façade joviale.

Finalement, elle en arriva à l'objet de sa visite. Posa des questions sur les capitaux et l'armement. L'équipage. Le prorata. Le pourcentage de l'armateur. Son avis sur le prix qu'atteindrait la farine. La quantité qu'il pouvait transporter sans dommages dans la cale.

M. Pettersen fit apporter du madère. Dina le laissa faire, mais refusa de la main quand la servante voulut lui verser un verre. Elle ne prenait rien si tôt dans la journée.

Pettersen en prit un verre, et commanda du thé pour

Dina. Il était visiblement intéressé. Mais allait trop vite. Comme s'il essayait de la rassurer, avant même qu'elle l'eût demandé. Il ne pouvait du reste pas garantir le prix de la farine.

Elle lui lança un regard en biais, et fit remarquer qu'il était curieux qu'il ne soit pas au courant des prix, lui qui était vice-consul.

Il ne releva pas le ton, et demanda combien de temps elle allait rester. Car il pouvait certainement obtenir de meilleurs renseignements dans quelques jours. On attendait les chalutiers russes d'un moment à l'autre.

Elle laissa sa décision en suspens quand il lui proposa de venir habiter chez eux. Répondit qu'elle avait déjà un logis qu'il lui était difficile de quitter. Mais remercia quand même ! Elle lui ferait savoir si elle acceptait, sans prix fixé au préalable, sa proposition d'acheter et de transporter de la farine d'Arkhangelsk.

Hans Peter Müller était le deuxième nom sur la liste.

Dina alla le lendemain dans la maison cossue de Skippergata. Là, tout regorgeait de prospérité et d'abondance. De meubles en acajou et de porcelaines.

Une jeune femme maladive à l'accent de Trondheim vint au bureau saluer Dina. Ses yeux étaient aussi tristes que ceux du spectre enfantin de Helgeland. Elle glissait à travers les pièces. Comme si quelqu'un l'avait montée sur un socle à roulettes et la traînait par d'invisibles fils.

Le caboteur *L'Espoir*, qui était ancré au quai de Müller, devait aller à Mourmansk avec de l'huile de foie de morue de sa propre fabrication. Müller fixa à Dina un prix maximum qu'il garantissait. Mais il ne cachait pas qu'il pouvait obtenir des prix plus avantageux pour son propre compte.

Dina lui donna une solide poignée de main. Le fait qu'il lui dévoilait ses calculs prouvait qu'elle était en pourparlers avec quelqu'un qui la considérait comme une partenaire. Elle n'avait pas besoin d'avoir recours aux avantages de sa poitrine pour la circonstance. Avec un homme qui avait déjà un ange dans sa maison, on pouvait parler affaires. Dina arrosa son accord avec lui.

L'air de la maison était bon à respirer. Elle accepta l'hospitalité qu'ils lui offraient de rester quelques jours.

Il se trouvait que ce Müller possédait aussi un cheval noir. Il était aussi luisant que l'acajou des meubles du salon. Il accepta les hanches et les cuisses de Dina comme s'ils étaient faits de la même pâte.

Elle s'entendit bien avec la jeune femme, Julie, native de Stjørdal. Celle-ci n'avait pas l'habitude de bavarder pour ne rien dire, et elle regardait les gens droit dans les yeux. Mais elle ne dit pas pourquoi elle avait des yeux si tristes.

Dina resta plus longtemps qu'elle ne l'avait prévu.

Le bailli avait depuis longtemps continué son voyage et il lui fallait trouver un autre moyen de transport. Müller pensait pouvoir lui trouver une place sur un bateau en route vers l'est dans le courant de la semaine.

Le premier jour que Dina passa chez les Müller, elle resta avec le maître de maison au salon pour fumer, tandis que Mme Julie se reposait.

Il parla de cet hiver difficile. De la glace qui avait bloqué le détroit et avait empêché le *Prinds Gustav* d'entrer. Le 10 mai, ils avaient scié dans la glace un chenal long de soixante aunes pour laisser passer le vapeur. Mais fort heureusement la marine à voile n'était pas affectée par la glace.

Deux des bateaux de Müller venaient justement de rentrer sains et saufs de l'océan Arctique. Il avait aussi un bateau en route vers le sud, dit-il en passant. Comme s'il l'avait presque oublié.

Le problème, l'an passé, avait été de trouver des cartes utilisables pour naviguer sur Arkhangelsk. Les pilotes expérimentés étaient monnaie rare...

Dina raconta comme elle avait de la chance d'avoir Anton et Anders sur son caboteur. Mais les problèmes qu'ils pouvaient avoir sur la route de Bergen étaient des bagatelles comparés à ceux rencontrés sur la route d'Arkhangelsk.

Le maître de maison se déridait. Racontait que le vapeur était arrivé du sud le 17 mai avec presque toutes ses aubes abîmées. On avait dû le mettre en chantier pour le réparer. Cela avait donné du travail à beaucoup de gens, ce qui était une bénédiction malgré tout.

Lui-même avait perdu un ketch, le *Tordenskiold*, avec douze hommes et toute sa prise à l'est de Moffen. Malgré cela, il avait fait en quelques années un bénéfice brut de quatorze mille cinq cents écus sur la pêche dans l'Arctique !

Dina opinait du bonnet et soufflait de savants nuages de fumée, qui entouraient sa tête comme un entonnoir.

Plus tard, il se mit à parler de tout ce qui avait changé en mieux après la mort du tzar Nicolas. Le commerce était reparti, bien mieux qu'on aurait pu le penser.

Dina croyait que cela était dû à la guerre plutôt qu'au tzar.

Müller déclara bon enfant que l'un n'allait pas sans l'autre.

Dina répliqua que c'était justement cette situation anormale, de guerre et de blocus, qui devait avoir été lucrative pour le commerce.

L'homme approuvait de la tête gravement, et n'était en aucune manière en désaccord. Mais il ne voulait pas en démordre quant au rôle du tzar.

Pendant ce temps-là, les meilleurs cigares du maître de maison partaient en fumée.

Dina se mit au rythme de la maison comme un chat qui vient de se trouver un rocher chaud de soleil. Curieusement, Mme Julie ne montrait aucun signe de jalousie envers cet être qui avait envahi la maison à sa manière, et s'était attiré les bonnes grâces de son époux. Au contraire, disait-elle ouvertement, ce n'était pas la peine que Dina se dépêche de partir vers l'est. Puisque c'était seulement un voyage d'agrément.

Dina se tenait au courant du mouvement des bateaux, à la fois ceux venant du sud et ceux venant de l'est.

M. Müller lui demanda si elle ne s'était pas encore décidée pour aller à la forteresse de Vardø, puisqu'elle s'intéressait aux bateaux allant à la fois vers le nord et vers le sud.

Mais Mme Julie avait compris.

Dina attend quelqu'un, dit-elle.

Dina la fixa. Leurs yeux se rencontrèrent dans une sorte de compréhension mutuelle.

Je suis Dina. Julie est sûre d'elle. La mort est dans ses yeux. Elle commence toujours une question qu'elle n'arrive pas à terminer. Puis elle me regarde, pour que je réponde. Elle veut que je lui montre Hjertrud. Mais ce n'est pas le moment. Pas encore.

Dina montait le cheval noir, hors de la ville. Habillée des pantalons de cuir de M. Müller.

Julie lui avait d'abord trouvé un élégant costume d'amazone avec une jupe noire en cachemire, une blouse blanche et des pantalons de tissu blanc à sous-pieds. Mais il ne lui allait pas.

Dina accepta de mettre une jupe par-dessus les pantalons d'homme en cuir. Elle était très large et fendue devant et derrière. Juste pour se couvrir, comme disait Julie.

Quand Dina revint, elle l'attendait avec un verre de bon madère avant d'aller se changer pour le dîner. Elle-même ne buvait que du thé.

Mme Julie décrivait Tromsø à sa manière, avec malice. N'étant pas originaire de la ville, elle voyait les choses clairement, comme de l'extérieur.

Dina n'avait pas besoin d'avoir peur de la vexer si elle s'étonnait ou s'amusait des gens et des coutumes.

Dina demanda qui était ce Ludwigsen.

— Il est riche et a l'air d'une gravure de mode, dit Julie, non sans chaleur et un certain intérêt.

Puis elles se mirent à ricaner ensemble comme des petites filles. Au beau milieu de beaux objets morts, dans un salon guindé.

Pendant la période de beuverie des années 40, alors que les mœurs à Tromsø étaient des plus relâchées, le conseil municipal avait réduit le nombre des débits de boissons, de telle sorte qu'il ne restait maintenant qu'un petit boutiquier et un marchand de spiritueux. Ces deux-là faisaient de belles affaires.

— Les gens bien vont chez Ludwigsen. Les gens y vont ouvertement, pour se montrer, racontait Julie.

Elle avait l'air d'un ange. Toujours habillée de satin clair, en coton ou en soie. Les boucles angéliques qui encadraient ses oreilles contrastaient cependant avec l'ironie des commissures de sa bouche et la gravité de ses yeux.

Elle parlait surtout de bals et de dîners dans la bourgeoisie ou chez les hauts fonctionnaires. D'épisodes amusants quand des gens de milieux différents se rencontraient à table. Elle avait de quoi faire, car les Müller étaient invités partout.

Dina inhalait tout cela, comme des épices inconnues venues de régions lointaines.

— Fais attention de ne pas faire connaissance trop vite ! dit Julie, parce que alors ils seront après toi comme une horde. Il est impossible de faire marche arrière, ou de faire semblant de ne pas les connaître, une fois lancée. Les gens qui n'ont rien d'autre en commun que la bonne chère, on ne s'en débarrasse jamais.

Dès le deuxième jour dans la maison, le nouveau médecin chef de l'hôpital vint en visite. Il avait la charge de l'hôpital et de l'asile provisoire. « La cage aux fous », comme les gens l'appelaient.

Dina montra de l'intérêt à la fois pour son travail et pour son établissement. Cela rendit l'homme tout feu tout flamme. Il parla des « soignants », comme il disait. Des améliorations continuelles pour les malheureux qui étaient totalement en dehors de la réalité.

Il raconta l'histoire d'un fanatique religieux qui était interné. Il avait perdu la tête quand Hætta et Somby avaient été exécutés en 52. La bouffée d'horreur qui avait entouré l'exécution, la légalité et l'Église, et les fanatiques du læstadianisme, ne s'était pas dissipée. Les gens se repliaient sur eux-mêmes, terrorisés. La communauté était trop petite pour supporter deux condamnations à mort [1].

— Certains ont même rompu avec l'Église de l'État, dit Julie.

— Nous avons maintenant un nouvel évêque pour remettre de l'ordre. Son épouse est à la fois bonne et pieuse, elle aussi, dit le docteur.

Les rides autour des commissures des lèvres de Julie étaient profondes et remontaient vers le haut. Il était clair que le docteur et elle avaient déjà discuté de la chose. Ils se complétaient l'un l'autre.

Müller restait silencieux.

— Est-il dangereux ? demanda tout à coup Dina.

— Qui ?

Le docteur était désorienté.

— Le fou fanatique.

— Ah, lui... Il est dangereux pour lui-même. Il se tape la tête contre les murs jusqu'à s'en évanouir. On ne sait pas ce qu'il lui prend. Je dirais qu'il est violent. Il fait appel à Dieu et au Malin sans faire de distinction.

— Mais pourquoi on l'a interné ?

— Il a une attitude menaçante vis-à-vis de la famille et...

— J'peux voir ton asile ? demanda-t-elle.

1. Allusion à la répression sévère qui suivit la « Révolte de Kautokeino » en 1852 dans le Finnmark. Les causes de cette sanglante confrontation entre les autorités norvégiennes et les Lapons sont compliquées et nous sommes encore mal documentés de nos jours. Mais il est reconnu que le mouvement religieux prêché par le pasteur suédois Læstadius (d'où le nom læstadianisme) et adopté par la population lapone tourna au fanatisme et engendra des violences et des meurtres. *(N.d.T.)*

Étonné d'un tel désir, l'homme répondit oui. Ce fut convenu.

Quatre cellules de chaque côté d'un couloir. Les mêmes bruits qu'à Trondheim, mais pas aussi assourdissants.

Aussi bien les fous que les prisonniers ordinaires étaient enfermés là. Pas exactement faits pour converser avec les dames, pensait le médecin.

Quelqu'un l'appela, semblant en grande détresse. Il s'excusa auprès de Dina. Puis il agita des clés, ouvrit et disparut.

L'infirmier appela quelqu'un du nom de Jentofte, à travers un guichet dans une porte.

Un bras de chemise sale en toile grossière et une tête rasée se montrèrent dans l'ouverture. L'homme clignait des yeux vers la lumière. Mais contrairement à ce qu'on pouvait attendre d'un individu en cage, il y avait de la vie dans ses yeux.

Ses mains, qu'il ne pouvait passer à travers les barreaux, agrippaient l'air qui entourait Dina.

Quand l'infirmier lui dit que Dina Grønelv voulait lui parler bien qu'il soit un idiot, il la bénit et fit le signe de croix.

— Dieu est bon ! hurla-t-il, et l'infirmier essaya de le faire taire.

— Connais-tu Dieu ? dit Dina rapidement en jetant un regard sur l'infirmier qui profitait de l'occasion pour faire des rangements sur une étagère dans le couloir.

— Oui ! et tous les saints !

— Connais-tu Hjertrud ? demanda Dina avec insistance.

— Connais Hjertrud ! Dieu est bon ! Elle te ressemble ! Elle va venir ?

— Elle est partout. Quelquefois elle me ressemble. D'autres fois on est très différentes. Comme tout le monde...

— Tout le monde est pareil devant Dieu !

— Tu le crois ?

— La Bible ! C'est dans la Bible ! criait l'homme.

— Oui. C'est le livre de Hjertrud.

— C'est le livre de tout le monde ! Alléluia ! On va les pousser vers la porte de perles, tous autant qu'ils sont. On va les forcer à sortir du malheur et du péché ! Tous ceux qui résistent ! Tous tomberont sous l'épée s'ils ne se convertissent pas !

L'infirmier regarda Dina et lui demanda s'il n'était pas temps de mettre fin à la visite.

— Cette dame est venue pour te parler, Jentoft, dit-il en s'approchant.

— Les chérubins vont monter à l'assaut et les pourfendre. De la tête aux pieds ! Tous autant qu'ils sont ! La hache est déjà près de la racine de l'arbre... Dieu est bon ! psalmodiait l'homme.

L'infirmier lança un regard plein d'excuses à Dina. Comme si l'homme était un objet personnel qui la dérangeait.

— Jentoft doit se calmer ! dit-il sèchement en fermant le guichet sur le visage de l'homme excité.

— Ceux qui sont internés ne devraient pas rester enfermés avec eux-mêmes, dit Dina avec gravité.

L'infirmier lui jeta un regard impénétrable.

— Madame ne veut pas attendre le docteur ? demanda-t-il.

— Non, transmettez-lui mes remerciements !

Les Müller donnèrent une réception en l'honneur de Dina.

On la présenta au libraire Urdal. On ne pouvait pas dire qu'il fût spécialement mondain. Mais il avait été domestique chez Henrik Wergeland [1] et tenu une librairie à Lillehammer, ce qui lui donnait les qualifications requises pour faire partie de la bonne société.

Il imprimait de vieilles chansons tristes. Faisait entrer

1. Henrik Wergeland est un célèbre poète norvégien. *(N.d.T.)*

les pêcheurs dans l'arrière-boutique et leur apprenait les mélodies. C'est ainsi que les chansons d'Urdal furent connues partout. Dina les connaissait aussi.

En attendant que le dîner soit servi, Dina joua du piano et le libraire chanta.

L'évêque et son épouse étaient également invités.

Quand on regardait dans les grands yeux gris de l'épouse de l'évêque, tout semblait reprendre ses justes proportions. Mme Henriette avait une racine de nez inhabituellement large et un grand nez puissant. Sa bouche était comme un arc que personne n'avait tendu. La fossette entre le nez et la bouche débordait de tristesse. Les cheveux sombres étaient séparés par une raie au milieu, impeccable sous la coiffe blanche. Un col de dentelle était sa seule parure, si l'on faisait abstraction de son alliance.

Chez elle toutes les femmes trouvaient asile, quels que soient leur famille ou leur rang, dit Julie.

Son regard les caressa tous les uns après les autres. On le ressentait comme une main fraîche posée sur un front fébrile. Rien dans son attitude ne faisait allusion à son rang. Cependant, sa présence à table regorgeait de dignité.

— Dina Grønelv est veuve depuis longtemps, malgré son jeune âge ? demanda l'épouse de l'évêque avec douceur, en versant elle-même le café dans la tasse de Dina, comme si c'était elle qui était là pour servir tout le monde.

— Oui.

— Et elle a la responsabilité de l'auberge et du transport maritime et de tous les gens à son service ?

— Oui, murmura Dina.

C'était cette voix. Ces yeux !

— Cela doit être lourd ?

— Oui...

— Elle n'a personne sur qui s'appuyer ?

— Si.

— Un frère ? Un père ?

— Non, les gens de Reinsnes.

— Mais personne de proche ?
— Non. C'est-à-dire... Mère Karen...
— Est-ce la mère de Dina ?
— Non, la belle-mère.
— Ce n'est quand même pas la même chose ?
— Non.
— Mais Dina a Dieu, je le vois !

Mme Julie parla d'une femme du voisinage qui avait envie de rendre visite à l'évêché, mais qui n'osait pas venir sans y être invitée.

La vieille dame se retourna lentement vers Julie tout en mettant — comme par hasard — sa main sur celle de Dina. Des doigts légers et frais.

Ce jour était comme un cadeau.

Le large visage de l'évêque s'adoucissait et ses yeux se remplissaient de larmes quand il regardait sa femme. Un réseau de fils ténus les reliait l'un à l'autre, enveloppant d'une tiède douceur le reste de la compagnie.

Dina s'abstint de fumer le cigare après le dîner et ne provoqua personne.

Elle ne ressentit aucune révolte pendant toute la journée du lendemain. Mais elle aurait eu la force d'aller à pied jusqu'à la forteresse de Vardø ! Au lieu de cela, elle monta comme une enragée le cheval de son hôte. Grimpa sur un sommet. Contourna un lac. Galopa à travers les ronces et les arbustes. Cela sentait l'été, à en mettre tous les sens en éveil.

15

> Les gardes qui font la ronde dans la ville m'ont rencontrée : avez-vous vu celui que mon cœur aime ?
> À peine les avais-je passés, que j'ai trouvé celui que mon cœur aime ; je l'ai saisi et je ne l'ai point lâché jusqu'à ce que je l'aie amené dans la maison de ma mère, dans la chambre de celle qui m'a conçue.
> (Cantique des Cantiques, 3, 3-4)

Le jour où Müller avait organisé le départ de Dina pour la forteresse de Vardø, il se mit à souffler un très fort vent de sud-ouest. La baie était en ébullition.

Les bateaux qui, en fait, n'avaient pas l'intention de faire escale à Tromsø furent obligés d'y chercher abri. Les uns après les autres. Le port était rempli de mâts serrés les uns contre les autres, à tel point qu'on pouvait aller très loin dans la baie à pied sec. Si seulement il n'avait pas tellement plu !

À bord d'un chalutier en route vers le sud, vers Trondheim, il y avait quelqu'un qui se serait bien passé de l'escale à Tromsø. Il avait à faire ailleurs.

Il prit une chambre chez Ludwigsen, pour échapper à la promiscuité des marins à bord. Il portait son chapeau de feutre à large bord et son pantalon de cuir. Après s'être installé dans sa chambre et avoir déclaré qu'il ne voulait la partager avec personne, il alla à la pharmacie pour soigner un panaris qui le faisait souffrir depuis Vardø.

Il était devant le comptoir et attendait son tour quand la clochette de la porte annonça un nouveau client. Sans se retourner, il remarqua que c'était quelqu'un en jupes.

La pluie s'était arrêtée, mais le vent s'engouffra par la porte ouverte et arracha son chapeau de sa tête.

C'était le 13 juillet 1855, trois jours après que Dina, à la table des Müller, eut vu ce qu'était l'amour.

Peut-être la bénédiction de l'épouse de l'évêque avait-elle pris trois jours pour être exaucée ? En tout cas, elle ramassa le chapeau de Léo et le soupesa dans sa main, tout en le regardant avec un intérêt concentré.

Le pharmacien se précipita pour refermer la porte derrière elle. La clochette semblait hors d'elle de fureur et les sons inégaux se répercutaient dans les murs.

Les yeux de Léo remontèrent en zigzag le long du manteau et du corps de Dina. Comme s'il n'osait pas encore affronter son visage.

Ils reprirent haleine en même temps et plantèrent leurs yeux l'un sur l'autre en une seconde. Puis restèrent immobiles à deux pas l'un de l'autre.

Elle, avec son chapeau, comme une menace. Lui, comme s'il venait de voir un cheval volant. Ce ne fut que lorsque le pharmacien dit « Je vous en prie ! » que Dina émit un son. Un rire. Perlé et soulagé.

— Voilà l'chapeau ! Je vous en prie !

La cicatrice était comme une nouvelle lune pâle sur un ciel sombre. Il lui tendit la main. Ils se retrouvèrent alors hors du temps et de l'espace. Il avait les doigts froids. Mais elle lui caressait le poignet de son index.

Ils sortirent dans le vent sans acheter les gouttes de Mère Karen ni la teinture d'iode et la gaze pour le doigt de Léo. L'aimable pharmacien resta bouche bée derrière son comptoir, écoutant les clochettes de la porte accompagner leur départ.

Ils marchèrent le long de ruelles boueuses. Des ouvriers étaient en train de construire un trottoir dans la partie basse de la rue.

Au début, ils restèrent silencieux. Il chercha son bras

et le cala bien sous le sien. Puis il se mit enfin à parler. De sa voix profonde et grave qui était si sonore. Dont les mots étaient si distincts. Mais qui retenait toujours quelque chose.

À un endroit, elle glissa dans la boue. Il lui fallut faire un effort pour l'empêcher de tomber. Il la serra fort contre lui. Ses jupes balayaient la boue, parce que, au lieu de les relever, elle retenait son chapeau.

Il n'en dit rien. Remarqua vaguement la boue qui s'accrochait au bord de la jupe, à chaque pas, de plus en plus.

Ils montèrent sur la colline. Jusqu'à ce que la ville et la boue laissent la place aux champs et à la forêt de bouleaux. Ils allaient en tenant chacun leur chapeau. Puis Dina laissa le vent emporter le sien. Il se mit à courir derrière. Mais finit par abandonner la partie. Ils le virent s'envoler vers le nord avec ses rubans flottants. C'était magnifique.

Il lui planta son grand chapeau noir sur la tête, l'enfonçant jusqu'aux yeux.

La ville était en bas, mais elle ne la voyait pas. Car la bouche de Léo était rouge, entourée d'une gerçure brune. Le soleil l'avait maltraitée.

Elle s'arrêta et lui mit la main sur la bouche. Fit glisser ses doigts lentement sur la gerçure.

Il ferma les yeux tout en continuant à tenir son chapeau à deux mains sur sa tête.

— Grand merci pour les colis envoyés par le chalutier russe au printemps dernier ! dit-elle.

— Les partitions ? À votre goût ? dit-il, les yeux toujours fermés.

— Oui. Mille mercis ! Mais y avait aucun message.

Il ouvrit alors les yeux.

— Non, c'était difficile...

— C'était envoyé d'où ?

— De Tromsø.

— T'étais à Tromsø et t'es pas venu à Reinsnes ?

— C'était impossible. Je suis parti pour la Finlande.

— Qu'est-ce que t'allais y faire ?

— Chercher l'aventure.
— T'as plus envie de chercher l'aventure à Reinsnes ?
Il rit tout bas, sans répondre. Il avait toujours ses deux bras autour de ses épaules. Pour avoir l'air de tenir le chapeau noir.
Proche et pesant. Il se courbait vers elle petit à petit.
— T'avais l'intention de v'nir bientôt à Reinsnes ?
— Oui.
— T'as toujours l'intention d'y aller ?
Il la regarda longuement. Puis il resserra ses bras sur elle et le chapeau.
— Serai-je toujours le bienvenu ?
— Je l'imagine.
— Tu n'es pas sûre ?
— Si !
— Pourquoi es-tu si dure, Dina ? murmura-t-il en se penchant plus près.
Comme s'il avait peur que le vent emporte sa réponse.
— J'suis pas plus dure que nécessaire. C'est toi qu'es dur. Rien que promesses et mensonges. Tu viens pas quand t'as promis de venir. Tu laisses les gens dans l'incertitude.
— Mais j'ai quand même envoyé des cadeaux.
— Ah oui. Sans seulement un bout de papier avec le nom de l'expéditeur !
— C'était impossible juste à ce moment-là.
— Très bien. Mais c'était dur !
— Pardonne-moi !
Il lui prit le menton avec sa main malade. Puis fut gêné de l'aspect peu appétissant de sa main et la laissa retomber.
— J'ai été à la maison de correction à Trondheim pour te chercher. Ils ont une lettre pour toi.
— Quand y étais-tu ? dit-il contre le vent.
— Y a un an. J'étais à Bergen aussi... Tu y étais pas ?

— Non, j'étais coincé sur la côte finlandaise à regarder les Anglais jouer avec de la dynamite.

— T'avais à faire là-bas ?

— Oui, répondit-il avec honnêteté.

— T'as pensé quelquefois ?

— Je ne fais que ça.

— À quoi tu pensais ?

— Par exemple à Dina.

— Mais t'es pas venu ?

— Non.

— Y avait quelque chose de plus important ?

— Oui.

Elle lui pinça la joue avec fureur, le lâcha et donna un coup de pied dans une pierre qui rebondit sur le tibia de l'homme. Il fit comme si de rien n'était. Bougea seulement sa jambe. Et lui enleva le chapeau pour le remettre sur sa propre tête.

— J'crois que t'as des occupations mystérieuses !

Elle grondait comme un juge en butte à un accusé entêté. Il la regarda longuement. Avec attention. Mais avec un large sourire.

— Et qu'est-ce que Dina a l'intention de faire ?

— Trouver la vérité ! répliqua-t-elle.

Alors, sans transition, il commença à déclamer un poème qu'il lui avait traduit la dernière nuit passée à Reinsnes :

Elle se jette hurlante et furieuse comme un animal
[sauvage
Quand l'appât aperçu est derrière des barreaux de fer.
Elle se jette sur les bords, portée par les ailes de
[l'espoir,
Et lèche avec appétit chaque butte.
Mais sa faim ravageuse n'est jamais rassasiée.
Les rochers silencieux sont de menaçants obstacles.

Dina le considérait avec fureur.

— C'est la description d'une rivière, tu te souviens ? dit-il. Pouchkine avait suivi un régiment russe pendant la campagne de Turquie. Tu te souviens que je te l'ai raconté ?

Elle le regardait en dessous. Mais approuva de la tête.

— Tu ressembles à une rivière sauvage, Dina !

— Tu te moques, dit-elle avec hargne.

— Non... J'essaie d'établir le contact.

Je suis Dina. Le poème de Pouchkine n'est que bulles de savon qui sortent de la bouche de Léo. Sa voix les retient voltigeantes en l'air. Longtemps. Je compte lentement jusqu'à vingt et un. Alors elles éclatent et tombent à terre. Entre-temps, il me faut tout repenser.

Ce n'est qu'en redescendant qu'elle lui demanda où il allait.

— Vers le sud à Trondheim, répondit-il.

— Sans t'arrêter en route ?

— Sans m'arrêter en route.

— Alors tu pourras aller à la prison chercher le livre rempli de phrases soulignées, dit-elle triomphante. Parce qu'il fait partie des choses mystérieuses dont tu peux pas parler. Quand tu envoies des cadeaux sans expéditeur. Quand personne à qui je demande sait qui tu es.

— À qui as-tu demandé... ou parlé de moi ?

— À des marins russes. À des marchands de Bergen. À ceux qui commandent à la prison et à la maison de correction à Trondheim.

Il la dévisageait.

— Pourquoi cela ? murmura-t-il.

— Parce que j'avais un livre que je voulais te rendre.

— Et c'est pour cela que tu t'es donné tant de mal de Bergen à Trondheim ?

— Oui. Et c'est pour ça que t'iras chercher le livre toi-même !

— Je peux toujours le faire, dit-il avec un calme contenu. À qui l'as-tu confié ?

— Au directeur.

Il fronça les sourcils un court instant.

— Pourquoi ?
— Parce que j'ai plus envie de le garder.
— Mais pourquoi l'avoir donné au directeur ?
— À qui autrement ? Mais le paquet est cacheté à la cire, dit-elle, moqueuse.
— J'avais dit que tu pouvais le garder.
— J'en voulais plus. Du reste, t'étais inquiet justement pour ce livre...
— Qu'est-ce qui te fait penser cela ?
— Tu fais semblant d'être indifférent.
Il y eut un silence.
Il s'arrêta et la regarda un instant.
— Tu n'aurais pas dû faire cela, dit-il gravement.
— Et pourquoi ?
— Je ne peux pas le dire, Dina.
— T'es fâché avec ce directeur ?
— Je ne pense pas qu'il soit la personne qu'il faut à Pouchkine...
— Tu le connais ?
— Non. Peux-tu maintenant arrêter cet interrogatoire, Dina ?
Elle se retourna alors en un éclair, alla vers lui et lui donna une gifle à toute volée.
Il resta debout. Elle l'avait cloué aux graviers du chemin.
— Dina ne devrait pas frapper. On ne doit frapper ni homme ni bête.
Lentement, il commença à descendre la pente. La main droite retenant son chapeau. La gauche pendant comme un balancier à son côté.
Elle ne bougea pas. Il entendit le silence. Se retourna et dit son nom.
— T'es toujours plein de mystères, avec tout ! cria-t-elle vers lui.
Elle avançait le cou comme une oie en train de se débattre. Son grand nez pointait en l'air comme un bec. Le soleil avait déchiré les nuages. Le vent devenait plus fort.
— Tu te promènes dans tout le pays et les gens s'at-

tachent à toi. Et puis tu disparais sans donner signe de vie ! Mais qui es-tu donc ? Hein ? Quel est le jeu que tu joues ? Tu peux m'le dire ?

— Viens donc, Dina ! Ne reste pas là à crier !

— J'fais c'que j'veux ! Viens donc, toi !

Et il remonta. Comme s'il se pliait à la volonté d'un enfant qui menacerait de se mettre à pleurer.

Ils descendirent la côte. Étroitement enlacés.

— Tu ne pleures pas souvent, toi, Dina ?

— Ça ne te regarde pas !

— Quand as-tu pleuré, la dernière fois ?

— Quand j'avais le mal de mer sur la mer de Folda, l'été dernier ! dit-elle entre ses dents.

Il sourit faiblement.

— Ne serait-il pas temps d'arrêter la guerre ?

— Pas avant que j'sache qui tu es et où tu vas.

— Tu me vois ici, Dina ?

— C'est pas assez !

Il lui serra le bras et dit simplement, comme si c'était une remarque sur le temps :

— Je t'aime, Dina Grønelv.

Heureusement il se trouvait une borne, placée justement là quelques années auparavant. Sinon elle se serait assise dans la boue.

Dina sur la pierre. Tirant sur ses doigts comme si elle voulait s'en débarrasser.

— Qu'est-ce que ça veut dire ? qu'est-ce que ça veut dire ? qu'est-ce que ça veut dire ? criait-elle.

Il accepta son hystérie. Avec un calme apparent.

— Est-ce que cela ne suffit pas, Dina ?

— Pourquoi dis-tu des choses comme ça ? Pourquoi tu viens pas plus souvent à Reinsnes, au lieu de ça ?

— La route est longue, dit-il seulement.

Il se tenait indécis devant elle.

— Alors, raconte-moi !

— Un homme a quelquefois de bonnes raisons de se taire.

— Plus que les femmes ?

— Je n'en sais rien. Je ne t'oblige pas à raconter.

Ils venaient de pousser trop avant.

— Tu crois comme ça que tu peux aller et venir à Reinsnes comme si de rien n'était ?...

— Je vais et je viens comme je veux. Il faut absolument que tu cesses de me chercher pendant tes voyages. Je ne suis PERSONNE. Souviens-t'en !

Il était en colère.

Elle se releva et lui prit le bras. Et ils continuèrent à descendre. Il y avait toujours des champs et des arbres. Pas de maisons. Personne.

— À quoi tu t'occupes, en vérité ? demanda-t-elle en s'appuyant sur lui avec confiance.

Il découvrit tout de suite sa technique. Cependant, il finit par répondre :

— De politique, dit-il de guerre lasse.

Elle scruta son visage de son regard, morceau par morceau. S'attarda aux yeux finalement.

— Y en a qui sont après toi. Et d'autres qui essaient de te couvrir ?

— C'est toi qui es après moi, plaisanta-t-il.

— Qu'est-ce que tu as fait de mal ?

— Rien, répondit-il avec sérieux.

— Pour toi non, mais...

— Pour toi non plus.

— Laisse-moi juge. Raconte.

Il leva les bras au ciel, découragé, enleva enfin son chapeau et le cala sous son bras. Le vent l'attaquait.

Puis il prit son élan et dit brutalement :

— Le monde est pire que ce que tu imagines. Du sang. Des potences. La pauvreté, la trahison et l'humiliation.

— C'est dangereux ? demanda-t-elle.

— Pas plus que prévu. Mais c'est plus terrible que ce qu'on imagine. Et cela fait que je suis quelqu'un qui n'existe pas !

— Qui n'existe pas ?

— Oui. Un jour viendra où tout ira mieux.

— Dans combien de temps ?

— Je ne sais pas.

— Tu viendras à Reinsnes alors ?

— Oui ! dit-il fermement. Tu veux de moi, même si je passe sans m'arrêter et même si je suis une personne qui n'existe pas ?

— J'peux pas m'marier avec quelqu'un qui n'existe pas.

— Tu veux te marier avec moi ?

— Oui.

— Tu me l'as demandé ?

— On a déjà été bénis. Ça suffit.

— Qu'est-ce que je ferais à Reinsnes ?

— Tu vivrais avec moi et donnerais un coup de main quand il le faut.

— Tu crois que ça suffit à un homme ?

— Ça suffisait à Jacob. Ça me suffit à moi.

— Mais je ne suis ni toi ni Jacob.

Ils se mesuraient du regard comme deux mâles qui marquent leur territoire. Il n'y avait pas ombre de flirt dans leurs regards.

Elle se rendit finalement. Baissa les yeux et dit doucement :

— Tu pourrais être patron d'un des caboteurs et aller où bon te semble.

— Je ne suis pas fait pour être patron d'un caboteur, dit-il avec politesse.

Il avait toujours son chapeau aplati sous le bras.

— J'peux pas être mariée à un homme qui se promène partout en Russie et ailleurs ! cria-t-elle.

— Tu ne dois pas être mariée, Dina. Je ne crois pas que tu sois faite pour le mariage.

— Mais qui je vais prendre alors ?

— Tu me prendras, moi !

— Mais tu n'es jamais là !

— Je suis toujours là. Ne comprends-tu pas ? Je suis avec toi. Mais on ne peut pas barrer mes chemins. Tu ne peux pas être cette barrière. Il n'en sortirait que de la haine.

— De la haine ?

— Oui ! On ne peut pas enfermer les gens. Ou alors

ils deviennent dangereux. C'est ce qu'on a fait avec le peuple russe. C'est pour cela que tout va bientôt exploser !

Des millions de brins d'herbe se courbaient sous le vent. Quelques campanules terrifiées tremblaient ici et là.

— On ne peut pas enfermer les gens derrière une barrière... alors ils deviennent dangereux... murmura-t-elle comme si c'était une vérité qu'elle venait de découvrir à l'instant.

Ils n'avaient pas besoin de se toucher. Les liens entre eux étaient aussi forts que des amarres.

Le jour suivant, un garçon de courses apporta un paquet chez les Müller. Pour Dina.

C'était son chapeau. Il avait l'air d'avoir passé l'hiver dehors. Mais dans la calotte, il y avait une carte dans une enveloppe fermée.

« Même si tout semble impossible, je reviendrai toujours. »

C'était tout.

Elle prit le premier bateau qui partait vers le sud. Il avait deux jours d'avance. Il ne laissait aucune joie dans son sillage. Mais le calme était en quelque sorte un compagnon.

L'épouse de l'évêque avait montré que l'amour existait. Et Dina n'avait pas eu besoin d'aller à Vardø. C'était un endroit perdu et en plein vent, avec un cachot et une forteresse à l'intérieur de remparts en forme d'étoile, lui avait-on dit.

— On ne peut pas enfermer les gens derrière une barrière. Alors ils deviennent dangereux ! marmonnait Dina pour elle-même, n'ayant pas grand-chose d'autre à faire que de compter les sommets des montagnes et les bras des fjords.

Les passagers à bord ne comptaient pas.

16

> Aie pitié de moi, Éternel ! Car je suis dans la détresse ; j'ai le visage, l'âme et le corps usés par le chagrin.
> (Psaumes, 31, 10)

Pendant que Dina était sur la route du retour, Mère Karen fut prise d'un malaise dans son fauteuil à oreilles et perdit l'usage de la parole.

On envoya Tomas à cheval par la montagne chercher le docteur. Et Anders envoya par mer un message à Johan, qui était en visite chez le pasteur à Vågan.

Le docteur n'était pas chez lui, et même s'il était venu, il n'aurait pas pu faire grand-chose.

Johan fit sa valise et se mit en route pour assister sa grand-mère sur son lit de mort. Pour lui, comme pour tous les autres, l'immortalité de Mère Karen allait de soi.

Oline était dans tous ses états. Son inquiétude se ressentait jusque dans les plats qu'elle cuisinait. Tout ce qu'elle touchait devenait inutilisable ou fade. Son visage était rose et nu comme le derrière d'un singe.

Stine veillait la vieille dame. Faisait des infusions qu'elle lui donnait à la cuillère. Elle essuyait les sécrétions qui sortaient des orifices et des pores de la vieille dame. Nettoyait et saupoudrait de fécule de pomme de terre. Elle remplissait des sachets en toile d'herbes aromatiques et de pétales de roses pour rendre l'air plus respirable dans la chambre de la malade.

De temps en temps, Mère Karen croyait qu'elle était arrivée dans le jardin d'Éden, et qu'elle pouvait oublier la longue route qui lui restait à faire avant d'y parvenir.

Stine chauffait des chiffons de laine, dont elle enveloppait les membres flasques, secouait les oreillers et les édredons et entrouvrait la fenêtre. Juste à peine, pour laisser entrer un peu d'air frais.

Pendant ce temps, le soleil d'août se faisait chaud, les myrtilles mûrissaient et le reste du foin fut engrangé.

Benjamin et Hanna se faisaient invisibles et silencieux sur l'ordre d'Oline. Ils galopaient la plupart du temps le long du bord de mer et guettaient tous les bateaux qui pouvaient ramener Dina et les cadeaux qu'elle rapportait.

Benjamin avait compris que sa grand-mère était malade. Mais il prenait l'annonce de sa mort prochaine comme une des exagérations habituelles à Oline. Hanna, au contraire, tenait de Stine le sens de l'inévitable. Debout, nu-pieds dans la laisse de haute mer, empalant un crabe renversé sur une baguette, elle déclara un jour :

— Mère Karen, elle va sûrement mourir avant dimanche !

— Hein ? Pourquoi tu dis ça ?

— Parce que ma maman, elle voit ça. Oui, elle voit ça chez Mère Karen aussi ! Les vieux, ils doivent mourir !

Benjamin devint furieux.

— Mère Karen, elle est pas vieille ! C'est seulement quelque chose que les gens croient... ajouta-t-il, plus accommodant.

— Elle est archi-vieille !

— Non ! Tête d'abrutie !

— Pourquoi tu dis non ? Elle a bien l'droit d'mourir sans que tu t'mettes en fureur !

— Oui, mais elle va pas mourir ! Tu entends ?

Il lui attrapa les nattes et les tordit jusqu'à la racine des cheveux. Hors d'elle de fureur et de douleur, elle s'assit dans la marée montante, pleurant à chaudes larmes. La robe et les pantalons furent trempés jusqu'au haut du dos. Elle resta assise, les jambes écartées, le derrière dans l'eau. Les hurlements sortaient par à-coups de sa bouche grande ouverte.

Benjamin oublia qu'il était en colère. Du reste, il comprenait que s'il voulait éviter que Stine arrive en courant pour voir ce qui se passait, il fallait bien faire quelque chose. Finalement, après l'avoir contemplée avec résignation, il lui tendit les deux mains pour l'aider à se relever, tout en lui prodiguant des paroles de consolation.

Les vêtements mouillés furent enlevés, tordus et étalés à sécher sur les rochers chauds. Et pendant qu'ils étaient ainsi, ne sachant pas exactement s'ils étaient amis ou non, il se mit à l'examiner comme il avait l'habitude de le faire quand personne ne pouvait les voir. Elle s'allongea, encore fâchée, sur le rocher, chassa une fourmi de sa cuisse et le laissa faire avec condescendance, se faisant en quelque sorte consoler, tout en reniflant ses larmes.

Ils avaient oublié tous les deux que Mère Karen devait mourir avant dimanche.

Le jour suivant, Dina arriva par le vapeur. Elle emmena les enfants dans la chambre de Mère Karen. Ils restèrent près du lit, les bras raides et les yeux baissés.

Benjamin tremblait dans la chambre surchauffée. Il secoua la tête quand Stine lui demanda de prendre la main de sa grand-mère.

Alors Dina se pencha et toucha les mains de Mère Karen de ses deux mains. Puis elle fit signe de la tête à Benjamin.

Le petit garçon mit sa main dans celle de Dina qui la mit dans celle de la vieille dame. Puis elle tint leurs deux mains dans les siennes.

Un éclair traversa les yeux de Mère Karen. Son visage était en partie paralysé. Mais elle retroussa le coin gauche de sa bouche en un pauvre sourire. Et ses yeux se remplirent de larmes.

Les sachets d'herbes aromatiques de Stine se balançaient légèrement au-dessus du lit. Le rideau blanc caressait l'appui de la fenêtre.

C'est alors que Benjamin embrassa très fort Mère Karen, sans que personne ne le lui ait demandé.

Oline, Anders et les autres se tenaient dans la pièce. Ils étaient venus jusqu'à son lit chacun à son tour.

Mère Karen ne leur parla jamais plus. Mais elle les laissait caresser ses maigres mains. De grosses veines bleues s'enchevêtraient comme des arbres nus en automne sur le dos de la main. Ses yeux, quand ils étaient ouverts, les suivaient. Ils voyaient bien qu'elle entendait et comprenait tout.

Un grand calme s'installa dans la pièce. Les gens fondirent ensemble. En silence. Comme des branches de bruyère qui se redressent et s'emmêlent quand la neige a fondu.

Johan n'arriva pas à temps.

Le bateau qui transportait le cercueil était décoré de feuillage et de fougères. Des couronnes et des bouquets de fleurs étaient posés partout. Le cercueil en était complètement recouvert.

La responsabilité d'Oline était de faire en sorte que les invités soient convenablement traités et qu'ils ne repartent pas avec l'impression que l'on négligeait la cuisine à Reinsnes. On ne voulait pas de ce renom posthume pour le Reinsnes de Mère Karen !

Elle fit des miracles de cuisine, nuit et jour. Rien ne devait manquer le jour de l'enterrement. Et elle soupirait et pleurait tout le temps.

Benjamin n'en voyait pas la fin. Il devait l'aider en lui essuyant le nez afin que les larmes ne tombent pas dans les crêpes, les pâtés ou les tartines.

Johan était enfermé dans son chagrin. Ce qui était arrivé entre Dina et lui s'était installé comme des taches de pourriture. Et il n'en avait jamais obtenu l'absolution. La mort de Mère Karen était un terrible avertissement. Mais Dina existait ! Elle pouvait l'offenser et le briser rien qu'en traversant la pièce où il se trouvait. Il n'avait pas pu parler de son grand péché à Mère Karen, et maintenant elle était morte ! Et il ne pourrait jamais penser à son père sans que l'angoisse le tenaille.

Il y avait bien longtemps qu'il n'avait plus de contact avec Dieu. Il se tenait sur son îlot dénudé parmi ses paroissiens et avait essayé de se racheter. Même s'il se refusait à toucher son salaire, en versant le tout aux pauvres de la paroisse, rien n'y faisait.

Il se détestait à tel point qu'il ne supportait pas sa propre nudité. Oui, même en dormant, il ne pouvait pas se vider sans s'imaginer qu'il se noyait dans les cheveux de Dina. Ses cuisses blanches représentaient l'entrée de l'enfer. Il voyait les flammes s'approcher quand il se réveillait, et il s'obligeait à réciter toutes les prières qu'il avait apprises.

Mais il était clair que Notre-Seigneur ne trouvait pas cela suffisant. Qu'il devrait confesser son péché à l'évêque de Nidaros ou de Tromsø.

Après l'enterrement, Johan repartit pour le Helgeland. Il avait évité Dina comme on évite les crevasses ouvertes sur la glace.

Dina donna l'ordre de nettoyer l'étable. D'astiquer les planchers de la boutique et du hangar à bateau.

Personne ne comprenait pourquoi. Mais on avait compris que c'était un ordre. Elle restait dans le bureau pendant les longues soirées d'automne, et utilisait du précieux pétrole à contrôler de précieux chiffres.

Elle ne déménageait pas dans la grande maison, et elle ne jouait pas du violoncelle. Ce qui inquiétait tout le monde.

Benjamin savait mieux que personne à quel point cette Dina pouvait être dangereuse. Il essaya de la rattraper avec les ruses qu'elle-même employait quand elle voulait arriver à ses fins.

Mais en réponse, Dina se contenta d'engager un précepteur. Il menait les enfants avec sévérité et sagesse, comme s'ils étaient deux batteuses dont il fallait tirer le maximum de rendement.

Anders allait et venait. Il était invisible même quand il était présent, car on savait qu'il allait bientôt repartir.

Mère Karen était couchée dans sa tombe, sans responsabilité pour ce qui arrivait. Cependant elle était plus inviolable que jamais.

Et sa renommée était aussi immaculée que les roses de glace sur les vitres de Dina. Mère Karen la tenait à l'écart. Elle ne venait pas à elle, sortant des coins sombres ou des nuages lourds pesant sur le détroit. Elle ne se mêlait pas de ce que Dina faisait ou ne faisait pas. Elle n'exigeait rien.

On avait l'impression qu'elle se complaisait dans la mort, et n'avait aucun désir de contact.

Quand le bruit se mit à courir qu'un ours avait été observé à Eidet de nouveau, Dina voulut emmener Tomas à la chasse. Mais il s'y refusa, il avait toujours autre chose à faire.

L'automne se passa ainsi.

L'hiver arriva brusquement, avec des chutes de neige et du froid dès octobre.

Dina recommença à jouer. Elle partageait son temps entre les comptes et le violoncelle.

Les sons. Des signes noirs sur de sévères lignes. Silencieux jusqu'à ce qu'elle fasse quelque chose — et leur donne vie. Quelquefois les sons sortaient eux-mêmes des notes, du violoncelle de Lorch, sans qu'elle joue. Ses mains pouvaient reposer sur l'instrument, et la mélodie en sortait quand même.

Les chiffres. Bleu sombre et soigneusement alignés. Silencieux, mais évidents. Pour les initiés. Ils avaient le même sens, toujours. Possédaient leur rythme saisonnier et leurs trésors cachés. Ou leurs pertes incontestables.

17

> Amnon, fils de David, était tourmenté jusqu'à s'en rendre malade à cause de Tamar sa sœur... Il la saisit et lui dit : viens, couche avec moi, ma sœur... Puis Amnon eut pour elle une forte aversion, plus forte que n'avait été son amour. Et il lui dit : lève-toi, va-t'en !
> (Deuxième Livre de Samuel, 13, 2, 11 et 15)

Tomas s'était mis à guetter Dina chaque fois qu'elle était dans les communs ou dans l'écurie.

Elle se déplaçait avec nervosité quand il était dans les parages. Comme quand on évite un insecte. Il arrivait qu'elle lui lance un regard scrutateur. De préférence quand il était à bonne distance.

Un après-midi, il s'approcha tout près d'elle alors qu'elle s'apprêtait à rentrer dans l'annexe.

— Pourquoi le Tomas est-il toujours sur mon chemin ? dit-elle avec colère.

L'œil brun et l'œil bleu lancèrent plusieurs éclairs. Et le regard s'aiguisa.

— Quand j'travaille à la ferme, j'suis bien obligé d'aller et venir.

— Et quel travail t'amène sur mon perron ?

— J'nettoie la neige autour des marches. Si c'est encore permis ?

— Faudrait alors employer une pelle, non ?

Il tourna les talons pour aller chercher une pelle dans la remise. Pendant des heures, ses coups de pelle retentirent autour de la maison.

Le lendemain, Dina fit venir Stine.

— Et si le Tomas et toi vous mariiez ? dit-elle sans préambule.

Stine se laissa tomber sur la chaise la plus proche, mais se releva immédiatement.

— Comment la Dina peut-elle dire pareille chose ? s'écria-t-elle.

— C'est une bonne solution.

— À quoi ?

— À tout.

— Tu l'penses pas vraiment, dit-elle, timide, avec un regard désespéré vers Dina.

— Vous pourriez vivre ici, dans l'annexe, comme de braves gens. Moi j'retournerais dans la maison, dit Dina, aimable.

Stine cacha ses mains sous son tablier et baissa les yeux, sans répondre.

— Et qu'est-ce que t'en dis ?

— Il voudra pas, dit-elle tranquillement.

— Pourquoi il voudrait pas ?

— Dina devrait l'savoir.

— Savoir quoi ?

— C'est à une autre qu'il pense.

— Et ça serait qui ?

Stine se tortillait. Sa tête se baissa encore plus sur sa poitrine.

— La Dina est bien la seule à pas l'savoir. C'est dur de faire changer de sentiment. C'est pas toujours pour le mieux des gens...

— La Stine, elle peut faire des miracles ! interrompit Dina.

Stine allait lentement en quittant la maison de Dina. Ses yeux étaient presque noirs et regardaient droit devant eux. Elle avait oublié son châle sur la chaise. Mais ne retourna pas le chercher, bien qu'il fasse froid.

Elle resta longtemps devant l'entrée de service à regarder les glaçons qui pendaient du toit. Oline était au travail à l'intérieur, le dos tourné vers la fenêtre.

Dina envoya chercher Tomas et lui présenta les projets qu'elle avait faits pour son avenir.

Il se raidit, comme si quelqu'un l'avait cloué au sol. Son visage était complètement à nu.

— Ça peut pas être ton intention ! murmura-t-il.

— Pourquoi pas ? C'est une bonne solution. Vous pourrez vous installer ici, dans l'annexe, et vivre comme des princes !

— Dina ! dit-il.

Il essaya de la joindre du regard. Totalement à l'aveuglette.

— La Stine fait prospérer tout ce qu'elle touche, dit-elle.

— Non !

— Pourquoi non ?

— Tu le sais bien. J'peux pas m'marier !

— Alors tu vas comme ça traîner dans la ferme comme un minus, toute ta vie ?

Il sursauta, comme s'il avait reçu une gifle. Mais il ne dit rien.

— Tu fais trop de rêves, Tomas ! Je te propose un arrangement. Pour le bien de tous.

— Ça t'dérange que j'aie levé les yeux sur toi, dit-il durement.

— Ça mène à rien d'lever les yeux sur moi.

— Mais j'étais assez bon... avant !

— Personne ne parle d'AVANT ! répliqua-t-elle.

— T'es mauvaise !

— C'est être mauvaise de faire une telle proposition ?

— Oui, dit-il d'une voix rauque, en remettant son bonnet pour partir.

— C'est difficile pour toi de rester à Reinsnes sans être marié, tu comprends ?

— Depuis quand c'est devenu difficile ?

— Depuis que j'ai compris que tu m'épiais dans tous les coins, gronda-t-elle.

Il s'en alla, sans attendre d'être congédié.

Dina alla et vint sur le plancher tout l'après-midi, bien que du travail l'attendît.

La servante arriva pour allumer le poêle dans la chambre. Mais Dina la renvoya en rugissant.

L'annexe se fit silencieuse et sombre.

Tomas était assis dans la cuisine d'Oline en train de manger sa bouillie du soir quand Stine vint chercher quelque chose.

Elle lui jeta un coup d'œil et rougit. Puis elle sortit précipitamment.

Le plancher brûlait sous les pieds de Tomas. Il fixait la porte comme s'il n'avait jamais vu une porte se refermer sur quelqu'un.

Les épaules voûtées, Tomas mâchait sa bouillie avec application.

— Alors ? dit Oline. La bouillie est froide ?

— Non, pas du tout, je t'en remercie, dit Tomas avec gêne.

— Pourquoi tu fais une tête d'enterrement ?

— Moi ?

— Et la Stine aussi ? Qu'est-ce qui se passe ?

— La Dina, elle veut nous marier !

Cela lui échappa avant qu'il ait eu le temps d'y réfléchir.

Oline pinça fortement la bouche. Comme si elle fermait les portes du poêle pour la nuit.

— L'un avec l'autre, ou chacun de votre côté ? toussa-t-elle.

Comme s'il s'agissait pour elle d'une nouvelle.

— L'un avec l'autre.

— T'as fait des avances ?...

— Mais non ! dit-il, furieux.

— Ah bon...

— On peut quand même pas marier les gens comme ça, murmura-t-il.

Oline se taisait en rangeant les tasses à grand bruit. Puis elle laissa tomber :

— Elle ressemble de plus en plus au commissaire !

— Ouais ! dit Tomas.

Et il retomba en contemplation.

— Elle veut pas d'toi ? La Stine ?

— L'idée m'en est jamais venue, dit-il, désorienté.

— C'est si terrible que ça, alors ?

— Terrible ?

— Oui, ça pourrait être un bon arrangement, tu sais.

Il repoussa sa tasse de café, attrapa son bonnet et se précipita vers la porte.

— J'me fous des bons arrangements de Reinsnes, gronda-t-il dans l'entrée.

Le lendemain matin, Tomas avait disparu. Personne ne savait où il était.

Le troisième jour, il revint à pied par la montagne, les vêtements en désordre et puant l'alcool.

Il se servit largement à boire et à manger à la cuisine, puis il alla se coucher et dormit une journée.

Il fut réveillé par Dina qui le secouait. Il crut d'abord rêver. Puis il écarquilla les yeux, et se redressa en position assise.

Au garde-à-vous devant Dina Grønelv, pensa-t-il avec amertume quand il comprit qui c'était. Pendant des années, il avait été à l'affût d'un regard, d'un geste, d'un mot.

— L'Tomas n'se gêne pas pour se saouler la gueule ! Et juste avant Noël, quand on a tant à faire ! dit-elle calmement.

Cela entra à grand fracas dans les brumes de son crâne.

— Il n'a pas peur d'être mis à la porte ?

— Non, dit-il fermement.

Elle cilla légèrement à cette réponse sans détour, mais se reprit.

— Alors dépêche-toi de te mettre au travail !

— Que désire la maîtresse de Reinsnes ? Que je la prenne par-devant ou par-derrière ?

Dehors, on entendait le vent jouer avec un seau en fer-blanc.

Le coup partit. Violent. Quelques secondes passèrent avant que son nez se mette à saigner. Il resta assis dans son lit à la regarder. Le sang se mit à couler plus fort. Forma un ruisseau rouge et chaud sur ses lèvres et son menton. Tomba goutte à goutte sur sa chemise, après avoir coloré de rouge les poils dorés de sa poitrine.

Il ne s'essuyait pas. Restait tranquillement assis avec un mauvais sourire, et laissait couler.

Elle se racla la gorge. Les mots tombèrent comme un éboulis de pierres.

— Essuie-toi et va travailler !

— Essuie-moi, toi ! dit-il d'une voix enrouée en se levant.

Il avait quelque chose de menaçant. Quelque chose de tout à fait étranger. Elle n'avait plus aucun pouvoir sur ses pensées.

— Et pourquoi je devrais t'essuyer ?

— Parce que c'est toi qui m'as fait saigner !

— Ça, c'est vrai, dit-elle avec une amabilité inattendue, tout en cherchant des yeux dans la pièce.

Trouvant une serviette, elle alla la chercher et la lui tendit avec un sourire en coin.

Il ne la prit pas. Alors elle s'approcha et l'essuya avec précaution. Cela prit du temps. Le sang continuait à couler.

C'est alors qu'il s'étendit entre eux ! Luisant comme la phosphorescence de la mer dans la pièce sombre sommairement meublée. Un désir aigu et brutal ! Proche de la haine et de la vengeance.

Il sentait la beuverie et l'écurie. Elle sentait l'encre, l'eau de rose et la transpiration.

Dina retira sa main, comme si elle s'était brûlée. Puis elle recula vers la porte, les narines dilatées.

— C'est toi qui m'as fait saigner ! criait-il après elle avec fureur.

Le premier dimanche qui suivit le nouvel an, on publia les bans pour Stine et Tomas.

— Les rêves, ça sert à quoi ? demandait souvent Oline. Ou bien ils sont courts et finissent mal, ou bien tu les traînes toute ta vie.

Dina ramena son violoncelle dans la salle. L'intermezzo de l'annexe était terminé.

Je suis Dina. Les gens existent. Je les rencontre. Tôt ou tard, les routes se séparent. C'est ce que je sais.

Une fois, j'ai vu quelque chose que je n'avais jamais vu. Entre deux personnes d'âge mûr, un évêque et sa femme. L'amour est une vague faite seulement pour la plage qu'elle rencontre. Je ne suis pas une plage. Je suis Dina. Je regarde ces vagues. Je ne peux pas me laisser submerger.

Benjamin avait pris l'habitude d'habiter dans la maison où Dina n'habitait pas. Il décida lui-même de déménager dans l'annexe. Préférant ainsi aller au-devant des décisions de Dina.

Il avait grandi, la dernière année. Mais il ne deviendrait jamais un géant. Silencieux et observateur. Posait des questions et répondait comme un oracle. Par quelques mots bien choisis. Il ne s'accrochait plus à Dina. Quelque chose avait changé après le voyage de Dina à Tromsø. Ou était-ce après la mort de Mère Karen ?

Il ne montrait pas son chagrin, ni même qu'elle lui manquait. Mais il se glissait souvent, sans Hanna, dans la chambre de Mère Karen.

Là, tout était comme avant. Le lit était fait. Ses coussins brodés avaient été secoués et rangés à la tête du lit. Comme des ailes immobiles laissées par un ange disparu.

La bibliothèque était là, la clé sur la porte. Benjamin allait là et se perdait dans ses pensées jusqu'à ce qu'on l'appelle. Il ne venait plus dans la maison, sauf pour s'asseoir par terre en tailleur, et lire près de la bibliothèque de Mère Karen.

Il était doué et apprenait vite, mais se dérobait s'il le pouvait. Quand, pour une fois, il se trouvait dans la maison principale, c'était pour chercher des livres. Johan avait emporté les volumes philosophiques et religieux, mais il restait encore les romans.

Benjamin lisait à haute voix pour Hanna. Ils restaient des heures près du poêle en faïence blanc dans l'annexe, avec les livres de Mère Karen.

Stine n'était pas du genre à les harceler, tant qu'ils étaient tranquilles. De temps à autre elle disait :

— Il n'y a plus beaucoup de bois.

Ou bien :

— Le seau d'eau est vide.

Et Benjamin savait que c'était à lui de donner un coup de main quand personne d'autre n'était dans les parages. Il lui arrivait d'être surpris, quand il revenait de la boutique ou de la plage, par la grande maison blanche qui se présentait à ses yeux. Il se dépêchait alors de porter son regard ailleurs, sur le pigeonnier au milieu de la cour, et de penser à autre chose.

De temps en temps il ressentait une douleur quelque part — dont il ignorait la cause.

Benjamin avait remarqué beaucoup de choses, sans trop y réfléchir. Comme par exemple le fait que Tomas avait toujours été la propriété personnelle de Dina. Juste comme Lucifer et son violoncelle. Et cela jusqu'à ce que Stine et Tomas se marient et déménagent dans l'annexe.

Il ne s'était pas passé beaucoup de soirées d'hiver près du poêle en faïence, chacun plongé dans ses occupations, avant que Benjamin comprenne que Tomas n'appartenait plus à Dina. Que Tomas n'appartenait pas non plus à Stine, même s'il dormait avec elle. Tomas était devenu son propre maître.

Mais le fait de n'appartenir à personne parce qu'on

habitait l'annexe faisait peur à Benjamin. Dina et son violoncelle n'étaient que de lointains bruits dans la salle.

Benjamin habitait l'annexe pour apprendre à devenir son propre maître.

18

> Celui qui trouve une femme trouve le bonheur : c'est une grâce qu'il obtient de l'Éternel.
> (Proverbes, 18, 22)

Anders partit aux Lofoten en janvier pour acheter du poisson. À peine rentré, il commença ses préparatifs pour le voyage à Bergen. Sa vie n'était qu'une continuelle course en mer. Et quand il restait à terre quelques semaines et commençait à ne plus tenir en place, il n'ennuyait personne pour autant.

Il arrivait que des voyageurs viennent avec le vapeur et demandent à se loger. Mais ce n'était plus aussi souvent que les années précédentes.

La boutique, par contre, était continuellement remplie de monde. La commande de farine d'Arkhangelsk était une idée géniale de Dina. Elle gagna de grosses sommes en réservant la farine pour la période maigre du printemps. Le bruit courait qu'à Reinsnes on pouvait obtenir de la farine, l'équipement pour la pêche et le strict nécessaire contre du stockfisch. De cette façon, Anders s'assura une solide livraison de poisson pour Bergen.

Stine ne mangeait plus dans la maison des maîtres. Elle préparait elle-même les repas pour son mari et les enfants. Mais elle avait les mêmes occupations qu'avant. Ses mouvements fluides et tenaces faisaient qu'on ne remarquait pas qu'elle travaillait du matin au soir.

Elle changea d'une manière imperceptible sur une longue période. Cela commença le jour où elle déménagea dans l'annexe les rares et misérables objets qu'elle possédait. Elle souriait tout en transportant les casseroles dans lesquelles elle faisait bouillir ses décoctions. Elle chantonnait dans la langue bizarre dont elle se servait rarement, portant les herbes médicinales d'une cave à l'autre.

Elle avait commencé par un grand nettoyage. Balayé et essuyé. Avait mis Benjamin et Hanna à découper artistiquement des bordures en papier de couleur pour les étagères. Avait aéré les duvets. Avait rempli les tiroirs et les armoires du trousseau que Dina lui avait donné.

Stine gardait sa porte ouverte, et laissait entrer tous ceux qui voulaient venir. Que ce soit par curiosité ou pour demander un remède contre un mal quelconque.

En quelque sorte, elle surpassait Oline. Finalement ils étaient plus nombreux ceux qui allaient voir Stine après être passés par la boutique, que ceux qui allaient vers la cuisine bleue de la ferme. Ils venaient surtout pour chercher des potions et des onguents. Mais aussi pour des raisons dont on ne parlait pas à haute voix.

Les mains de Stine étaient habiles et chaudes. Ses yeux pouvaient briller d'une joie sombre. Ce printemps, elle avait encore plus d'eiders que de coutume. Elle les nourrissait et ramassait leur duvet. Construisait des abris avec des planches et des caisses pour les protéger contre la pluie et le vent pendant qu'ils couvaient. Le temps venu, elle rassemblait les oisillons dans son tablier de grosse toile, et les amenait à la mer.

Plusieurs semaines après le mariage, Tomas resta comme un taureau à moitié assommé. Puis il ne put plus résister. Son visage se dérida lentement. Comme si Stine l'avait baigné matin et soir dans une décoction de plantes et d'eau de rose. Ou bien avait employé des forces mystérieuses.

Quand son ventre s'arrondit sous le tablier, Tomas

commença à sourire. Avec précaution au début. Puis aussi radieux qu'un soleil, avec ses bras bronzés derrière la charrue.

Tomas pensait d'abord qu'elle lui avait jeté un sort. Parce qu'au fil des jours et des nuits il était impossible de ne pas se laisser prendre. Il émanait d'elle de la chaleur.

Au début, elle n'essaya pas de le toucher. Elle entretenait ses vêtements, mettait les plats sur la table. Veillait sur son repos. Allait aux champs lui apporter du lait caillé dans un bidon. Le lui tendait avec un gentil sourire et s'en allait.

Elle n'avait jamais rien obtenu sans le payer. La nuit de noces, il l'avait prise rapidement et avec colère, tout en pensant qu'elle avait porté deux bâtards.

Juste avant de se vider, il imagina être entre les généreuses cuisses de Dina. Ensuite Stine remonta la couverture sur lui et lui souhaita bonne nuit. Mais Tomas n'arriva pas à dormir. Il regardait son visage dans la pénombre.

Il gelait alors, et il faisait un froid de loup. Il la vit tout à coup grelotter. Alors il se leva pour allumer le poêle. Pour lui faire plaisir. Parce que, tout à coup, il avait compris qu'elle était un être humain. Et qu'elle n'avait pas demandé à l'avoir dans son lit.

En peu de temps, il en arriva à se dire que s'il s'agissait d'un sortilège, il était bien content d'être ensorcelé.

Avec un plaisir timide il la recherchait de plus en plus souvent. Et, miraculeusement, n'était jamais repoussé.

Il apprit très vite que plus il se montrait doux, plus elle se montrait chaude et empressée. Et bien que ses yeux étranges vivent leur propre vie, elle était avec lui. Jour et nuit.

Entre-temps, l'enfant grandissait en elle. Un enfant légitime avec un vrai père, autant dans la réalité que sur le papier. Même s'il n'était peut-être pas exactement l'homme de sa vie, elle n'en dit jamais rien. Et même si elle en avait hérité de sa maîtresse, comme elle héritait de ses sous-vêtements et de ses robes ou d'un morceau de savon parfumé, elle en fit sa chose.

Le jour où Stine lui dit qu'elle était enceinte, Tomas s'appuya sur elle et lui murmura des mots tendres. Sans pour cela en avoir honte. Il ne savait pas grand-chose de l'amour. À part qu'il s'était agi d'attendre un mot de Dina, un signe de Dina, une promenade à cheval de Dina, l'humeur de Dina, le désir dévorant de Dina. Cet amour l'avait brisé et l'avait obligé à se cacher pendant toute sa jeunesse. Il en était tout à coup libéré.

Il pouvait se passer plusieurs jours sans qu'il pense à qui appartenait Reinsnes. Des jours passés aux champs. Dans l'étable. Dans les bois. Car il travaillait pour Stine et pour l'enfant.

19

N'appelez pas conjuration tout ce que ce peuple appelle conjuration ; ne craignez pas ce qu'il craint, et ne soyez pas effrayés.
(Isaïe, 8, 12)

Un jour, la chaloupe du commissaire accosta sans prévenir. Il avait la mine grise et sérieuse, et désirait parler à Dina en particulier.

— De quoi s'agit-il ? dit-elle.

— On a arrêté un Russe à Trondheim, dit-il.

Dina sursauta.

— Quel Russe ?

— Ce Léo Zjukovskij qui a été reçu à Reinsnes plusieurs fois.

— Et la raison ?

— Espionnage ! Et crime de lèse-majesté !

— Espionnage ?

— Le bailli pense qu'on l'avait à l'œil depuis un moment. Il s'est même arrangé pour être arrêté dans l'enceinte de la prison. Où il venait chercher un paquet. Le directeur de la prison savait qu'il viendrait un jour ou l'autre. Le juge pense que c'est en fait l'ancien directeur qui servait de courrier à un mouvement d'agitation politique. Ce Léo Zjukovskij est tombé droit dans le piège. Le paquet était là depuis longtemps... Il renfermait même un code.

Le commissaire parlait d'une voix basse et menaçante. Il lança sur un ton mordant :

— Et le directeur de la prison prétend que c'est Dina Grønelv de Reinsnes qui a transmis le paquet !

— Mais qu'est-ce que tout ça veut dire ?

— Que ma fille peut être accusée d'avoir participé à un espionnage honteux ! Qu'elle a eu des rapports intimes avec un espion ! Et que cet homme a même dîné en compagnie du commissaire !

Le visage de Dina était fripé comme une vieille voile. Elle clignait des yeux nerveusement. Allant de la fenêtre au commissaire — et dans le sens inverse.

— Mais le livre, cher commissaire. Le livre que j'avais déposé, c'était seulement des poèmes de Pouchkine ! Léo et moi, on s'amusait à le lire ensemble. Mais il fallait bien sûr qu'il traduise, puisque j'sais pas l'russe.

— Quelle est encore cette bêtise ?

— Mais c'est vrai !

— Il faut dire que tu n'as pas apporté ce livre !

— Mais je l'ai apporté !

Le commissaire soupira et mit sa main sur son cœur.

— Pourquoi fais-tu de telles imbécillités, si c'est permis de le demander ? cria-t-il.

— Les marques qu'on a mis dans le livre, c'est pas un code pour espions. C'est seulement des mots que j'ai essayé d'apprendre.

— Mais il s'agit d'autres marques, tu comprends. Le code devait être là avant.

Le commissaire, avec son cœur vacillant, avait du mal à supporter que sa fille soit mêlée à une pareille affaire. Tout d'abord il refusa de mettre dans son rapport qu'elle avait apporté le livre à Trondheim. Il regardait Dina à travers la broussaille blanche de ses sourcils. D'un froid de glace. Comme si elle l'avait offensé personnellement en affirmant avoir transmis ce malheureux paquet à la prison. Il ne voulait pas voir son nom mêlé à un scandale !

— Faut rappeler au commissaire que j'porte le nom de Jacob ! Et j'ai l'devoir de ne cacher aucun renseignement. Tu dois en savoir quelque chose ?

Il s'affaissa brusquement, comme si l'on venait de lui donner un coup de massue sur la nuque. On avait même l'impression d'en entendre le bruit sourd, avant que sa tête ne retombe sur sa poitrine. Il attrapa les deux bouts de sa moustache et les pressa sur sa bouche avec un air contrit.

Il finit par battre en retraite, et se décida à utiliser cette histoire à son profit. Cela lui servirait à se rendre important aux yeux du bailli. Oui, même aux yeux de toute l'organisation judiciaire norvégienne !

C'est avec un vrai plaisir qu'il allait secouer tout cela, et démontrer qu'il ne s'agissait que d'un malentendu ridicule. Que cet homme était seulement un vagabond paresseux et inoffensif. Espion ! Ah ouiche ! La guerre et la mauvaise récolte avaient rendu les gens soupçonneux de tout ce qui venait de l'Est. Tandis qu'Anglais et Français étaient au-dessus de tout soupçon, bien que ce soit eux qui étaient responsables de tout. Il s'en prit aux Allemands aussi, pour plus de sûreté. Bien au contraire, dans le Nord, les Russes n'ont jamais rien fait d'autre que de se saouler, chanter à plusieurs voix et transporter du blé !

Le commissaire rédigea un vigoureux rapport. Dina signa sa déposition.

Mais la guerre de Crimée continuait dans la tête de Dina. Le son du violoncelle ce soir-là montrait qu'elle essayait de chevaucher jusqu'à Trondheim.

Le commissaire pensait que son témoignage contribuerait à l'acquittement du type. Il ne manquerait plus que ça. Lui qui avait même aidé à éteindre un terrible incendie dans l'étable de Reinsnes. Grâce à son savoir-faire et son courage.

Dina fut convoquée à Ibestad pour faire sa déposition devant le juge cantonal. Sur ce malheureux recueil de poésies de Pouchkine et sur les marques que l'on prétendait être un code.

Le juge reçut Dina et le commissaire avec politesse.

Un greffier et deux témoins étaient déjà en place. Alors comme introduction, il se mit à lire son document, après que Dina eut décliné ses noms et qualités.

Une traduction des mots qui étaient soulignés montrait que Léo Zjukovskij accusait Oscar Ier et le directeur de théâtre Knut Bonde, un respectable citoyen, d'être de connivence avec Napoléon III ! Ensuite qu'il essayait d'entraîner certaines personnes dont le nom était connu à soutenir un complot contre le roi de Suède !

Dina n'en pouvait plus de rire. Que le juge l'en excuse. Mais son respect pour le roi de Suède était fondé sur l'opinion de Mère Karen. Et cette dernière avait toujours exigé que les bateaux de Reinsnes restent sous pavillon danois !

Le commissaire avait honte. Mais en tant que père il était partie intéressée et ne pouvait heureusement rien dire. Et encore moins empêcher Dina de rire.

— La déposition sera rapportée mot pour mot et envoyée à Trondheim, prévint le juge.

— Pas besoin d'faire la leçon à la fille du commissaire.

Avec calme, il commença son interrogatoire. Ses réponses étaient courtes et précises. Mais elles se terminaient presque chaque fois par une question.

Le juge tira sur sa moustache et se mit à tambouriner avec ses doigts sur la table.

— Voulez-vous dire qu'il ne s'agit que d'un jeu privé de lèse-majesté ?

— Mais absolument !

— Mais le Russe ne l'a pas expliqué ainsi. Il ne nomme pas Dina Grønelv à propos des codes. Il avoue cependant qu'elle a probablement déposé ce livre de sa propre initiative, sans qu'il le sache.

— Non, il veut probablement me tenir en dehors, je pense.

— Connaissez-vous bien cet homme ?

— Autant qu'on connaît les gens de passage une nuit ou deux. Y en a beaucoup qui viennent à Reinsnes.

— Mais vous assurez que cet homme a mis ces

marques dans ledit livre au cours d'un soi-disant jeu de société ?

— Oui.

— Y avait-il des témoins ?

— Non, malheureusement.

— Où cela s'est-il passé ?

— À Reinsnes.

— Mais pourquoi avoir apporté le livre à cet endroit, à la prison ?

— Parce que j'étais à Trondheim avec mon caboteur. Il avait oublié le livre, et j'savais qu'il devait y aller.

— Comment le saviez-vous ?

— J'crois qu'il en avait parlé.

— Qu'est-ce qu'il allait y faire ?

— On n'en a pas parlé.

— Mais enfin, ce n'est pas un endroit agréable pour une dame ?

— C'est pas un endroit plus agréable pour un homme !

— Mais pouvez-vous expliquer pourquoi ce livre avait tant d'importance pour cet homme ?

— C'est son livre préféré. Le juge sait aussi bien que moi que les gens qu'aiment les livres, ils les emportent souvent avec eux. Dans l'temps, Mère Karen avait amené avec elle deux grandes bibliothèques à Reinsnes. Le Léo Zjukovskij, il connaissait Pouchkine. Il a toujours ses livres avec lui en voyage. Il l'a sûrement expliqué lui-même.

Le juge toussota et se mit à regarder dans ses papiers. Puis il hocha la tête.

— Qui est ce Pouchkine ?

— Celui qu'a écrit les poèmes, monsieur le juge. Le livre !

— Oui, bien sûr ! Léo Zjukovskij n'a pas pu expliquer, d'une manière convaincante, d'où il venait et où il allait. Dina Grønelv a-t-elle un avis là-dessus ?

Elle réfléchit. Puis secoua la tête.

— L'inculpé est-il venu à Reinsnes juste avant d'aller à Trondheim ?

— Non. La dernière fois qu'il a été l'hôte de Reinsnes, c'était au printemps 1854.

— Ce... cet album de poésies est resté tout ce temps à la prison ?

— C'est au directeur de la prison que le juge doit le demander... Une chose est sûre en tout cas, c'est qu'ils ont brisé le cachet de cire de Dina Grønelv posé sur un paquet privé.

— Hum...

— N'est-ce pas une faute, monsieur le juge ?

— Ça dépend...

— Mais monsieur le juge ! Avant de briser mon cachet, ils savaient pas c'qu'y avait dans l'paquet. Et c'est bien contraire à la loi que de fouiller dans les affaires d'autrui ?

— Je ne peux pas répondre dans ce cas-là.

— Et la lettre ? Où elle est ?

— La lettre ? demanda le juge avec intérêt.

— Y avait une lettre dans le paquet. Pour Léo Zjukovskij. De moi.

— C'est le juge qui pose les questions. Dina Grønelv doit répondre.

— Bien, monsieur le juge.

— Je n'ai entendu parler d'aucune lettre. Je vais faire des recherches. Qu'y avait-il dans cette lettre ?

— C'était privé.

— Mais ici c'est... un interrogatoire.

— Y avait écrit : « Quand Mohammed ne vient pas à la montagne, la montagne va à Mohammed », et « Il faut que Barabbas vienne à Reinsnes s'il veut éviter d'être crucifié à nouveau ».

— Qu'est-ce que cela signifie ? C'est un code ?

— En tout cas, y a pas grand-chose à voir avec le roi de Suède.

— Il ne faut pas oublier qu'il s'agit du roi de Norvège et de Suède !

— Bien sûr !

— Alors qu'est-ce que ces mots signifient ?

— C'était pour rappeler qu'on est toujours aussi hospitaliers à Reinsnes.
— C'est tout ce qu'il y avait d'écrit ?
— Oui. Et la signature.
— Y avait-il entre ce Léo Zjukovskij et Dina Grønelv quelque... quelque amitié, à part des relations normales d'hospitalité ?
Dina regarda le juge.
— Monsieur le juge pourrait-il expliquer exactement ce qu'il veut dire ?
— Je veux dire, l'échange de lettres et de codes était-il chose habituelle entre eux ?
— Non.
— On m'a raconté que Dina Grønelv a pas mal voyagé ces deux derniers étés... À la fois vers le nord et vers le sud. A-t-elle rencontré Léo Zjukovskij au cours de ces voyages ?
Dina ne répondit pas immédiatement. Le commissaire tendait le cou dans son coin. Il ne se sentait pas bien.
— Non ! dit-elle fermement.
— Est-ce que Dina Grønelv pense que cet homme est arrêté injustement ?
— J'sais pas pourquoi on l'a arrêté.
— Pour être en possession d'un livre en russe qui, après avoir été examiné par des experts, a démontré que les soupçons étaient justifiés. Les codes montrent une attitude hostile envers le roi et des citoyens respectables, et insinuent qu'ils ont formé un complot pour entraîner les pays nordiques dans la guerre de Crimée.
— De quel côté ?
— Cela n'a rien à voir, dit le juge, désorienté. Mais Napoléon III est notre allié. Voudriez-vous être assez aimable pour vous contenter de répondre, sans poser de questions ?
— Ici, dans le Nord, y a beau temps qu'on participe à la guerre. Le juge peut aussi bien arrêter Dina Grønelv pour les codes qui ont fait arrêter Léo Zjukovskij.
— Que voulez-vous dire par « participer » ?
— On est allé à Arkhangelsk chercher du blé, pour

ne pas mourir de faim. J'ai jamais entendu dire que le roi s'intéressait de savoir comment on vivait. Et maintenant il veut nous entraîner dans une guerre qui, à ce que j'sais, a lieu tout à fait ailleurs que sur la côte finlandaise.

— Pouvez-vous vous en tenir aux faits ?

— Oui, monsieur le juge, si seulement je savais quels sont les faits.

— Si je comprends bien, Dina Grønelv prétend avoir participé à la fabrication des codes.

— C'est une manière amusante d'apprendre des mots russes.

— Qu'est-ce qu'il y a dans ces... ces codes ?

— Monsieur le juge l'a lu au début, mais j'm'en souviens plus exactement. On a parlé de tellement de choses entre-temps. Et il a coulé beaucoup d'eau dans la mer depuis que Léo Zjukovskij était à Reinsnes et m'apprenait le russe.

— Vous n'êtes guère coopérante.

— J'pense que c'est idiot d'arrêter un homme parce qu'il se moque du roi suédois, tandis qu'on ne lève pas le petit doigt pour réprimander ceux qui ont brisé le cachet de Dina Grønelv ! Et la guerre de Crimée, personne ne la gagnera ! Sauf ceux qui en profitent.

Le juge finit par considérer l'interrogatoire comme terminé. On fit la lecture du protocole à haute voix. Elle l'accepta. Et tout fut fini.

— J'suis inculpée ? demanda-t-elle.

— Non, répondit le juge.

Il était visiblement fatigué.

— Quelle influence aura cet interrogatoire sur le sort de Léo Zjukovskij ?

— C'est difficile à dire. Mais cette explication rend les preuves incertaines, je le vois bien.

— Bon !

— Vous avez de la sympathie pour ce Russe ?

— J'aime pas qu'on arrête mes invités parce qu'ils essaient de m'apprendre des mots russes, à titre amical. J'ai aucune raison de le cacher.

Le juge, le commissaire et Dina se quittèrent bons amis.

Le commissaire était satisfait. Il avait l'impression que c'était lui qui avait tout arrangé ! Avait influencé et les uns et les autres. Avait donné des renseignements à la fois à Dina et au juge. Si bien que l'interrogatoire avait pu être rapide et rester décent.

Aujourd'hui, Dina était sa fille unique.

Il y avait un arc-en-ciel sur Reinsnes quand Dina revint d'Ibestad. Au fur et à mesure que la barque approchait, les bâtiments disparaissaient les uns après les autres dans la brume.

Finalement, l'arc-en-ciel partait du toit de l'annexe pour aller se perdre à Sundet.

Elle clignait des yeux vers la côte. Elle était seule aujourd'hui.

De la fenêtre de la salle, Dina regardait Stine et Tomas traverser la cour. Étroitement enlacés. C'était à la fin d'avril.

Personne ne se conduisait ainsi devant tout le monde. Personne !

Ils s'arrêtèrent devant le pigeonnier. Se tournèrent l'un vers l'autre et sourirent. Stine dit quelque chose que Dina ne pouvait entendre de sa fenêtre. Alors Tomas renversa la tête en arrière et se mit à rire.

Avait-on jamais entendu Tomas rire ?

Tomas prit Stine par la taille. Et ils avancèrent lentement dans la cour et entrèrent dans l'annexe.

La femme derrière ses rideaux laissa passer l'air entre ses dents. Cela sifflait.

Puis elle se retourna. Se mit à marcher sur le plancher. Vers le poêle, vers le violoncelle, de retour vers la fenêtre.

Il faisait de plus en plus sombre dans la pièce.

Les journaux parlaient de la paix conclue à Paris. La Russie léchait ses blessures sans grand honneur. L'Angleterre léchait les siennes sans grand profit. Et le royaume de Suède et Norvège n'avait pas besoin d'aller au secours des Finlandais. Napoléon III était le seul à triompher.

Un jour, Dina lut dans le journal que Julie Müller était morte. Elle envoya ses condoléances à M. Müller. Et reçut une longue et triste lettre où il racontait qu'il allait tout vendre, y compris son cheval, et partir en Amérique.

Dina grimpait sur le monticule où l'on hissait le drapeau. Pendant ce temps, l'été s'étendait comme une bénédiction sur le Nordland.

20

> Tu seras abaissée, ta parole viendra de terre, et les sons en seront étouffés par la poussière ; ta voix sortira de terre comme celle d'un spectre, et c'est de la poussière que tu murmureras tes discours.
> (Isaïe, 29, 4)

Lucifer avait une blessure sous la panse qui ne voulait pas se fermer. Personne ne savait comment c'était arrivé. On avait l'impression qu'il arrivait à se déchirer lui-même à l'écurie.

Tout ce que Tomas faisait pour l'empêcher de rouvrir la plaie à l'aide de ses dents jaunes et entêtées ne servait à rien.

Personne d'autre que Dina ne pouvait approcher l'animal blessé. Il était évident qu'il souffrait, car la plaie s'était infectée. Elle lui mit une muselière. Et chaque fois qu'il devait manger ou boire, elle restait à côté de lui pour l'empêcher de se mordre.

On entendait son hennissement sauvage et furieux nuit et jour. Et le bruit des sabots martelant l'écurie affolait hommes et bêtes.

Stine lui préparait des onguents. Et Oline apportait ses cataplasmes.

Mais au bout d'une semaine, le cheval se coucha sur le sol et ne voulut plus se relever. Il crachait de la bave sur Dina quand elle s'approchait, et montrait les dents à tout le monde.

La patte qui était proche de la blessure se dressait toute raide. Ses yeux étaient injectés de sang.

On avait interdit à Hanna et à Benjamin d'aller dans l'écurie.

Je suis Dina. Les humains sont tellement passifs ! La nature est indifférente. Gaspille tout ce qui est vivant. N'endosse aucune responsabilité. Laisse tout s'accumuler comme de la boue à la surface. Comment de nouvelles vies arrivent-elles à naître de cette boue ? La boue engendre la boue à l'infini, sans que rien d'important n'arrive. Si seulement un seul être humain s'était relevé de cette boue et avait fait quelque chose de sa vie ! Un seul...

Les chiffres et les sons ne sont pas soumis à la boue. N'ont pas besoin de la science des hommes. Les lois qui régissent les chiffres existent, même si personne ne les met sur le papier. Les sons existeront toujours. Qu'on les entende ou pas.

Mais la nature est boue. Le sorbier. Le cheval. Les gens. Nés de la boue. Retourneront à la boue. Feront leur temps. Et seront noyés dans la boue.

Je suis Dina, seule avec une massue et un couteau. Et le cheval. Sais-je seulement où frapper ? Oui ! Parce que je le dois. Je suis Dina qui parle à Lucifer. Je suis Dina qui le prend par le col. Qui le regarde dans ses yeux fous. Longtemps. Je suis Dina qui frappe. Et enfonce le couteau ! Profondément !

C'est moi qui suis assise ici dans toute cette rougeur chaude et qui reçois le cheval dans mes bras. Moi ! Qui vois ses yeux lentement devenir vitreux et embrumés.

Tomas alla à l'écurie voir ce que devenait le cheval, car tout était bien silencieux.

Dans la pénombre, et de loin, on aurait pu croire que le visage et les vêtements de Dina étaient parsemés de pétales de roses fraîches et humides de pluie. Elle était assise sur le sol et tenait la tête du cheval dans ses bras. Le grand corps noir de l'animal reposait paisiblement, ses pattes sveltes et puissantes étendues deux par deux.

Le sang avait coulé à flots, par jets, partout. Le long des murs et sur le foin doré par terre.

— Seigneur ! gémit Tomas.

Puis il arracha son bonnet et s'assit près d'elle.

Elle ne sembla pas remarquer sa présence. Il resta là cependant. Jusqu'à ce que les dernières gouttes de sang se caillent dans la plaie profonde.

Alors elle se libéra lentement, posa la tête du cheval sur le sol et couvrit les yeux de l'animal avec sa crinière. Puis elle se releva et se passa la main sur le front. Comme une somnambule qui se réveille tout à coup.

Tomas se releva aussi.

Dina eut un mouvement de la main, comme pour se défendre. Puis elle traversa l'écurie et sortit sans fermer la porte derrière elle. Le bruit assourdi de ses talons ferrés frappant le sol couvert de foin résonnait dans toute l'écurie.

Puis le silence s'installa.

La massue et le couteau furent remis à leur place. L'écurie fut nettoyée. Les vêtements ensanglantés mis à tremper dans la rivière, sous de grosses pierres. Autrement, tout partirait dans la mer.

Dina alla à la buanderie et alluma la grande lessiveuse. S'assit sur un tabouret près du feu, jusqu'à ce que l'eau soit assez chaude et que la buée monte vers le plafond.

Alors elle se releva et traversa la pièce pour aller fermer la porte à clé. Alla chercher le grand baquet de zinc accroché au mur et le remplit. Puis elle se déshabilla lentement. Comme si elle s'adonnait à un rite.

Elle replia les taches sanglantes vers l'intérieur de chaque vêtement. Comme si elle les faisait disparaître en ne les voyant pas. Finalement, elle entra nue dans l'eau chaude.

Le cri commença quelque part, en dehors d'elle. Se rassembla dans sa gorge. Éclata, et cassa tout autour d'elle. Jusqu'à ce que Hjertrud arrive et remette en place les morceaux.

21

> J'entre dans mon jardin, ma sœur, ma fiancée ; je cueille ma myrrhe avec mes aromates, je mange mon rayon de miel avec mon miel, je bois mon vin avec mon lait.
> Mangez, amis, buvez, enivrez-vous d'amour !
> (Cantique des Cantiques, 5, 1)

Le jour où Dina était partie à Kvæfjord voir un cheval qu'on lui avait proposé, Léo Zjukovskij débarqua de Strandstedet. Il n'avait guère de bagages, seulement un sac de marin et une sacoche. Peter, le commis de la boutique, rencontra l'étranger sur le quai, c'était le soir et il venait de fermer pour la journée.

Quand il comprit qu'il ne s'agissait pas d'un client tardif, mais de quelqu'un qui demandait un gîte pour la nuit, il fit un geste de la main et l'invita à monter à la ferme.

Léo resta à contempler l'allée de sorbiers. Elle était lourde de baies rouge sang. Les feuilles avaient déjà été emportées par le vent.

Puis il s'engagea dans l'allée. Il venait un léger bruissement des cimes nues. Il s'arrêta devant l'entrée principale. Puis il sembla changer d'avis. Il fit le tour de la maison jusqu'à l'entrée de service. Après avoir laissé tomber son sac et sa sacoche sur les marches, il frappa à la porte. Il se retrouva tout de suite dans la cuisine bleue.

Oline reconnut l'homme à la cicatrice. Tout d'abord, elle se montra timide et formaliste, comme si elle n'avait jamais reçu personne à Reinsnes. Elle l'invita à aller au salon, mais il refusa. Si cela ne la dérangeait pas, il préférait rester avec elle.

Pendant un moment, elle garda les mains cachées sous son tablier, puis elle avança vers lui et lui tapa sur la poitrine.

— Grand merci pour le paquet ! J'ai pas reçu pareil cadeau depuis ma jeunesse ! Dieu te bénisse...

Elle était si émue qu'elle frappait encore plus fort.

D'un geste inattendu, mais en riant, il l'embrassa sur les deux joues.

Confuse, elle se mit à tourner sur elle-même et à allumer le feu.

— Me faire cadeau d'un aussi beau col ! dit-elle pendant que les brindilles enflammées illuminaient son visage penché sur l'âtre.

— Ce col a-t-il pu servir à Oline ? demanda-t-il en la regardant.

— Oh, oui... c'est pas le problème. Mais j'sors plus beaucoup. Et ici, dans la cuisine, on peut pas être parée comme une châsse.

— Mais on peut quand même faire un peu de toilette de temps en temps ?

— Bien sûr, dit-elle en retenant sa respiration, pour mettre fin à la discussion.

— À quelle occasion Oline a-t-elle porté le col pour la dernière fois ?

— À la veillée de Noël.

— Ça fait longtemps.

— Oui, mais c'est bien pratique d'avoir en réserve quelque chose de frais et de neuf, tu sais.

Il lui renvoya un regard chaleureux. Puis il commença à lui poser des questions sur Reinsnes.

Les servantes passaient la tête par la porte de l'office, les unes après les autres. Léo leur serra la main. Oline donna l'ordre de préparer la grande chambre. Par de courtes phrases. Des mots de passe. Qui montraient bien qu'on savait ce qu'il y avait à faire. Mais qu'en fait il s'agissait plutôt de les éloigner de la cuisine.

Puis elle servit le café à la table de cuisine. Il alla chercher sa sacoche dehors sur l'escalier. Et lui offrit du rhum. Oline était tout épanouie. Jusqu'à ce qu'il demande à nouveau des nouvelles de Reinsnes.

— Mère Karen n'est plus des nôtres... dit Oline en portant la main à ses yeux.

— Quand est-ce arrivé ?

— L'automne passé. Quand la Dina elle est retournée de Tromsø. Oui, elle a été à Tromsø, commander la farine d'Arkhangelsk... Mais M. Léo peut pas l'savoir.

Oline raconta la mort de Mère Karen. Que Stine et Tomas étaient mariés et habitaient l'annexe et attendaient un héritier.

— Il semble que j'arrive toujours après un décès, murmura-t-il. Mais que Stine et Tomas... c'est une heureuse nouvelle. Bizarre que je ne m'en sois pas aperçu la dernière fois que j'étais là. Qu'il y avait anguille sous roche.

Oline parut gênée. Mais finit par dire :

— Z'en savaient pas plus eux-mêmes. C'est la Dina qu'a pensé que ce s'rait une bonne chose. Alors c'est comme ça qu'ça s'est fait. Et ça a tout l'air d'être une providence pour toute la ferme. Mais c'est pas toutes les femmes de Reinsnes qu'ont cette chance...

— Que voulez-vous dire par là ?

— La maîtresse. Enfin, j'devrais rien dire. Elle est trop dure. Aussi avec elle-même. Elle a un nœud de fer quelque part en elle... Elle a pas eu beaucoup d'chance ! Et ça s'sent... Mais j'aurais pas dû dire ça...

— Cela ne fait rien. Je crois que je comprends.

— Elle a tué son cheval de ses propres mains !

— Pourquoi ?

— Il était malade. Une plaie sous la panse, qu'a mal tourné. Il était vieux aussi, bien sûr. Mais qu'elle arrive...

— Elle aimait ce cheval ?

— Bien sûr. Mais le tuer elle-même...

— Au fusil ?

— Non, au couteau ! pouah !

— Mais un cheval ne se laisse pas tuer au couteau !

— Si, le cheval à Dina !

Le visage d'Oline se ferma tout à coup comme un mur sans portes ni fenêtres. Elle alla vers la cuisinière et la cafetière et leur versa une tasse à tous deux.

Puis elle se mit à remarquer qu'il avait l'air d'avoir maigri et pâli.

Il eut un large sourire et demanda des nouvelles des enfants.

— Le Benjamin, il est avec sa mère pour une fois. Elle a plus souvent besoin d'lui maintenant que l'cheval est mort.

— Pour une fois ?

— Oui, ce gosse, il est pas souvent en dehors de Reinsnes... Oui, ici y a beaucoup d'gens qui viennent, bien sûr. Mais un garçon comme lui, qu'aura la responsabilité de tant de choses, il devrait avoir plus d'expérience du monde !

— Il est encore bien petit, dit Léo en souriant.

— Oui, bien sûr... Et la Stine qui va avoir un bébé en novembre. Ça fera trois enfants dans l'annexe. Mais aucun ici dans la maison. C'est pas juste que l'Benjamin reçoive pas l'éducation qui convient à sa condition. Mère Karen n'aurait pas approuvé. Elle l'aurait fait revenir dans la maison.

— Benjamin n'habite pas avec sa mère ? demanda Léo.

— Non, il veut pas... à c'qu'il paraît.

Léo considérait la femme au tablier.

— Quelle embarcation ont-ils prise, Benjamin et Dina ?

— Oh, elle est partie avec un des petits voiliers. Elle est tellement têtue. Si Mère Karen avait vécu, elle aurait pas permis qu'elle emmène le gamin en mer sans hommes à bord.

— Et Dina l'aurait écoutée ?

— Écoutée ou pas. J'sais pas trop. Mais l'aurait pas fait quand même.

Oline se rendit compte tout à coup qu'elle racontait à cet étranger des choses difficiles à dire. Elle cligna des yeux plusieurs fois, ayant hâte d'en finir.

C'était probablement à cause de ce col de dentelle qu'il lui avait offert ? Ou bien parce qu'il posait tellement de questions ? Ou à cause de ses yeux ? Elle se trouva une excuse et s'occupa à remplir des plats de gâteaux et à brosser les miettes de la nappe brodée.

— Et Johan ? Comment va-t-il ? demanda-t-il.

— Il a sa modeste cure au Helgeland. J'sais pas trop comment il va. Il écrit plus, depuis que Mère Karen est partie. Il est devenu tout étranger. Pour moi aussi. Mais la santé est meilleure, je crois... Il était pas bien à un moment.

— Oline se fait du souci ? demanda-t-il.

— Oh, oui, j'ai pas grand-chose d'autre à faire.

— Oline travaille dur ?

— Non, j'ai de bonnes aides...

Il y eut un silence.

— Dina ? Quand l'attendez-vous ? demanda-t-il.

— Pas avant demain, dit-elle en regardant l'homme du coin de l'œil. Mais Anders, il revient de Strandstedet ce soir. Il sera content que M. Léo soit venu ! Anders, il était en train d'armer les caboteurs et la barque à cinq rameurs pour la pêche aux Lofoten. Il pense envoyer les deux caboteurs à Bergen au printemps. Il est entreprenant, j'dois l'dire. Après qu'il s'est fait construire une cabine sur la barque, il est installé comme un prince et il pêche lui-même. De temps en temps. L'an passé, il avait avec lui de l'équipement et des provisions qu'il a vendus aux pêcheurs des Lofoten. Et il est revenu avec plein d'poissons, de foies et de laitances. C'qu'il avait acheté en plus de c'qu'il avait pris. Chargé à bloc !

Il était rare que Dina parte seule en bateau. Cette fois-là, cela se trouva ainsi. Elle avait jeté des regards si noirs que personne ne demanda à partir avec elle, puisqu'elle ne le demandait pas. Elle avait Benjamin pour seule compagnie.

Il était assis sur le monticule au drapeau quand elle monta pour guetter l'arrivée du vapeur. Il l'avait saluée comme il aurait salué un visiteur quelconque qui venait passer la nuit ou qui sortait de la boutique pour prendre une tasse de café chez Stine.

Il posa ses yeux bleus sur elle. En les plissant légèrement, comme si elle était un mince nuage de poussière dans l'air. Son visage commençait à prendre forme. Les joues et le menton étaient marqués. Les cheveux avaient foncé la dernière année. Et ses membres étaient gauches et encombrants. Il avait la mauvaise habitude de pincer la bouche comme un trait.

— Tu guettes le bateau, toi aussi ? demanda-t-elle.

— Oui.

— Tu crois qu'on aura des visiteurs aujourd'hui ?

— Non.

— Alors pourquoi tu regardes ?

— Il est tellement laid.

— L'Benjamin regarde le bateau parce qu'il est laid ?

— Oui.

Dina s'assit sur la pierre plate au pied du mât. Le gamin se poussa poliment sur le côté pour lui faire place.

— Y a d'la place pour deux, Benjamin.

Elle l'entoura tout à coup de son bras, mais il essaya de se dégager. Insensiblement, pour ne pas l'irriter.

— Tu veux aller avec moi à Kvæfjord voir un nouveau cheval ? demanda-t-elle au moment où le bateau donnait un coup de sirène.

Il répondit quand le silence fut rétabli.

— Ça s'rait amusant, dit-il d'une voix qui se voulait neutre.

Comme s'il avait peur que Dina change d'avis s'il montrait sa joie.

— Alors c'est décidé. On part demain.

Ils restèrent un moment assis à regarder les garçons ramer jusqu'au bateau.

— Pourquoi t'as tué Lucifer ? demanda-t-il brusquement.

— Il était malade.

— Il pouvait pas guérir ?

— Si. Mais il aurait jamais plus été l'même.

— Ça f'sait qué'que chose ?

— Oui.

— Pourquoi ? Tu pouvais monter un aut' cheval.

— Non. J'peux pas avoir un cheval qui reste à l'écurie pendant qu'j'en monte un autre.

— Mais pourquoi tu l'as tué toi-même ?

— Parce que c'était une chose grave.

— Il aurait pu te tuer d'un coup de sabot ?

— Oui.

— Pourquoi Dina fait des choses pareilles ?

— J'fais c'que j'dois faire, dit-elle en se relevant.

Dina l'avait consulté au sujet de l'achat du cheval. Ils se mirent d'accord, conformément à ses directives. Le cheval ne promettait guère. Il avait des yeux sournois et un poitrail étroit. Le fait qu'il s'était montré docile quand Dina l'avait monté n'était pas suffisant. Il ne fut pas acheté.

— Il aurait fallu qu'j'trouve quelqu'un pour te ramener à la maison dit Dina avec insouciance. Il était dit qu'on rentrerait ensemble, toi et moi.

Ils avaient passé la nuit à la ferme du commissaire. Paisiblement et sans histoires.

Le commissaire avait reçu la dépêche du juge lui annonçant que Léo Zjukovskij venait d'être relâché.

Dina reçut la nouvelle, les yeux mi-clos. Puis elle se mit à parler avec Dagny des portraits de Hjertrud qu'elle désirait emporter à Reinsnes, ceux à cause desquels elle et Dagny s'étaient toujours disputées.

Dagny se déplaçait nerveusement. Mais elle fut d'accord. C'était une bonne solution.

— Et la broche. Celle de Hjertrud. Celle que tu mets quand tu te fais belle. J'la veux aussi, continua-t-elle.

Les garçons et le commissaire étaient sur des charbons ardents. Mais Benjamin ne semblait pas s'inquiéter du danger qui les guettait. Il les regardait les uns après les autres. Comme s'il venait de découvrir quelque chose d'intéressant dans un livre d'images.

Les choses s'arrangèrent. Comme un coup de vent subit qui oblige à changer de direction.

Dina repartit avec la broche et les portraits.

Il faisait un très beau temps d'automne. Avec juste ce qu'il fallait de vent.

Le gamin était fier comme un coq. Il avait tenu le gouvernail pendant une bonne partie de la traversée. Il n'avait pas été très loquace. Cependant il semblait content. Presque heureux. Ils parlèrent de tant de choses pendant le retour...

Dina le regardait ! Avait écouté ce qu'il avait à dire. Elle avait tout le temps répondu à ses questions avec le plus grand sérieux. Sur Mère Karen. Sur le cheval. Sur les études à faire pour devenir quelqu'un quand il serait grand. Sur qui était le chef à Reinsnes. Sur la raison pour laquelle Anders devrait hériter du caboteur si Dina mourait. Toutes les choses dont Benjamin avait eu vent, alors que les adultes avaient l'air de croire qu'il n'était pas pourvu d'oreilles comme tout le monde. Alors qu'ils évitaient de lui répondre quand il posait des questions.

Dina répondait. Souvent cela ne l'avançait guère. Mais c'était égal. Elle répondait.

Quelques rares fois, elle dit ne pas savoir. C'était quand il lui demanda s'il serait du voyage la prochaine fois qu'elle partirait. Ou bien quand il demanda si Johan reviendrait à Reinsnes.

— Ça m'est égal que Johan revienne ou pas, dit-il.

— Pourquoi ?

— J'sais pas.

Elle n'insista pas. Ne demanda plus rien.

Ils arrivèrent à la voile presque jusqu'au débarcadère.

— T'es aussi bon barreur que l'Anders, dit Dina quand la quille toucha le fond.

Benjamin rayonna de joie un court instant. Puis, virilement, il sauta à terre et tira le bateau contre une grosse pierre pour que Dina puisse en sortir sans se mouiller les pieds.

— La Dina, c'est un sacré marin, dit-il en se retournant vers elle pour recevoir les bagages qu'elle lui tendait.

Il lui faisait le rare cadeau de son sourire. Mais elle n'était plus à même de recevoir de cadeaux de Benjamin. Ses yeux étaient fixés quelque part vers la ferme.

Un homme au large chapeau de feutre noir descendait l'allée. Il leva la main en guise de salut.

Elle lâcha les bagages dans les algues. Puis elle se mit en route entre les pierres, lentement vers un but bien défini. Pataugeant dans la laisse de la marée. Entre les quais. Sur le gravier. Entre les arbres, là où l'allée montait la garde vers les maisons.

Le dernier bout de chemin, elle le fit en courant. S'arrêta à un pas. C'est alors qu'il ouvrit les bras. Et elle s'y jeta.

Le gamin sur la plage baissa la tête et se mit à tirer le bateau sur la rive.

Il était lourd.

Ils en étaient au dessert. L'obscurité de l'automne était refoulée dans les coins. Car on n'épargnait pas la lumière ce soir-là.

Le précepteur et Peter, le commis de boutique, restaient en dehors de la conversation. C'était surtout Anders et Léo qui parlaient. Les yeux de Dina étaient un brasier.

Stine n'était pas à table. Elle avait volontairement renoncé à ce privilège après son mariage avec Tomas. Car Tomas n'était jamais invité à la table des maîtres.

Ce jour-là, elle allait et venait. Veillait à ce que rien

ne manque. Avec la dignité d'une gouvernante. Et malgré son gros ventre, elle se déplaçait rapidement et avec l'agilité d'un animal.

Léo l'avait saluée avec cordialité, comme faisant partie de la maison. Mais elle montrait une réserve polie. Comme si elle désirait éviter toute question.

Personne n'aborda le sujet de la prison et de l'espionnage. Mais on toucha à la guerre au cours de la conversation. Comme une nécessité.

— Sont-ils contents de leur nouveau tzar en Russie ? demanda Anders.

— Les avis sont partagés. Mais il y a longtemps que je n'ai plus de nouvelles de Saint-Pétersbourg. En fait, il a tiré le meilleur parti possible d'une défaite. Et il n'a pas eu une éducation uniquement militaire, comme son père. Au contraire, un des maîtres qui l'a suivi pendant toute son adolescence est le poète Vasilij Zjukovskij.

— Un parent de Léo ? demanda Dina immédiatement.

— Cela se pourrait bien, dit-il en souriant.

— Léo pense que les maîtres qu'on a sont importants ? dit Dina en jetant un regard sur Angell, le précepteur.

— C'est probable.

— Moi, j'ai Lorch, dit Dina pensivement.

— Celui qui vous a appris à jouer du violoncelle et du piano ? demanda le précepteur.

— Oui.

— Où est-il maintenant ?

— Ici et là.

Stine était entrée pour servir le café. À la réponse de Dina, elle se redressa un instant. Puis elle sortit tranquillement de la pièce. Anders avait visiblement l'air étonné. Mais il ne dit rien.

— On nous reconnaît une certaine importance, à ce que je comprends, dit le précepteur.

— Certainement, dit Léo.

— Pensez-vous que la guerre de Crimée ait été perdue d'avance, parce que les soldats ne savaient pas se battre ? demanda l'instituteur avec intérêt.

— Une guerre qui n'a aucun sens pour ceux qui doivent se battre est toujours perdue d'avance. La guerre est l'ultime conséquence quand les gens ont si peur qu'ils cessent de parler.

— C'est le côté éthique du problème, dit le précepteur.

— On ne peut pas éluder la question pour autant, répondit Léo.

— Le traité de paix est en quelque sorte une déclaration de dépendance pour les Russes, remarqua Anders.

— Un Russe qui pense est la personne la plus indépendante du monde, dit Léo avec bonhomie. Mais la Russie n'a pas qu'une voix. C'est un chœur ! ajouta-t-il.

Anders aimait les desserts mais il reposa sa cuillère un instant.

Dina leur échappait. Elle regardait droit devant elle, sans remarquer les regards fixés sur elle. Finalement elle prit sa serviette et s'essuya la bouche.

— Oui, mais il doit bien y avoir une clé quelque part, dit-elle dans le vide. Seulement j'arrive pas à la voir...

— Que pense Léo de la proposition scandinave de rassembler tous les pays nordiques sous le même drapeau ? demanda le précepteur.

— Encore faut-il savoir ce que l'on veut dire par pays nordiques, répondit Léo évasivement.

— Tout ça, c'est qu'une mauvaise plaisanterie sur la carte. On peut pas fondre ensemble l'or et la cendre. Au premier gel, ça craquerait, dit Anders.

— Je ne suis pas sûr que tu aies raison. Les nations doivent voir plus loin que leurs frontières. Les gens qui ne pensent qu'à eux n'ont aucune chance, dit Léo lentement en regardant dans son assiette.

Dina le regarda avec étonnement, et se mit à rire. Les autres considéraient la nappe avec gêne.

— Madame Dina peut-elle faire une dernière faveur à un vieux Russe vaincu ? demanda-t-il, affable.

— Ça dépend !

— Jouez quelques-uns des morceaux que je vous ai envoyés !

— D'accord, si vous m'accompagnez pour rechercher l'ours qu'a tué deux moutons la semaine dernière au-dessus du ravin, répondit-elle vivement.

— C'est convenu ! Avez-vous des armes ?

— Oui, c'est Tomas qui les a !

Dina se leva, rassembla ses jupes en pilou bleu foncé et se dirigea vers le piano.

Léo l'accompagna, tandis que les autres s'installaient dans le fumoir, toutes portes ouvertes. Leurs mains n'étaient que braises et épines quand elles se rencontraient.

— Tous les morceaux sont pas aussi faciles à jouer, dit-elle.

— Mais tu as eu le temps de t'exercer...

— Oui, c'est pas ça qui m'a manqué, répondit-elle durement.

— Je peux émettre un désir ?

— Oui.

— Alors je veux entendre quelque chose pour un lunatique. La *Sonate au clair de lune* de Beethoven.

— Celle-là, t'as oublié de l'envoyer.

— Non, tu l'as reçue. C'est la sonate n° 14, dit-il.

— Tu t'trompes ! C'est pas l'nom d'la sonate n° 14. S'appelle *Sonata quasi una fantasia*, dit-elle avec condescendance.

Il se plaça entre les hommes dans le fumoir et elle-même, pour se réserver ses yeux. Sa cicatrice était assez pâle ce soir-là. Ou bien cela tenait-il au fait que l'homme en entier avait pâli ?

— On a raison tous les deux. Au début, la sonate portait le nom inscrit sur le cahier. Mais un écrivain l'a rebaptisée *Sonate au clair de lune*. J'aime bien ce nom... C'est de la musique pour lunatiques.

— P't'être bien. Mais j'aime mieux la sonate n° 23. *Appassionata.*

— Mais joue pour moi d'abord, dit-il à voix basse.

Elle ne répondit rien. Se contenta de trouver le cahier

et de s'asseoir. Elle planta les premiers accords comme une protestation grinçante. Puis les sons envahirent la pièce telles des caresses.

Comme d'habitude, les portes de la cuisine et de l'office s'ouvrirent et les bruits ménagers se turent. Oline et les servantes passaient ainsi que des ombres devant la porte.

Le visage de Dina était fermé. Mais ses doigts étaient des hermines glissant en costume hivernal. Ils jaillissaient des ruches de batiste avec grande énergie.

Anders s'était installé de manière à voir Dina de profil. Le Russe se tenait derrière sa chaise. Sans pudeur, il avait les yeux fixés sur sa chevelure et les mains posées sur le dossier de sa chaise. Cela n'empêcha pas Anders de lever la main sans trembler pour allumer son cigare en silence. Son visage, fortement éclairé, se dessina sur le mur sombre. La ride entre les sourcils le rendait inaccessible. Il avait cependant l'air aimable.

Ses yeux rencontrèrent ceux de Léo une seconde. Largement ouverts. Puis il fit un imperceptible signe de tête. Comme s'ils avaient fait une partie d'échecs, qu'Anders venait de perdre, en toute amitié.

Anders avait toujours joué un rôle d'observateur. Autant dans sa propre vie que dans celle des autres. Il calcula mentalement les mois qui séparaient la dernière visite de Léo avec le fameux voyage sur la mer de Folda. Puis il baissa la tête et laissa ses pensées se perdre dans les poutres du plafond, avec la fumée.

ÉPILOGUE

> Ne prenez pas garde à mon teint noir : c'est le soleil qui m'a brûlée. Les fils de ma mère se sont irrités contre moi, ils m'ont fait gardienne des vignes. Ma vigne à moi, je ne l'ai pas gardée. Dis-moi, toi que mon cœur aime, où tu fais paître tes brebis, où tu les fais reposer à midi ; car pourquoi serais-je comme une égarée près des troupeaux de tes compagnons ?
> (Cantique des Cantiques, 1, 6-7)

Les lumières s'éteignirent dans la maison. L'une après l'autre. La faible flamme de deux chandelles plantées dans de solides chandeliers de fer forgé dansait dans le vestibule.

Dina et Léo firent une promenade tardive après que tout le monde fut parti se coucher. Les deux grands trembles à la barrière du jardin se dessinaient, déjà nus, sur le ciel violet. Le sable qui entourait la plate-bande préférée de Mère Karen était un océan de minuscules ossements au clair de lune. Cela sentait fortement l'automne.

Ils dirigèrent leurs pas vers le pavillon, comme par un accord tacite. L'odeur humide de renfermé les accueillit quand ils ouvrirent la mince porte. Les vitres brillèrent à la lueur de la lanterne de Dina. Elle portait un manteau de drap et un châle. Il n'était pas tellement couvert. Mais avait assez chaud pour l'instant.

Dès qu'elle eut placé la lanterne sur la table, il referma deux bras affamés sur elle.

— Merci ! dit-il.

— De quoi ?

— D'avoir fait un faux témoignage !

Leurs corps étaient deux arbres dans la tempête. Condamnés à rester enchevêtrés. À se consumer, de plus en plus profondément à chaque bourrasque, sans avouer leur douleur.

— C'est pour ça qu'ils t'ont relâché ?

— Ça y a contribué. Aussi le fait que le code était inoffensif.

— Et il avait un tout autre sens ?

— Il s'adressait à des gens qui comprennent le double sens des mots en russe.

Il l'embrassait en lui tenant la tête entre ses mains.

Le toit du pavillon s'ouvrit et le ciel les recouvrit comme une colombe tachée de noir. Un éclair rouge frappa les vitres colorées. Et la lanterne s'éteignit d'elle-même. Une mouette entra par la fenêtre comme un spectre agile et la lune passait. Toute ronde et verdâtre.

— T'es venu ! dit-elle quand elle reprit sa respiration.

— Tu as reçu le chapeau ?

— Oui.

— Et tu as douté ?

— Oui.

— J'ai tant langui... murmura-t-il en enfouissant sa bouche dans son cou. Enfermé dans un cachot et languissant.

— Comment c'était là-bas ?

— On ne va pas en parler maintenant.

— C'était la première fois ?

— Non.

— Où c'était la première fois ?

— En Russie.

— Pourquoi ?

— Dina ! Faut-il t'embrasser tout le temps pour te faire taire ?

— Oui ! Pourquoi t'es revenu, Léo ?

— Parce que j'aime toujours une veuve d'armateur du nom de Dina Grønelv.

Elle poussa un profond soupir. Comme un vieux laboureur qui enfin peut se reposer après une longue journée aux champs. Puis elle lui mordit la joue.

— Qu'est-ce que ça veut dire quand Léo Zjukovskij dit qu'il aime ?

— Que je veux connaître ton âme. Et que je veux renouveler la bénédiction nuptiale reçue sous les orgues de l'église, pour l'éternité.

Comme s'il lui avait donné le mot de passe, elle se leva et l'emmena.

Une lanterne éteinte resta sur la table.

Ils se dirigeaient droit vers leur bénédiction nuptiale.

À trois heures du matin, on entendit le violoncelle de Lorch dans la salle. Anders se retourna dans son lit. La lune reflétait sur lui l'ombre solitaire d'un croisement de fenêtre. Il avait décidé d'aller faire un tour à Namsos pour chercher des rondins, avant l'hiver. Mais il ne se rendormit pas avant le petit matin.

Benjamin avait aussi entendu le violoncelle de Lorch. Les tonalités traversaient la cour et arrivaient jusqu'aux chambres de l'annexe.

Il avait suivi le dîner à travers les fenêtres. Le grand homme brun à la vilaine cicatrice qui regardait Dina. Comme s'il la possédait.

Stine l'avait appelé à temps pour qu'il se change et prenne sa place à table.

Mais c'était le jour où Benjamin Grønelv était revenu de Fagernesset. Et avait été abandonné sur la rive.

Dina devait elle-même venir le chercher !

Il savait qu'elle ne le ferait pas.

Léo l'avait suivie dans la salle. Comme un chef de troupe qui enfin défile en triomphe après avoir conquis la capitale. Il lui avait déjà enlevé son manteau et ses chaussures dans le vestibule.

Un feu finissait de se consumer dans le poêle. Annette l'avait allumé tôt dans la soirée.

Dina alluma le candélabre sur la console et éteignit la lampe.

Il resta debout à la regarder se déshabiller. Quand elle enleva son corsage, il soupira, en lui caressant les épaules d'un mouvement circulaire.

Elle enleva le haut de son jupon et ses seins en jaillirent. Libérés de leur prison, entre ses mains. Luisants, chacun avec un bouton brun qui s'élargissait sous ses doigts. Il se pencha pour y boire.

Elle se débattait avec la fermeture de sa jupe. Puis il se fit un bruit mou d'étoffe. Tout un monceau d'étoffe. Finalement elle se retrouva en pantalons.

Il déplaça les mains vers ses hanches, et soupira à nouveau. Il trouvait toutes les formes qu'il recherchait. La peau chaude à travers la plus fine percale. Cela le rendit fou. Et ils étaient encore debout l'un et l'autre.

Elle se libéra et lui enleva son gilet, en le regardant droit dans les yeux. Défit sa cravate et l'enleva. Sa chemise.

Il restait debout les yeux mi-clos, le visage marqué par la volupté. La large ceinture de cuir à boucle de laiton. Les pantalons de cuir. Elle se penchait sur lui, autour de lui. Ses doigts étaient calmes et chauds. Finalement, il se trouva nu devant elle.

Alors, elle tomba à genoux et cacha son visage contre son membre. Il était à elle et elle en prenait possession. Avec sa bouche et avec ses mains.

Il souleva la grande femme sur ses hanches. Ses bras tremblaient de l'effort fourni. Tout d'abord il ne fit que remuer faiblement.

Un mouvement roucoulant de jouissance. Un coq de bruyère avant l'accouplement. Puis il la pénétra lentement. L'enfila sur lui, comme un grand bouclier protégeant contre tout ce qui menaçait.

Elle lui répondit en le serrant entre ses bras et ses cuisses. Et en le tenant fort. Jusqu'à ce qu'il s'apaise.

Puis elle souleva sa poitrine jusqu'à sa bouche et s'agrippa à lui de ses bras robustes.

Il était un cylindre dans une puissante machinerie. Glissant. Lourdement. Profondément.

Ils commencèrent leur chevauchée. Assoiffés et affamés.

De désir !

À la fin il la coucha sur le plancher. Attendait en la guettant.

Il avait des hanches si dures ! Une haleine si excitante ! Une lance si pénétrante ! Il la poussa à bout, forçant tous les tons à monter en crescendo.

Quand elle rejeta la tête en arrière pour tomber dans l'infini, il la prit par les hanches et chevaucha en elle.

Elle le reçut.

Leurs flancs tremblants ne faisaient plus qu'un. Portaient le poids l'un de l'autre en un nœud gordien devant le poêle noir léché de flammes rouges.

> Prenez-nous les renards, les petits renards qui ravagent les vignes ; car nos vignes sont en fleur. Mon bien-aimé est à moi et je suis à lui ; il fait paître son troupeau parmi les lis.
> (Cantique des Cantiques, 2, 15-16)

Quand Annette monta pour allumer le poêle, elle trouva la porte fermée à clé. Alla jusqu'à la chambre d'amis et y trouva un lit où personne n'avait dormi. Elle redescendit à la cuisine et resta embarrassée devant Oline, les mains sous son tablier.

— Qu'est-ce que t'as à rester plantée là ? dit Oline. T'as pas fini d'allumer.

— C'est fermé dans la salle !

— Bon, mais alors va allumer dans l'autre chambre, et plus vite que ça ! L'Anders est déjà debout et dehors, t'as pas besoin de...

— Y a personne dans l'aut'chambre !

Oline se retourna et planta ses yeux sur la fille. Derrière les globes ronds de ses yeux se pressaient des éclairs et des grondements d'orage.

— Tu peux chauffer même s'il y a personne ! T'as peur des revenants en plein jour peut-être !

— Mais...

— Pas de mais ! gronda Oline en poussant la cafetière sur la cuisinière, ce qui fit déborder le marc.

— Et qu'est-ce que j'fais avec le poêle de la salle ?

— Qu'est-ce que j'fais, et qu'est-ce que j'fais ?

contrefit Oline. T'as entendu dire qu'on peut allumer un poêle à travers une porte ?

— Non.

— Bon ! Tu vas te dépêcher de finir au lieu de rester là à glander ! Et pas un mot !

Oline alla tout près de la fille et gronda :

— Pas un mot du lit vide à âme qui vive ! T'as compris ?

— Oui...

Benjamin guettait Dina quand elle sortit dans la cour.

— On va en bateau quelque part ?

— Non, pas aujourd'hui, Benjamin.

— Tu vas aller en bateau avec le Russe ?

— Non.

— Qu'est-ce que tu vas faire alors ?

— J'vais à la chasse avec le Russe.

— Les bonnes femmes vont pas à la chasse.

— Si, Dina y va.

— J'peux v'nir aussi ?

— Non.

— Pourquoi ?

— On peut pas avoir des gosses dans les pattes quand on va chasser l'ours.

— J'suis pas un gosse !

— Et qu'est-ce que t'es alors ?

— J'suis l'Benjamin de Reinsnes.

Dina sourit et le prit par la nuque.

— C'est vrai. J'vais bientôt t'apprendre à tirer avec le fusil lapon.

— Aujourd'hui ?

— Non, pas aujourd'hui.

Il se retourna brusquement et la quitta pour courir vers les hangars à bateaux.

Dina entra dans l'écurie pour demander à Tomas de lui prêter son fusil.

Il la regarda longuement, sourit amèrement et lui fit un signe affirmatif. Puis il trouva la boîte à poudre et la gibecière et décrocha le fusil du mur.

— L'Russe prendra rien avec ça, lui qu'a seulement l'habitude du pistolet.

— L'Tomas sait déjà de quelle sorte d'arme M. Léo se sert ?

— Non, mais il est sûrement pas habitué aux fusils lapons !

— Et l'Tomas, lui, il l'est ?

— J'connais bien l'fusil de la ferme. L'est bon pour viser.

Dina cherchait à s'en sortir.

— C'est pas sûr qu'on ait besoin d'tirer, dit-elle avec légèreté.

— Non, aller à la chasse ça peut suffire, dit-il.

— Qu'est-ce que tu veux dire ?

Elle vint tout près de lui. Ils étaient seuls dans l'écurie.

— J'veux rien dire du tout. Seulement que la Dina s'inquiète pas trop de c'qu'elle touche quand elle va à la chasse. À la chasse au lièvre, ajouta-t-il en la regardant droit dans les yeux.

Elle attrapa l'arme et l'équipement et sortit.

Ils avançaient sur le sentier qui montait vers le bois de bouleaux. Elle allait devant. Se retournait tout le temps et souriait comme une jeune fille. Habillée d'une jupe de drap jusqu'aux chevilles et d'une veste courte. Ses cheveux étaient rassemblés sur la nuque par un ruban. Elle portait le fusil avec aisance, comme s'il était une plume dans sa main.

Il la regardait de dos. Elle brillait au soleil.

Le premier gel nocturne avait laissé des traces. Les touffes d'airelles avaient pris un ton rouille. Les baies rouges reposaient, juteuses, entre les feuilles cirées.

Ni l'un ni l'autre n'étaient à la recherche de l'ours. Ils ne virent pas non plus le petit garçon qui les suivait. Bien caché derrière des buissons de genièvre et des fourrés. Ils allaient là pour être seuls.

Elle déposa le fusil et l'attendit derrière une grosse pierre. Lui sauta dessus comme un lynx.

Il la reçut. Leur étreinte était comme de la poix sur un feu. Il prit le dessus. La dompta et la pressa sous lui sur la bruyère jusqu'à ce qu'elle gémisse et le morde au cou. Puis il s'enfonça en elle et se fit aussi lourd qu'un géant. Retroussa ses jupes et la trouva.

— Je t'aime, Dina ! murmura-t-il du fond d'un étang.

Où les nénuphars flottaient entre les roseaux. Un fort parfum de terre montait de l'eau trouble. Quelque part au bord de l'étang, un grand animal geignait.

— Tu m'écrases ! dit-elle dans un hoquet, rassasiée.

— Je prends seulement ce que tu m'offres, dit-il, la voix rauque.

— T'en as pas eu assez cette nuit ?

— Non.

— T'en as jamais assez ?

— Non.

— Alors qu'est-ce qu'on va faire ?

— Il faut que je revienne. Encore... et encore...

Elle se raidit sous lui.

— Tu vas repartir ?

— Pas aujourd'hui.

Elle le rejeta avec une fureur aveugle. S'assit. Un grand chat qui s'appuyait sur ses pattes de devant et regardait sa proie droit dans les yeux.

— Quand ?

— Par le prochain courrier.

— Et tu m'dis ça maintenant ?

— Oui.

— Pourquoi tu l'as pas dit hier ? cria-t-elle.

— Hier ? Comment ?

— Et tu me le demandes !

— Dina... appela-t-il à voix basse en voulant la prendre dans ses bras.

Elle le repoussa et se redressa sur les genoux dans la bruyère.

— Tu savais que je devais repartir, dit-il d'une voix suppliante.

— Non !

— Je te l'avais déjà dit à Tromsø !

— T'as écrit que... t'allais venir, quoi qu'il arrive. T'es venu à Reinsnes pour y rester !

— Non, Dina, je ne le peux pas.

— Pourquoi t'es là alors ?

— Pour te voir.

— Et tu crois qu'c'est assez pour la Dina de Reinsnes, qu'il y en ait un qui vienne pour la voir !

Sa voix était celle d'un loup affamé en pleine neige.

— Et tu crois comme ça que tu peux venir te servir ici, et repartir ? T'es si bête que ça ? continua-t-elle.

Il la fixait.

— T'ai-je promis quelque chose, Dina ? On parlait de mariage, tu te souviens ? Ai-je promis quelque chose ?

— Faut pas toujours s'fier aux mots ! coupa-t-elle.

— Je croyais qu'on s'était compris.

Elle ne répondit pas. Se releva et brossa sa jupe en la griffant de ses doigts. Son visage était blême. Ses lèvres couvertes de givre. Ses yeux de glace.

Il se releva aussi. Prononça son nom plusieurs fois, comme une prière.

— Tu crois comme ça qu'on s'en va de Reinsnes contre ma volonté ? Tu crois qu'on peut venir comme ça à Reinsnes planter ses graines et puis s'en aller ? Tu crois que c'est si facile que ça ?

Il ne répondit pas. Se retourna seulement à moitié et se rassit dans la bruyère. Comme s'il voulait la calmer en la laissant le dominer.

— Il faut que je retourne en Russie... Tu sais que je m'occupe de choses qu'il faut terminer.

— Le Jacob, il voulait rester ici, dit-elle en l'air. Mais il a dû partir... J'l'ai ici. Toujours !

— Je n'ai pas l'intention de mourir, même si ton mari est mort. Et si tu es enceinte, eh bien je...

Elle rit, d'un rire dur, prit le fusil et se mit en marche résolument dans le bois.

Il se leva et la suivit. Au bout d'un moment, il comprit qu'elle s'était mise à chasser. Elle était tendue et à l'affût. Comme si elle enfouissait sa fureur au plus profond de la concentration que la chasse demandait. Sans bruit, elle se glissait entre les arbres.

Il souriait.

Benjamin les avait guettés de sa cachette. Le grand tremble au-dessus des éboulis. Un moment il resta sans bouger et regarda l'étreinte derrière la grosse pierre. Il avait de profondes rides au front et la bouche ouverte. De temps à autre, un tic lui tirait la bouche.

Il ne pouvait pas entendre ce qu'ils disaient. Et quand ils eurent fini et se remirent en route, il les perdit de vue un moment.

Mais il se faufila derrière eux. Benjamin voulait tout voir, sans être vu.

Léo marchait tranquillement derrière Dina et contemplait son corps.

Il aspirait tous les rayons du soleil bas de l'automne et recherchait son ombre sur les troncs d'arbre et sur les touffes de bruyère.

Elle s'arrêta et se retourna quand ils arrivèrent au bord d'une clairière.

— Le Jacob, il a disparu dans le gouffre, parce qu'il savait pas qui j'étais.

— Qu'est-ce que tu veux dire ? demanda-t-il.

Soulagé parce qu'elle lui parlait.

— Il fallait qu'il tombe. Parce que j'l'ai voulu.

— Comment ? murmura-t-il.

Elle recula de quelques pas. Lentement. Les bras ballants.

— J'ai lâché le traîneau.

Il avala sa salive et voulut la rejoindre.

— Reste où tu es ! commanda-t-elle.

Il resta planté dans la bruyère.

— Le Niels, il avait pas compris non plus. Mais lui, il l'a fait lui-même.

— Dina !

— Le fœtus qu'j'ai perdu sur la mer de Folda, il est plus en sécurité chez Hjertrud... parce que t'es pas venu !

— Dina, viens ici ! Explique-moi ce que tu veux dire. Je t'en prie !

Elle lui tourna le dos à nouveau et commença à monter la pente.

— Tu vas repartir en Russie, toi ? cria-t-elle tout en marchant.

— Je reviendrai. Qu'est-ce que c'est que cette histoire de fœtus qui...

— Et si tu reviens pas ?

— Alors tu auras eu mes dernières pensées. Raconte ce qui s'est passé sur la mer de Folda, Dina !

— Jacob et les autres, ils sont restés avec moi. Ils ont besoin de moi.

— Mais ils sont morts. Tu ne peux pas prendre sur toi la responsabilité...

— Qu'est-ce que tu en sais, de la responsabilité ?

— Un peu. J'ai tué plusieurs...

Elle se retourna en un éclair. Resta à le regarder.

— Tu dis ça comme ça, lança-t-elle avec rage.

— Non, Dina. C'étaient des traîtres qui pouvaient entraîner la mort des autres. Malgré cela... je me sens fautif.

— Des traîtres ! Tu sais à qui ils ressemblent ?

— Ils ont plusieurs visages. Ils peuvent être comme Dina Grønelv ! Qui veut obliger un homme à rester dans ses jupes.

Je suis Dina qui vois Léo sortir de l'ombre. Il est barbu, plein de poux et habillé de haillons. Il tient le pistolet de Pouchkine devant lui pour que je croie que c'est un livre de poésie. Il me veut quelque chose. Mais je le tiens à distance. J'ai chargé le fusil pour aller à la chasse. Léo ne connaît pas son bonheur. Il veut raconter quelque chose sur le tzar Alexandre II. Mais je suis fatiguée. J'ai marché longtemps. Il me manque un cheval.

Je suis Dina qui dis au bandit : « Aujourd'hui tu vas rencontrer Hjertrud. Elle va te libérer de toutes craintes, tu n'auras pas besoin de te sauver comme un traître. »

Je montre Caïn du doigt et fais une marque à sa tête. Pour pouvoir le reconnaître. Car il est l'élu et le protégé. Pour l'éternité.

Je le couche dans la bruyère pour qu'il soit toujours en sécurité dans les bras de Hjertrud. Je le regarde. Une lueur brille encore dans ses yeux verts. Il me parle. Une belle raie coule de sa bouche sur mon bras. Je lui tiens la tête pour qu'il ne reste pas seul dans les ténèbres. Il a vu Hjertrud.

Tu m'entends, Barabbas ? Lorch va jouer du violoncelle pour toi. Non, du piano forte ! Va jouer la Sonata quasi una fantasia. *Tu vois qui je suis ? Tu me reconnais ?*

Suis-je condamnée pour toujours à cela ?

Brusquement l'enfant apparut sur la pente. Son cri perçait le ciel. Les secondes se bousculaient dans le scintillement du soleil.

Je suis Dina qui vois Benjamin sortir du rocher. Né de toile d'araignée et de fer. Son visage éclate de douleur.

Je suis l'œil de Hjertrud, qui vois l'enfant, qui me vois moi-même. Je suis Dina — qui vois !

Imprimé en France sur Presse Offset par

BRODARD & TAUPIN

GROUPE CPI

La Flèche (Sarthe), 6352
N° d'édition : 3235
Dépôt légal : mars 2001